Arena Taschenbuch
Band 2745

Eine Auswahl weiterer Titel von Brigitte Blobel
im Arena-Programm:

Alessas Schuld. Die Geschichte eines Amoklaufs (Band 2732)
Meine schöne Schwester. Der Weg in die Magersucht (Band 2735)
Rote Linien. Ritzen bis aufs Blut (Band 2758)
Liebe wie die Hölle. Bedroht von einem Stalker (Band 2734)
Die Clique. Wenn die Gruppe Druck macht (Band 2748)
Herzsprung. Wenn Liebe missbraucht wird (Band 2544)
Getrennte Wege. Wenn eine Familie zerbricht (Band 2755)
Drama Princess. Topmodel – um jeden Preis? (Band 50177)
Party Girl (Band 50291)
Shoppingfalle (Band 50211)
Liebe passiert (Band 50112)
Blind Date (Band 6307)

Brigitte Blobel,
1942 geboren, studierte Politik und Theaterwissenschaft. Heute
arbeitet sie als erfolgreiche Journalistin und schreibt Drehbücher
für Film und Fernsehen sowie Romane für Erwachsene und
Jugendliche, für die sie bereits mehrfach ausgezeichnet wurde.
Sie ist eine der beliebtesten deutschen Autorinnen.

Der Roman wurde 1998 unter dem Titel »Liebe, Lügen
und Geheimnisse« verfilmt.

»Brigitte Blobel kennt die Sehnsüchte und Sorgen junger
Mädchen genau. Sie trifft die Themen der Zeit.«
DEUTSCHLANDFUNK

Brigitte Blobel

Eine Mutter zu viel

Adoptiert wider Wissen

Arena

2. Neuauflage als Arena-Taschenbuch 2011
© 1997 Arena Verlag GmbH, Würzburg
Erstmals erschienen unter dem Titel *Liebe, Lügen und Geheimnisse*
Alle Rechte vorbehalten
Umschlaggestaltung und -typografie: knaus. büro für konzeptionelle
und visuelle identitäten, Würzburg, unter Verwendung der Fotos von
Monk/Wilmeth Photography und Piotr Powietzynski © gettyimages
Gesamtherstellung: Westermann Druck Zwickau GmbH
ISSN 0518-4002
ISBN 978-3-401-02745-6

www.arena-verlag.de
Mitreden unter forum.arena-verlag.de

1

Die Wohnzimmertür ist nur angelehnt, als Nina auf Socken vorbeischleicht. Der Fernseher läuft. Eigentlich können ihre Eltern sie gar nicht hören. Eigentlich ist das unmöglich.
Aber Ninas Freundin Kim sagt immer: »Eltern sind irgendwie biologische Wunderwesen. Die hören alles, sehen alles, merken alles.«
Nina setzt sich auf den Sisalboden, um ihre Schnürstiefel anzuziehen. Momo, der große schwarze Kater, springt vom Fenstersims in der Küche und schnurrt um sie herum.
»Psst, Momo«, macht Nina beschwörend. »Nicht rummaunzen, ja? Ich muss noch mal weg.«
Im Fernsehen läuft »WETTEN, DASS...«. Ihre Eltern lieben Unterhaltungssendungen am Samstagabend. Dann trinken sie eine Flasche Riesling aus dem Elsass (der Lieblingswein ihrer Mutter), essen Thunfisch-Pizza und sind glücklich.
Noch vor einem Jahr hat Nina auf dem Sofa zwischen ihnen gesessen, Thunfisch-Pizza gegessen, Cola getrunken und war auch glücklich. In ihrem Flanellschlafanzug, mit dem Stofftier vor dem Bauch und einer Packung Schokoladenkekse in Reichweite. Heute kann sie sich das nicht mehr vorstellen.
Mit den dicken roten Socken sind die Stiefel ziemlich eng. Aber Nina will sie unbedingt noch über die Strumpfhose ziehen. Zu dem schwarzen Minirock sieht das einfach

scharf aus. Unten Skisocken und dicke Stiefel, oben superkurzer Mini. Das hat was.
Nina schiebt den Kater, der mit hoch erhobenem Schwanz um sie herumstreicht, zur Seite. »Hau ab, Momo«, wispert sie, »ich kann dich nicht mitnehmen! Du findest Discos bestimmt scheiße.«
Sie richtet sich auf und betrachtet sich im Spiegel. Die Deckenleuchte ist nicht sehr hell, ihre Mutter liebt schummriges Licht, sie findet das gemütlich.
Nina hat ihre Lippen schwarzrot geschminkt. Zu der weißen Winterhaut sieht das ziemlich krass aus. Nina findet es toll, wenn etwas krass ist, richtig krass. Ein Schocker. Neuerdings überlegt sie immer schon morgens beim Aufstehen, wie sie die Leute in der Schule mit ihrem Outfit schocken kann. Manchmal ist es ja nur eine Mischung aus alten Sachen. Neue kann sie sich sowieso nicht leisten. Ihre Eltern sind nicht gerade supergroßzügig. Wenn sie daran denkt, wie viele Pullover sich Kim allein im Winterschlussverkauf geholt hat...
Na ja.
Nina nimmt ihre rote Lederjacke vom Bügel. Er klappert etwas und sie hält die Luft an.
Im Wohnzimmer rührt sich nichts. Thomas Gottschalk kündigt eine Band an. Und schon geht's los. Irgendein deutscher Popsänger. Nina hat das Lied noch nie gehört. Sie findet deutsche Popsongs ätzend. Das ist auch neu. Das hat Patrick ihr beigebracht.
»Du stehst auf deutsche Schnulze?«, hat er fassungslos gerufen, als sie sich zum ersten Mal über ihre Lieblingssänger

und -gruppen unterhalten hatten. Er hatte sich an den Kopf gefasst und die Augen verdreht. »Ich fass es nicht! Nina Reinhard guckt die Schlagerparade!!!«
»Gar nicht wahr!«, hatte Nina mit rotem Kopf gefaucht.
Die Schlagerparade guckte sie nun wirklich nicht.
»Ich spiel dir irgendwann bei mir mal richtig gute Musik vor«, hatte Patrick gesagt.
»Und was ist für dich richtig gute Musik?«
»Na was schon, Techno. Aber Trance Techno, falls du überhaupt eine Ahnung hast, was das ist. Das geht ab, sag ich dir. Danach haben zigtausende auf der Love-Parade in Berlin getanzt. Das geht durch den Bauch ins Hirn. Das ist der Wahnsinn. Der Hammer. Ich spiel's dir vor, wenn du willst.«
Seitdem steht Nina auch auf Techno, obwohl sie Patricks Lieblings-CD immer noch nicht gehört hat. Irgendwie klappt es nie, dass sie ihn in seiner Wohnung besucht.
Sie nimmt den Haustürschlüssel und lässt ihn in die Jackentasche gleiten. Die Sicherheitskette macht ein Geräusch, wenn man sie zurückschiebt, ein quietschendes, hässliches Geräusch.
Nina presst die Augen zusammen, während sie die Kette zurückschiebt, als ob dadurch das Geräusch leiser würde.
»Nina?«
Ihre Mutter.
Nina reißt die Augen auf, blickt auf die Wand über der Haustür. Da kriecht eine Spinne.
»Nina? Bist du das?«
Nina schluckt. »Jaha!«, ruft sie.

»Komm doch mal her, Murmelchen!«
Momo streicht um ihre Beine. Die Strumpfhosen knistern. Nina ist immer irgendwie elektrisch geladen.
»Hau ab, Momo!« Nina schiebt den anschmiegsamen Kater mit dem Fuß weg, geht zum Wohnzimmer und bleibt hinter der angelehnten Tür stehen.
»Was ist denn?«
»Komm doch rein, Schätzchen!«, sagt ihr Vater. Sie kann durch den schmalen Türspalt seine ausgestreckten Beine sehen, seine Jeans, seine schwarzen Socken. In der Wohnung trägt ihr Vater nie Schuhe. Daneben die Knie ihrer Mutter. Den Rock ein bisschen hochgeschoben, obwohl er eigentlich genau bis über die Knie geht. Sie sagt immer: »Für einen Mini muss man schöne Beine haben. Und ich habe keine schönen Beine, sondern dicke, hässliche, knubbelige Knie.« Ninas Mutter trägt Schuhe mit hohen Absätzen, die schwarzen. An den Wochenenden zieht sie sich abends immer um, auch wenn die beiden nicht ausgehen. Schick für den Fernsehabend! Für die Unterhaltungssendung im ZDF! Nina kann es nicht fassen. Wenn sie das in der Schule erzählt – die lachen sich tot. Nina will aber nicht, dass man über ihre Eltern lacht. Sie liebt ihre Eltern. Die anderen Leute haben schließlich auch Eltern, die komisch drauf sind. In letzter Zeit fällt das richtig auf. Aber vielleicht hängt das damit zusammen, denkt Nina, dass man mit vierzehn sowieso nicht mehr richtig zu seinen Eltern passt. Da hat man sein eigenes Leben, seine Freunde, da nabelt man sich einfach ab. Kim findet auch, dass sie nicht zu ihren Eltern passt.

»Nina! Was ist? Hast du nicht gehört?«
»Doch, klar.«
Nina schiebt die Tür mit der Schuhspitze ein Stückchen auf. Ihre Eltern blicken beide mit dem Weinglas in der Hand zu ihr hin. Sie lächeln, aber das Lächeln im Gesicht ihrer Mutter erlischt, als sie Ninas Aufzug sieht. Klirrend stellt sie ihr Weinglas auf den Tisch.
»Gehst du noch mal weg?«, fragt sie fassungslos.
Nina sagt nichts. Sie will erst mal abwarten, wie die Stimmung ist, wie die Eltern überhaupt auf ihre Kleidung reagieren. Der Minirock gehört ihr nicht. Den hat Kim ihr geliehen, nur für heute Abend, weil sie sich für Patrick doch schön machen will. Sie haben heute ihren Tag. Den besonderen Feiertag. Heute vor einem Monat haben sie sich verliebt. Und zwar total. Und zwar so, dass Nina eigentlich an nichts anderes mehr denken kann außer an Patrick.
»Wie siehst du denn aus!«, ruft ihr Vater. Er steht auf und kommt auf sie zu. »Ist das jetzt etwa Mode?«
»Klaus, dein Glas!«, ruft Ninas Mutter. Der Wein schwappt über den Rand auf den Teppich. Ninas Mutter hat gerade den Teppich mit Schaum gereinigt, das war eine Heidenarbeit, den ganzen Nachmittag auf Knien.
»Ich pass schon auf.« Ninas Vater stellt das Glas auf den Gläserschrank. Er kneift die Augen zusammen und schaut seine Tochter an.
Nina erwidert trotzig seinen Blick.
Ihr Vater streckt die Hand aus und berührt Ninas Wange.
»Ist das Schminke?«, fragt er. »Nimmst du etwa Make-up?«
Nina hebt die Schultern.

»Und die Lippen!«, ruft ihr Vater. Er dreht sich zu seiner Frau um. »Kathrin, guck dir an, wie Nina sich geschminkt hat!«
Ninas Mutter lehnt sich auf dem Sofa zurück, sie hatte ihre blonden Haare auf dicke Wickler gedreht und jetzt fallen sie bis auf die Schultern. Fast so tolle Haare wie Scarlett Johansson. Nina beneidet ihre Mutter glühend um die schönen Haare. So dick, so blond, so viele! Nichts, was an ihrer Mutter schön ist, hat sie geerbt. Ihre Mutter hat auch schöne Augen, ganz hellblau. Und schmale, lange Hände. Nina findet, dass sie Wurstfinger hat. Über solche Ungerechtigkeiten kann sie manchmal richtig zornig werden. Wenn man eine Mutter hat, die schöne Haare, schöne Hände und schöne Augen hat, wieso kann man nicht wenigstens etwas davon erben?
»Klaus«, sagt Ninas Mutter, »mit vierzehn schminken sich die Mädchen nun mal. Lass sie doch, wenn's ihr Spaß macht!«
Klaus Reinhard schaut seine Tochter an, ganz zärtlich, weil er Nina liebt, aber auch irgendwie fassungslos. Das merkt Nina.
»Ach, Paps«, sagt sie, »das sieht doch toll aus.« Sie küsst ihren Vater und neigt neckisch den Kopf zur Seite. Er mag es, wenn sie ein bisschen kokett mit ihm ist. Auf dem Fest vom Sportverein tanzt er auch immer mit Nina. Und tut so, als wenn er mit ihr flirtet. Er ist unheimlich stolz auf sie. Das gefällt ihr ja auch. Obwohl ihr Vater ziemlich schlecht tanzt, mal abgesehen von Rock 'n' Roll. Da will er immer mit ihr den Schulterschwung machen, aber darauf hat Nina wieder keine Lust. Das findet sie albern.
»Ich weiß nicht.« Klaus Reinhard geht einen Schritt zurück,

blickt unsicher von seiner Frau zu seiner Tochter. »Und du sagst nichts, wenn Nina so rumläuft?«
»Wieso? Hier sind wir doch unter uns.« Ninas Mutter lächelt und winkt ihrer Tochter. »Komm, Murmelchen, setz dich zu uns! Da laufen ein paar ganz verrückte Wetten heute Abend. Ich bin gespannt, wer gewinnt. Willst du was trinken? Was hast du den ganzen Abend in deinem Zimmer gemacht?«
»Gelesen.« Nina geht an ihrem Vater vorbei ins Wohnzimmer und nimmt sich eine Handvoll Erdnüsse aus der Schale. Sie wirft sie sich in den Mund und beginnt zu kauen.
Hoffentlich merken die Eltern nicht, dass sie gelogen hat. Sie hat nämlich nicht gelesen, sondern zwei Stunden damit verbracht, sich anzuziehen und zu schminken und an Patrick zu denken. Sie hätte auch vier Stunden damit zubringen können. Ohne Fernsehen, ohne Musik, ohne irgendwas. Einfach nur an Patrick denken und sich dabei schminken und überlegen, wie sie dann auf Patrick zugeht und der sie anschaut und man in seinem Gesicht lesen kann, was er alles denkt... Das ist einfach das Tollste.
Klaus Reinhard geht in die Küche. Vielleicht holt er für Nina etwas zu trinken – er ist oft ein Kavalier. Nina findet das süß. Schon ruft er aus der Küche:
»Also, wir haben Apfelsaft, O-Saft, aber keine Cola.«
»Cola ist schlecht für die Zähne«, sagt Ninas Mutter. »Bring ihr Apfelsaft!«
»Mami!«, sagt Nina. »Ich will nichts trinken.«
Ihre Mutter rückt auf dem Sofa ein bisschen zur Seite, aber Nina schüttelt den Kopf und bleibt stehen. »Ich geh noch mal weg, Mami.«

Ihre Mutter schaut sie an mit den schönen, großen blauen Augen, die immer so verwundert gucken können. Sie hätte zum Film gehen sollen. In keiner Soap gucken die Frauen so wie sie. Das wäre ein echter Erfolg geworden.
»Jetzt noch? Jetzt willst du noch mal weg?«
»Ja! Ist doch noch nicht spät.«
»Was hast du gesagt, Kathrin?«, ruft Klaus Reinhard aus der Küche. »Apfelsaft oder O-Saft?«
»Gar nichts!«, ruft Nina laut. Dann beugt sie sich vor und schaut ihre Mutter eindringlich flehend an. »Bitte Mami, nur ganz kurz, zwei Stunden oder so.«
Die Augen ihrer Mutter wandern zu der Uhr auf dem Glasschrank. Das wertvollste Stück in der Wohnung. Eine Athmosuhr, die sich immer von selber wieder aufzieht, nur durch die Temperaturschwankungen, die zwischen Tag und Nacht im Zimmer herrschen. Ein Wunder der Technik. Schon Jahrhunderte alt, hat ihr Vater gesagt.
»Aber es ist schon nach neun, Nina!«, flüstert ihre Mutter.
»Da fängt es doch gerade erst an«, sagt Nina.
»Was fängt an?« Klaus Reinhard steht in der Tür, die Saftflasche in der Hand.
»Sie will noch mal weg«, sagt Ninas Mutter, ein bisschen unsicher, ob sie jetzt energisch oder verständnisvoll sein soll. Sie will keinen Krach. Nicht am Samstagabend. Kathrin Reinhard kann Streit in der Familie nicht ausstehen, davon bekommt sie sofort Rückenschmerzen. Andere Mütter bekommen Kopfschmerzen, wenn sie sich aufregen, aber Ninas Mutter hat es dann immer gleich im Kreuz.

»Du willst noch mal weg?« Klaus Reinhard geht um sie herum, schaut sie an. »Deshalb hast du dich so aufgebrezelt.«
»Ich hab mich nicht aufgebrezelt«, sagt Nina. »Ich hab mir bloß mal was anderes angezogen. Der Rock ist übrigens von Kim, bevor ihr an die Decke geht. Ich hab den nicht gekauft oder geklaut oder so was.«
»Gekauft oder geklaut oder so was!« Ihr Vater hat die Worte wiederholt. Er schaut seine Frau an. »Wie redet sie denn?«
»Weiß ich auch nicht.« Kathrin Reinhard hebt die Schultern. »So redet man heutzutage offenbar, wenn man vierzehn ist und sich ganz toll vorkommt.«
»Also, was ist?« Nina hat die Hände in die Hüften gestemmt. »Zwei Stunden?«
»Es ist schon nach neun«, sagt ihr Vater.
»Das haben wir auch schon festgestellt«, sagt Ninas Mutter.
Nina spürt, dass sie es schaffen wird. Ihre Mutter will keinen Streit heute Abend, die beiden verstehen sich gut, sie brauchen ihre Tochter doch gar nicht.
»Soll ich euch noch eine Flasche Wein aus dem Keller holen?«, fragt Nina eifrig. »Oder ist noch eine im Kühlschrank?«
Sie hebt die Flasche hoch. Es ist nur noch ein kleiner Rest drin. Ihr Vater lächelt, zum ersten Mal. Das ist auch ein gutes Zeichen.
»Sie will uns betrunken machen«, sagt ihr Vater, »damit wir nicht merken, wenn sie um elf nicht wieder da ist.«
»Halb zwölf«, sagt Nina, »bitte. Elf klingt so nach Kinderparty.«

»Was ist es denn für eine Party?«
Nina möchte am liebsten nicht sagen, dass sie mit Patrick ins LOGO gehen will. Patrick lädt sie ein. Kostet sechs Euro Eintritt. Aber dafür hat man einen Longdrink frei. Ist trotzdem viel Geld. Und der Longdrink ist auch nicht besonders long und besteht, wie Patrick ihr erzählt hat, zu zwei Dritteln aus Leitungswasser.
»Ich bin eingeladen«, sagt Nina ausweichend.
»Eingeladen? Von einem Schulkameraden?«
»So ungefähr«, murmelt Nina. Sie wendet sich zum Gehen, weil sie keine Lust hat, bei solchen Gesprächen ihren Eltern ins Gesicht zu sehen.
»Und wo findet das statt?«
»Zwei Bushaltestellen«, sagt Nina. »Echt nicht weit. Macht euch keine Sorgen!«
»Wir machen uns immer Sorgen um dich.« Kathrin küsst ihre Tochter und streicht ihr über die Haare, in die Nina Gel geschmiert hat, damit sie besser sitzen. Nina ist ihrer Mutter richtig dankbar, dass sie dazu keine Bemerkung fallen lässt. Bestimmt geht sie aber nachher ins Bad und wäscht sich das Zeug von den Fingern. Es riecht ein bisschen nach Kokosnuss. Nina findet das krass, weil alle das zurzeit krass finden.
»Wenn wir uns keine Sorgen machen würden, wäre es dir bestimmt auch nicht recht, oder?« Ihre Mutter gibt ihr einen Kuss. Der schmeckt nach Wein. »Und wer hat dich eingeladen?«, fragt sie nun doch, als sie sie bis zur Haustür begleitet. Sie kann einfach nicht anders. Sie möchte immer in alles eingeweiht werden. »Wieso hast du nichts erzählt?«

»War ja erst vorhin, am Telefon, weißt du doch.«

Um sechs hatte Patrick noch mal angerufen, aber sie hatte den Hörer geschnappt, bevor ihre Mutter das Telefon erreichen konnte.

Ihre Mutter lächelt. »Ziemlich schwarz, der Lippenstift. Ist das jetzt Mode?«

»Genau.« Nina würde ihrer Mutter gern einen Kuss geben, aber sie fürchtet, dass dann vom Lippenstift gar nichts mehr übrig bleibt. Und noch mal in den Spiegel gucken will sie nun auch nicht, unter den forschenden Augen ihrer Mutter.

Sie öffnet die Haustür, dreht sich noch einmal um und winkt ihrer Mutter.

Die wirft ihr ein Kusshändchen zu. Das ist süß. Ihre Mutter ist gut gelaunt. Die beiden können sich doch einen schönen Abend machen, denkt Nina.

Nina ruft: »Macht euch einen schönen Abend!«

»Machen wir doch immer!«, sagt ihre Mutter fröhlich.

Aber dann kommt sie doch noch einmal ins Treppenhaus und beugt sich über das Geländer und fragt: »Wie heißt er denn?«

Nina bleibt stehen. Sie zögert einen Moment, aber dann sagt sie: »Patrick.«

Und rennt die letzten Stufen runter, reißt die Haustür auf, ein kalter Nachtwind weht ihr entgegen und dann fällt die Haustür hinter ihr ins Schloss.

2

Patrick wartet vor dem Eingang zum LOGO. Er hockt auf der Mauer, die das LOGO vom Fabrikgelände der Lorenz KG trennt, einer Essigfabrik. Manchmal riecht es auf dem Parkplatz neben dem LOGO wie in einem Sauregurkenfass. Die einen finden das klasse, weil man dann wieder nüchtern wird, die anderen sagen aber, ganz im Gegenteil, dann müssen sie sofort kotzen. Deshalb hat der Türsteher vom LOGO auch an den Tagen, an denen der Wind von der Fabrik rüberkommt, einen weißen Mundschutz vor dem Gesicht. Als Gag. Soll lustig sein, hat Patrick Nina mal erklärt. Der Typ ist echt gut drauf. Macht immer so Witze, wo die anderen denken, hallo, was soll das jetzt? So kann er die Schlauen von den Doofen unterscheiden.

An diesem Abend trägt der Türsteher eine rot-weiß gestreifte Zipfelmütze und ein HSV-T-Shirt über dem Lederanzug. Die Hamburger haben am Nachmittag 3 : 2 gegen Duisburg gewonnen. Alle, die einen HSV-Button tragen, lässt er mit einem breiten Grinsen rein.

Patrick springt von der Mauer, als er Nina entdeckt. Nina steht etwas ängstlich in der Schlange von Leuten, die reingelassen werden wollen. Sie schaut sich nach Patrick um, aber wenn man nicht gerade im Lichtkegel des Scheinwerfers steht, ist man so schwarz wie die Nacht. Außerdem trägt Patrick dunkelgraue Jeans, einen dunkelgrauen Pulli und darüber eine schwarze Wachsjacke. Nina erkennt ihn erst, als er sich direkt vor ihr aufbaut und sagt: »Hast du zufällig einen HSV-Button dabei?«

Nina lächelt, weil sie sich freut, Patrick zu sehen. Patrick hat keine Zeit zu lächeln. Er sieht nur all die Leute, die reingelassen werden. Seit einer halben Stunde hat er mitgezählt. Er weiß, dass der Laden schon überfüllt ist. Das ist immer seine Panik, dass er nicht mehr reinkommt mit dem ersten Schwung. Dann heißt es warten, bis die Ersten wieder gehen, und das kann dauern.

»Einen was?«, fragt Nina.

»Mensch, tu nicht so! Einen HSV-Button. Fußballverein. Sagt dir das was? Hamburger SV? Hamburger Sportverein?«

Nina lacht. Sie ist verlegen. »Schrei doch nicht so! Ich hab keinen HSV-Button. Wozu brauchst du den?«

Patrick deutet auf den Türsteher neben der rot lackierten Stahltür. »Schau ihn dir an!«

Nina sieht vom Türsteher nur die Zipfelmütze, sie ist nicht so groß wie Patrick, höchstens eins fünfundsechzig. Patrick ist fast eins achtzig. Der hat einen anderen Überblick. Den hat er sowieso, er ist schon siebzehn.

Nina stellt es sich absolut supergut vor, endlich siebzehn zu sein.

Mit vierzehn wird man immer noch wie ein Kind behandelt, denkt sie, von allen. Den Eltern, den Verwandten, den Lehrern, sogar im Supermarkt sagen die immer noch du. Selbst wenn man mit geschminkten Lippen und aufgedrehten Haaren reinkommt. »Na, was suchst du denn?« So reden einen die Leute an, die die Regale einsortieren. »Kann ich dir

helfen?« Da ist Nina dann schon sauer und will überhaupt nichts mehr. Sie möchte erwachsen sein, ernst genommen werden. Sie weiß gar nicht mehr genau, seit wann das so wichtig ist. Vielleicht erst seit einem Monat, vielleicht erst seit sie mit Patrick geht. Patrick ist schon erwachsen. Das ist es. Patrick hat ein ganz anderes Selbstbewusstsein. Sie wünscht sich, mal so cool zu sein wie Patrick. Sie arbeitet daran. Aber die Eltern haben noch nichts gemerkt. Wo sie sonst alles merken.
»HSV-Leute kommen schneller rein. Ich beobachte das seit einer halben Stunde.«
Patrick schiebt sie unmerklich immer weiter nach vorn. Er ist auch im Vordrängeln einfach super. Ein paar Mädchen gucken zwar, sagen aber nichts, als Patrick ihnen sein Lächeln schenkt. Wenn er lächelt, blitzen seine weißen Zähne und die Nase kräuselt sich. Süß findet Nina das. Sie findet fast alles an Patrick süß.
»Ich bin aber kein HSV-Fan.« Nina findet das Gespräch jetzt richtig bescheuert, sie muss lachen. »Soll ich nächstes Mal mit einem Fußball kommen oder einer Autogrammkarte von Ballack oder was?«
»Ballack ist nicht beim HSV.« Er schiebt sie weiter.
Nina denkt, er hat noch nicht gesagt, wie ich aussehe. Hat mir nicht mal einen Kuss zur Begrüßung gegeben. Irgendwie wirkt er total nervös. Was ist los mit ihm? Bereut er es etwa schon, dass wir zusammen sind?
Wohin sie schaut: Überall Klassefrauen.
»Was ist los?«, fragt Nina, als Patrick sie energisch vorwärtsschiebt, obwohl es wirklich keinen Zentimeter mehr weiter-

geht. Sie dreht sich zu ihm um. »Hast du schlechte Laune oder was? Soll ich wieder gehen?«
Patrick macht ein verblüfftes Gesicht, dann wirft er den Kopf zurück und lacht. »Quatsch, wieso soll ich schlechte Laune haben?« Er küsst sie. Der Kuss verrutscht etwas und landet auf ihrem Hals. Das kitzelt. Jetzt muss auch Nina lachen.
Wenn Patrick lächelt, gefällt er ihr am besten. Als sie sich in ihn verliebt hat, vor vier Wochen auf dem Weihnachtsmarkt, da hatte er auch so gelächelt, wegen ihrer komischen Mütze. Sie weiß noch genau, was er damals gesagt hat: »Irgendwie erinnerst du mich an den kleinen Eisbären. Das war mein Lieblingsbuch, als ich ungefähr neun war oder so.«
Ninas Lieblingsbuch war »Oh, wie schön ist Panama« gewesen, aber den kleinen Eisbären kennt sie auch. Sie wusste sogar, wie er heißt. »Du meinst doch nicht Lars?«, hat sie gesagt und Patrick hat gestrahlt, als würden Weihnachten und Ostern auf einen Tag fallen.
»Echt! Du kennst Lars! Den schärfsten Typen am Nordpol!«, hat er geschrien und sein Lächeln war einfach umwerfend gewesen. In diesem Augenblick musste sie sich einfach in ihn verlieben und dann waren auch noch ein paar Schneeflocken vom Himmel gefallen und es hatte nach Glühwein und gebrannten Mandeln gerochen, obwohl sie direkt vor einem Fischbrötchenstand zusammengeprallt waren, irgendwie alles ganz verrückt. Genauso ein Gedränge wie jetzt war damals gewesen, aber es hatte ihnen überhaupt nichts ausgemacht. »Deine Küsse kitzeln«, sagt Nina.

»Okay, dann gibt's einen Nachschlag.«
Der Türsteher hat gerade einen Schwung Jungen reingelassen und schaut jetzt über die Gesichter der Leute. Die Köpfe werden angestrahlt von dem Scheinwerfer über der Tür. Der Türsteher steht ein bisschen erhöht auf einer Treppenstufe.
Er schaut sie alle an. Und alle schauen ihn an wie einen Star, wie einen Helden, den Erleuchter. Manche winken und schreien, springen hoch und rufen: »Hier! Ich!« Einige kennen den Türsteher auch mit Namen. Sie rufen: »Jupp, lass uns rein, bitte! Jupp, guck mal her! Hier sind wir!«
Es ist ein irres Gedränge und Geschreie.
Patrick boxt für sich und Nina eine Gasse. Nina ist es peinlich, sie lächelt entschuldigend nach rechts und links, aber insgeheim genießt sie es doch: Allein würde sie sich so was nie trauen.
Jupp hebt den Arm, streckt die Hand und deutet mit dem ausgestreckten Mittelfinger, an dem ein riesiger Technoring prangt, auf sie. »Du kannst rein.«
Nina schaut sich um. Wen hat er gemeint?
»Du da, mit den dunklen Haaren, rote Jacke.«
»Das bin ich!«, flüstert Nina. Sie schaut zu Patrick. Patrick starrt auf den Türsteher, ganz konzentriert. Er hat jetzt schmale Lippen und seine Nasenflügel beben ein bisschen.
»Und ich?«, schreit er. »Wir sind zusammen!«
»Keine Jungs mehr«, sagt der Türsteher.
»Was?«, schreit Patrick. »Was sagst du?«
»Ich hab schon einen Haufen Jungs drin, Mann«, brüllt der Türsteher über die Menge, »jetzt kommen nur noch Tussis,

nur noch Mädels. Verstanden? Geht mal ein bisschen zurück! Lasst die mit der roten Jacke durch. Dunkle Haare, rote Jacke, lasst sie durch, ja!«
Nina wird vorwärts geschoben, gedrängt, gedrückt. Sie dreht sich zu Patrick um. Er zwinkert ihr zu.
»Ich wusste schon, warum ich mich in dich verknallt hab«, sagt er. »Du fällst auf. Du siehst klasse aus. So was kommt immer gut bei Typen wie dem da an.«
Sie steht jetzt fast direkt vor Jupp. Der Türsteher nickt ihr nur einmal zu. Er hat sie nicht rausgefischt, weil er sie besonders toll findet, persönlich besonders toll findet, das merkt Nina sofort an der gleichgültigen Art, wie er sie ansieht. Sie stand eben direkt im Scheinwerferlicht und er hat sie zuerst entdeckt. War aber trotzdem süß von Patrick, dass er das gesagt hat, denkt sie. Und lächelt.
Wo ist Patrick? Sie schaut sich um. Er winkt mit beiden Armen.
»Geh rein, ich komm nach!«, schreit Patrick.
»Kasse gleich links«, sagt Jupp und schiebt sie durch die Tür, die von innen immer nur einen Spalt geöffnet wird, wenn er von draußen dagegenpocht. Der Spalt ist genau so breit, dass man niemals einen Blick nach innen erhaschen kann. Das erhöht den Reiz.
Nur der Lärm, das Dröhnen der Bässe, schlägt für einen Augenblick über den Köpfen der Wartenden zusammen wie ein Donnerschlag.
Nina steht an der Kasse. Vor ihr eine Gruppe Jungen, die herumalbern und sich wahnsinnig toll vorkommen, weil sie endlich drinnen sind. Nina hört aus ihren Gesprächen, dass

sie noch nie im LOGO waren. Alles neu für sie. Wahrscheinlich kommen sie aus einem Vorort, Pinneberg oder Volksdorf oder so. Sie beachten Nina nicht.
Nina holt ihr Portemonnaie raus. Eigentlich wollte Patrick sie ja einladen. Aber sie hat Geld dabei, weil sie Patrick einen Drink spendieren wollte, irgendetwas seiner Wahl, um den Ersten zu feiern. Das erste Jubiläum. Einen ganzen Monat lang verliebt in den gleichen Typen! Und jeden Tag mehr. Keine Aussicht, dass so was mal aufhört. Irgendwie irre.
»Garderobe da drüben!«, brüllt das Mädchen an der Kasse. Hier muss man brüllen. Die Musik wummert und dröhnt aus allen Boxen. In ihren Ohren beginnt es zu rauschen. Nina muss sich die Finger ganz tief in die Ohren stecken, um das Rauschen wegzukriegen. Aber den anderen geht es genauso. Die Lautsprecher sind übersteuert, die Bässe viel zu dominant, aber so muss es sein, wenn man beim Tanzen das richtige Feeling haben will.
»Ich lass die Jacke an!«, brüllt Nina.
Das Mädchen nickt. Nina schiebt den schwarzen Vorhang zur Seite und tritt ein. Im ersten Augenblick sieht sie nichts. Nur die Lichtkegel, die über die Köpfe der Tanzenden hinweg durch den Raum wandern, und darin die feinen Rauchschwaden, die sich kräuseln und kringeln und in Spiralen nach oben ziehen. Sie muss husten. Sie muss immer husten, wenn sie eine Disco betritt. Zu viel Teer in der Luft, zu viel Qualm. Aber so ist es nun mal. Eine Disco ohne Qualm gibt es nicht.
»He«, sagt jemand neben ihr, »tanzt du?« Ein Typ mit Glatze und Nasenpiercing steht vor ihr und grinst sie freundlich

an. »Ich kenn dich. Du wohnst in der Husumer Straße, stimmt's?«

Nina nickt. Woher weiß der das? Sie ist sicher, dass sie ihn noch nie gesehen hat.

»Ich arbeite in dem Fahrradshop, Ecke Glückstädter Weg und Husumer Straße.«

»Ach so«, sagt Nina. Sie schaut sich nach Patrick um. Der ist nirgendwo zu sehen.

Und was mach ich, wenn er nicht kommt? Wenn er es nicht schafft?, fragt sie sich.

»Bist du auch allein hier?«, fragt der Typ.

Nina hebt die Schultern, lächelt. »Eigentlich nicht«, sagt sie.

»Aber eigentlich doch, was?« Er nimmt einfach ihre Hand und zieht sie weiter. So viele Leute, die drängeln und schieben. Viele tanzen mit geschlossenen Augen, die Arme über dem Kopf, sehen nicht, was um sie herum passiert, treten einem auf die Füße, rempeln einen an. Da vorn, ganz weit vorn ist irgendwo die Theke.

»Willst du was trinken?«, brüllt der Typ.

Nina lächelt. Sie schüttelt den Kopf und sagt: »Nein, danke«, aber der Typ ist schon weiter. Man kann sich in solchen Schuppen nicht verständigen. Man muss vorher wissen, was man will, bevor man in diesen Lärmtempel eintritt, sonst schafft man es nicht mehr. Streiten kann man sich hier auch nicht, das ist das Gute, weil keiner hört, was der andere sagt. Hier kannst du nur trinken, tanzen, dich anhimmeln, die Augen verdrehen, schmusen. Und kiffen, würde Kim sagen. Und Ecstasy-Pillen einschmeißen. Kim hat eine richtige Panik davor, irgendwie mit Drogen in Berührung zu kommen.

Aber Nina war schon dreimal im LOGO und hat noch nie jemanden gesehen, der gekifft oder Pillen eingeworfen hat.
»Das sieht man doch auch nicht!«, hat Kim gemeint.
»Meinst du, das machen die öffentlich? Für so was gehen die aufs Klo!«, sagt sie.
»Cola-Rum?«, fragt der Typ.
Bevor Nina Nein sagen kann, hat er schon bestellt, zieht großspurig sein Portemonnaie. Nina ist das peinlich. Sie weiß nicht, wie sie sich verhalten soll. Sie hat noch ihre Eintrittskarte mit dem Freidrink. Aber den will sie doch mit Patrick trinken. Wo steckt der bloß?
Der Typ drückt ihr ein hohes, schmales Glas in die Hand, brauner Inhalt, Eiswürfel. Wenn man es an die Wange hält, merkt man, wie heiß der Kopf ist. Tolles Gefühl.
»Geile Musik, oder?« Er hebt das Glas und grinst. Er ist nett, nur seine Glatze stört irgendwie.
Nina hebt auch ihr Glas.
»Prost«, sagt er.
»Ja«, sagt Nina, »prost.« Sie trinken, lächeln sich an. Dann sucht Nina wieder mit den Augen den Raum ab. Das Zucken der Lichter, mal das eine Gesicht erleuchtet, mal das andere, alles irgendwie abgehackt, wie die Musik, der Fußboden unter ihr vibriert vom Sound und von den Bässen. Sie lächelt. Der Drink tut gut. Sie hatte wirklich Durst. Hoffentlich ist nicht so viel Rum drin, denkt sie, als sie den zweiten Schluck nimmt. Aber wird schon nicht, denn die wollen ja was verdienen an dem Zeug.
Der Typ schaut ihr zu, wie sie trinkt. Als wenn das irgendwie sensationell aussieht, denkt Nina und wird rot.

Er beugt sich vor und schreit ihr ins Ohr: »Ich sehe dich jeden Morgen, wenn du an dem Laden vorbei zur Schule gehst.«
»Ach ja?« Nina lächelt.
»Ich hab immer schon mal gedacht, irgendwann treff ich dich.« Wenn er ihr weiter so ins Ohr schreit, kriegt sie Kopfschmerzen.
»Wie heißt du?«, brüllt er.
»Nina.«
»Und weiter?«
»Nina Reinhard.« Hätte sie vielleicht nicht sagen sollen, den Nachnamen. Jetzt kann er sie im Telefonbuch finden und immerzu anrufen. Aber vielleicht tut er das gar nicht, wenn er erst mal sieht, dass sie mit Patrick zusammen ist. Außerdem ist er nett und Patrick ist ja noch nicht da. »Und du?«, brüllt sie.
»Ole Jensen«, schreit er. »Leicht zu merken, was? Ole und Nina. Passt gut zusammen.«
Nina wird rot. Ist ein bisschen schnell, der Typ. Sie lässt sich nicht gerne anmachen. Nicht auf diese Tour, jedenfalls. Sie stellt das Glas ab, lächelt ihm zu, legt kurz ihre Hand auf seinen Arm. »Danke für die Cola!«
Seine Hand hält sie fest. »Wieso, haust du schon ab?«
»Ich muss jemanden suchen.« Nina lächelt, winkt. »Tschau, bis später.«
»Hey, Mann, warte. So geht das nicht.« Immer noch hält Ole sie fest. »Mann, wir wollten doch tanzen!«
»Jetzt nicht«, sagt Nina.
»Klar, jetzt doch. Wann sonst, wenn nicht jetzt?« Ole zieht

sie an den Schultern ganz dicht zu sich ran. Dann schiebt er sie vor sich her, bis er einen freien Platz zum Tanzen findet, schubst sie ein bisschen von sich weg und beginnt zu tanzen. Nina beobachtet ihn. Er ist sehr groß, sehr schmal, nicht besonders modern angezogen, jedenfalls trägt er nicht die Sachen, die gerade angesagt sind. Na ja, manche geben ihr Geld für Klamotten aus, andere laden wildfremde Mädchen im LOGO zu einer Cola-Rum ein. Irgendwie sympathisch.
Plötzlich zieht jemand an ihren Haaren. Ninas Kopf wippt nach hinten.
»Und ich such dich überall!« Patrick.
Sie dreht sich zu ihm um. Er hält immer noch eine Haarsträhne hoch. Nina dreht sich wie an einem Faden. Es tut ein bisschen weh, aber nicht sehr. Sie freut sich, dass Patrick endlich drin ist.
Da bekommt Patrick einen Schlag in den Bauch. »Hey, lass sie los, Mann!« Das ist Ole. Er denkt, Patrick tut ihr weh. Er denkt, Patrick will sie irgendwie blöd anmachen. Kann man ja auch denken. Hat ja auch ein bisschen wehgetan.
Nina stößt Ole zurück. »Ist schon in Ordnung. Das ist mein Freund.« Sie lächelt ihm eine Sekunde zu. »Trotzdem danke.«
Ole steht da wie ein Ölgötze, den Mund halb offen, schaut blöd.
Patrick rappelt sich wieder auf, atmet tief durch, wirft Ole einen wütenden Blick zu. Nina gibt Patrick schnell einen Kuss. »Alles in Ordnung«, brüllt sie, »er wohnt in meiner Straße.« Als wenn das eine Erklärung wäre.
Patrick atmet noch zweimal tief durch. Er hasst es, so ange-

macht zu werden. Kann man ja verstehen. Schließlich hebt er die Schultern bis an die Ohren, lässt sie wieder fallen, wiederholt das noch zweimal. »Das ist meine Art zu relaxen«, hat er Nina mal erklärt. Dann nimmt er Ninas Hand und zieht sie weg.
Sie schaut sich nicht zu Ole um, das wäre jetzt übertrieben, außerdem ist sie froh, dass Patrick sie endlich gefunden hat. Sie tanzen, ganz eng. Patrick hat seine Arme um ihren Hals gelegt. Sie spürt seinen Atem am Gesicht.
»Heute ist unser Erster«, sagt Nina in sein Ohr.
»Was denn für ein Erster?«, fragt er.
»Na, unser erstes Monatsjubiläum! Weißt du es nicht? Heute vor einem Monat hat es angefangen.«
Patrick schaut sie an, runzelt die Stirn, denkt nach, grinst. »Mann, und so was merkst du dir?«
Nina ist ein bisschen gekränkt. Sie hatte gedacht, er weiß es auch. Irgendwie hatte sie angenommen, dass sie deshalb heute Abend hier sind, um das zu feiern. Aber Patrick hat das Datum vergessen! Na ja, denkt sie, macht nichts. Sie wird ihn trotzdem einladen.
»Willst du was trinken?«, fragt sie, als sie ganz erschöpft vom Tanzen sind und der DJ gerade ein Scherzchen macht, bevor er eine neue Scheibe auflegt. »Ich lad dich ein.«
»Oh«, sagt Patrick, »stark.«
»Cola-Rum?«, fragt Nina. »Ich hab schon eine getrunken. Schmeckt lecker.«
»Du hast schon eine getrunken?«
»Ja«, sagt Nina, »hat Ole spendiert. Du weißt schon, der Junge aus meiner Straße.«

Patrick schaut sie an. Sie weiß nicht, was er denkt. Sie lächelt, sie stellt sich auf die Zehenspitzen, um ihn zu küssen. Er wendet sich ab, nur ein kleines bisschen, aber sie hakt ihn unter.
Eifersüchtig, denkt Nina, Patrick ist eifersüchtig. Das ist toll.
Kim sagt immer, erst wenn man sieht, dass die Jungen eifersüchtig sind, weiß man, dass sie überhaupt was empfinden. Weil die ja immer so cool tun. Als wäre ihnen alles egal. Als wären Gefühle irgendwie Weibersache. Aber die Eifersucht, die können sie trotzdem ziemlich schlecht verbergen. Wahrscheinlich hat Kim recht. Sie kennt sich in solchen Sachen besser aus. Kim redet mit ihrer Mutter über so was. Frau Wolf ist Psychologin.
Manchmal wünscht Nina sich eine Mutter wie sie. Sie arbeitet in der Drogenszene mit Jugendlichen, die auf der Straße leben, und versucht, sie irgendwie wieder auf den richtigen Weg zu bringen. Kims Mutter hat so viele kaputte Typen gesehen, sie weiß genau, was in manchen Köpfen so vor sich geht, deswegen ist sie viel toleranter mit Kim. Kleine Probleme sind bei ihr kleine Probleme. Bei Ninas Eltern sind es meistens gleich große Probleme.
Mit Kims Mutter kann man auch über Themen wie Schwulsein oder lesbische Mädchen reden. Sie findet solche Gespräche völlig normal. Ninas Mutter würde vor Scham wahrscheinlich im Erdboden versinken, weil sie immer noch denkt, dass Nina ein kleines Mädchen ist, das am liebsten mit Barbie-Puppen spielt und an den Weihnachtsmann glaubt. Manche Eltern wollen einfach nicht einsehen, dass

ihre Kinder erwachsen werden und sich für ein paar andere Dinge interessieren.
Zum Beispiel Silvester mit Kim, das war einfach super. Wie sie ganz allein in Kims Wohnung gefeiert haben, Nina und Kim, mit all dem lustigen Quatsch, den Kims Eltern für sie hingestellt hatten. Bleigießen und so... Kim waren die verrücktesten Geschichten eingefallen zu den Bleiformen. Sie haben sich totgelacht. Sie sind in ihren Schlafanzügen durchs Haus gehüpft, mit Pappnasen im Gesicht, haben so viel Eis mit Schokosoße gegessen, dass ihnen fast schlecht war, und um zwölf haben sie die Knaller losgelassen.
Nie wird Nina den Augenblick vergessen, als sie den einen Knaller aufgerissen hat und ein Kondom drin war! Ein ausgewickeltes Kondom! Das war der absolute Silvester-Hit! Den Blödsinn, den sie damit angestellt haben, kann man niemandem erzählen, wirklich keiner Menschenseele...
Kim glaubt, dass der Knaller ein Silvesterscherz für ihre Mutter war, von jemandem aus der Drogenberatung oder so. Aber sie haben sie nicht gefragt. Nina wollte das Ding unbedingt behalten, als Erinnerung. Sie hat es in ihren Atlas gelegt.
»In den Atlas?«, hat Kim fassungslos gefragt. »Wieso denn ausgerechnet da rein?«
»Da fällt er nicht so schnell raus«, hat Nina geantwortet.
»Aber so was trägt man doch bei sich. Für den Fall der Fälle«, hat Kim gekichert, »wenn mal Not am Mann ist.«
Vielleicht wird sie Patrick von Silvester erzählen. Vielleicht heute Abend. Irgendwie hat sie das Gefühl, dass Patrick die Geschichte cool finden würde.

3

Patrick fühlt sich nicht besonders gut. Er hat Kopfschmerzen. Er findet zum ersten Mal in seinem Leben die Musik im LOGO zu laut. Und die Laserstrahlen zu aggressiv. Wenn er aus Versehen einmal direkt in so einen Strahl schaut, der langsam über die brodelnde Menge schweift, dann ist das wie ein Blitzschlag in seinem Gehirn. Er weiß nicht, woran das liegt. Früher hatte er solche Probleme nicht, früher ist er fast jeden Abend in so einem Schuppen gewesen, wo sie superlaute Musik gemacht haben, und er hat nichts gefühlt, war vollkommen okay, ist rausgegangen, hat dreimal geschluckt und ein bisschen an den Ohrläppchen gezogen, ist nach Hause gefahren, in die Koje gefallen und hat gepennt.
Genauso hat er das immer allen Leuten geschildert. Und morgens hat er sich topfit gefühlt.
Okay, nicht gerade topfit für die Klassenarbeiten, aber topfit für ein anständiges Frühstück und irgendeinen Blödsinn, den man aushecken konnte.
In der Schule ist er nie eingeschlafen, hat auch nie irgendeinen Quatsch gemacht, für den die Lehrer ihn besonders auf dem Kieker hatten, war immer so mehr Durchschnitt, immer freundlich zu den Lehrern, hat sich sogar auch mal freiwillig für irgendein Referat oder so gemeldet. Wenn Patrick über sein Leben als Schüler nachdenkt, findet er, dass die Lehrer eigentlich verdammtes Glück mit ihm gehabt haben. Er hat nie Ärger gemacht. Nicht wie Niels oder René, die

mal den ganzen Wagen des Deutschlehrers mit Schmierseife eingerieben hatten. Patrick hat nie begriffen, was daran komisch sein sollte.
Als Patrick vierzehn war, so alt, wie Nina jetzt ist, haben die Probleme begonnen. Sein Vater ist ins Krankenhaus gekommen und da haben sie erst gemerkt, dass er jahrelang keine Krankenversicherung gezahlt hatte. Die 25.000 Euro, die seine Lungenoperation dann gekostet hat, wollte niemand zahlen. Damit fing alles an. Seine Mutter musste einen Job als Putzfrau annehmen. Und das ausgerechnet bei Roger Urtecht, dem Vater von Melanie Urtecht aus seiner Klasse!
Patrick wusste von nichts.
Ging morgens zur Schule, ganz normal, so wie immer, war noch gut drauf, weil er am Vorabend gute Musik gehört hatte, und dann sah er schon, wie Melanie und ihre Freundin Iris vorn am Portal auf ihn warteten. Das taten sie sonst nie. Melanie und Iris waren ihm immer total egal gewesen. Und er ihnen auch.
»Hallo, Patrick«, sagte Melanie und schüttelte ihre blonde Mähne.
»Hi«, sagte Patrick cool und wollte an ihr vorbei.
»Meine Mami war sehr zufrieden mit deiner Mutter«, sagte Melanie.
»Häh? Was ist?« Patrick kapierte nicht, was sie meinte.
Melanie lächelte süß. »Meine Mami sagt, dass sie jetzt endlich eine Putzfrau hat, die auch in die Ecken geht, auf die Knie und in die Ecken.«
Patrick wurde kalkweiß. Er starrte Melanie an. Er hätte sie

in dem Augenblick erwürgen können. Die anderen Schüler strömten an ihnen vorbei.

»Meine Mutter?«, fragte er.

»Klar, deine Mami putzt jetzt bei uns. Weißt du das etwa nicht?«

Patrick spürte, wie ihm das Blut in den Kopf schoss. Er spürte, wie es in seiner Faust zuckte. Die Faust steckte in der Tasche. Es kostete ihn eine unheimliche Kraft, sie nicht rauszuziehen und Melanie in ihr süßes Grinsen zu hauen. Einfach so. Damit sie das nie vergaß. Damit sie nie wieder so einen Scheiß sagte, hier, vor dem Schulportal, vor allen Leuten.

Stattdessen machte er gar nichts, drehte sich nur um und ging. Das war Patricks letzter Schultag. Sein letzter regelmäßiger Schultag. Danach ist er nur hingegangen, wenn er Lust hatte, wenn er sich stark genug fühlte. Aber er war nicht stark genug. Er konnte Melanies Gesicht nicht mehr ab. Sie behinderte seine Konzentration, er konnte nicht mehr lernen, wenn sie in der Klasse war, er konnte einfach nicht mehr denken, er sah immer nur seine Mutter vor sich, in einer weißen Schürze, auf dem Küchenboden bei Urtechts. Wie sie da rumkroch mit ihrem kaputten Rücken und wie Melanie über sie wegstieg und irgendwas Bescheuertes sagte. Er hielt es nicht aus.

Er ließ sich in die Parallelklasse versetzen, das war kein Problem. Aber dann war es doch eins, weil die in Mathe viel weiter waren. Er kam in Mathe auf einmal nicht mehr mit, obgleich in der anderen Klasse Mathe sein Lieblingsfach gewesen war. Er bekam eine Fünf in Mathe und eine Fünf in

Englisch. Er blieb sitzen. Und das war's dann. Er sagte der Schule Ade.
Seinen Eltern wollte er das eigentlich schonend beibringen, aber offenbar ist so was gar nicht möglich. Es gab Krach. Jeden verdammten Morgen gab es Krach, wenn er nicht aus dem Bett kam. Seine Mutter redete auf ihn ein wie aufgezogen. Und sein Vater erst. Patrick wollte das nicht mehr hören, er packte seine Sachen und zog in eine WG. Seine Mutter sagte: »Glaubst du, dass ich mich dafür krumm schufte? Dass du irgendwo Miete zahlst, wo du bei uns umsonst wohnen kannst?«
»Mach dir keine Sorgen, Mom«, hat er geantwortet, »ich zahl meine Miete selbst!«
»Ha!«, rief sein Vater. »Und wie, bitte schön?«
Aber Patrick hatte schon einen Plan. Er würde in einer Videothek jobben, da kannte er den Geschäftsführer, durch Zufall hatte er den mal in der U-Bahn kennengelernt, als er zu einem Konzert fuhr. Die beiden hatten sich auf Anhieb irgendwie gut verstanden. Und er hatte gesagt: »Wenn du mal einen Job brauchst, ruf mich an! Wir haben einen 24-Stunden-Betrieb. Dauernd Krankmeldungen und so was. Ich kann immer Ersatzleute brauchen. Und die Löhnung ist auch okay.«
Natürlich war es nicht Patricks Absicht, ewig da zu arbeiten, aber für den Moment war es okay. Irgendwann später würde er in der Abendschule die mittlere Reife nachmachen und dann Maschinenbau oder so was lernen. Irgendwann. Lief ja nicht weg. Er hatte ja alle Zeit der Welt. Zahlte seine Miete, sein Essen, seine Klamotten. Und sonntags lud ihn

seine Mutter wieder zum Essen ein. Da brachte er ihr manchmal ein neues Video mit. Dann war sie stolz auf ihn und darauf, dass er sein Leben wieder im Griff hatte. Merkte er richtig ...
Es ging bergauf. Sein Plan funktionierte. Zu diesem Plan gehörte auch Nina. Sie war anders als die Freundinnen, die er vorher gehabt hatte. Andere Schule, andere Eltern, sie redete anders, sie war nicht so kaputt wie die Mädchen, die er im Job kennengelernt hatte. Da hingen manchmal abends die verrücktesten Typen rum, alle irgendwie ausgeflippt. Ein paar von denen auf Drogen. So jemanden brauchte er nicht. Er brauchte so jemanden wie Nina und er hatte sie bekommen ...
Er kann sich vorstellen, dass diese Liebe lange hält. Er denkt Tag und Nacht an Nina. Aber das weiß sie nicht. Das sagt er ihr nicht, weil das sentimental klingt, irgendwie kitschig.
Er hört gerne, wenn sie lacht. Er sieht gerne, wenn sie ihr Haar kämmt. Er hört gerne ihre Ansichten über alles Mögliche, Tierschutz und Frauen, die Pelze tragen, Kinderarbeit in Indien und die neuste CD von Tokio Hotel. Er hört sich auch gerne ihre Schulgeschichten an, dann muss er immer in sich hineinlächeln. Schule war eigentlich schön. Wenn er jetzt so darüber nachdenkt, war es die beste Zeit, die er hatte, als er noch zur Schule ging und sich keine Sorgen machen musste ...
Deshalb stört es ihn mächtig, dass Nina an diesem Abend mit einem Kerl im LOGO rummacht, den er nicht kennt. Einer, der in ihrer Straße wohnt.
Er wird das nicht zulassen. Nina gehört ihm.

Und natürlich hat er gewusst, dass sie heute ihr Einmonatiges haben. Natürlich kann er sich genau an den Tag erinnern, als sie sich zum ersten Mal begegnet sind, und es war, als ob der Blitz einschlägt.
Klar kann er sich erinnern. Aber er wird es ihr nicht sagen.
Es ist halb zwölf, als Nina zum ersten Mal auf die Uhr schaut. »Scheiße, ich muss nach Hause!«
»Was? Jetzt schon?« Patrick mault. »Jetzt geht es doch erst richtig los. Um zwölf machen die eine Lightshow, so was hast du noch nicht gesehen. Total irre. Dafür müsste man extra noch mal Eintritt zahlen.«
Nina beißt sich auf die Lippen. Sie hat keine Lust, nach Hause zu gehen. Sie ist auch überhaupt nicht müde. Und morgen ist Sonntag. Da kann sie bis in die Puppen schlafen – könnte, sollte man wohl besser sagen. Denn ihre Eltern bestehen auf einem gemeinsamen Frühstück um halb zehn. Das finden sie nicht zu früh. Wenn sie nicht auf ihre Tochter, die »Langschläferin«, Rücksicht nähmen, würden sie schon um halb neun frühstücken.
Aber danach kann sie sich ja noch mal hinlegen. Mit zwei Scheiben Toast und einem weich gekochten Ei im Bauch kann man sehr gut noch mal einen Nachschlaf einlegen.
»Also, was ist?«, drängt Patrick.
»Es geht nicht! Ich muss nach Hause. Meine Eltern sind total sauer, wenn ich zu spät komme.«
»Du kommst doch sowieso schon zu spät. Jetzt müsstest du schon zu Hause sein.« Patrick hält ihr seine Swatch vors Gesicht. »Seit genau zehn Minuten stehen sie am Fenster und schauen sich die Augen nach dir aus.«

»Quatsch, die stehen nicht am Fenster.«
»Na gut, dann horchen sie an der Wohnungstür.«
Nina schiebt ihn weg. »Du bist blöd.«
»Mein Gott, was macht es denn aus, wenn du ein bisschen später kommst? Davon geht doch die Welt nicht unter!«
Nina hat sich mühsam bis zum Eingangsbereich vorgearbeitet. Hinter dem dicken schwarzen Vorhang ist die Musik nicht ganz so laut, jedenfalls kann man sich das einbilden. Und die Luft ist nicht ganz so verräuchert, heiß und stickig. Sie schwitzt unter ihrer roten Jacke. Aber wo lässt man so ein Teil, wenn man tanzt? Im nächsten Augenblick hat es jemand geklaut und ist auf und davon. In dem Gewusel findet man nichts wieder, da muss man alles am Körper behalten.
»Mir ist heiß«, sagt Nina.
Patrick verdreht die Augen. »Mann, wem ist hier wohl nicht heiß? Das gehört dazu, dass einem heiß wird.« Er schiebt den Vorhang zur Seite, schaut auf die Tanzfläche, rauft sich die Haare. »Mann, und nun spielen sie auch noch meinen Lieblingssong! Nee, das kannst du mir nicht antun. Komm wieder rein!« Er nimmt ihre Hand und zieht sie hinter sich her.
Auf einmal geht die große Eisentür auf und ein Schwall kalter Luft dringt herein und mit ihm eine Truppe von ziemlich angetrunkenen Mädchen.
Nina lässt sich von Patrick ziehen. Sie finden einen Platz zum Tanzen. Patrick zieht sie an sich, sie legt ihren Kopf an seine Schulter, er streichelt ihren Rücken. Er lächelt. »Gut?«, brüllt er.
Sie hebt den Kopf, schaut ihn an, lächelt nur ein bisschen.

»Patrick, ich muss nach Hause! Meine Eltern machen sich Sorgen.«
»Dann sag ihnen, dass sie damit aufhören sollen«, schreit Patrick, »du kannst auf dich selbst aufpassen.«
Kann ich nicht, denkt Nina. Manchmal ist sie ihren Eltern ziemlich dankbar, dass sie streng sind, jedenfalls strenger als andere Eltern. Deshalb ist sie damals nicht mit den anderen im Auto mitgefahren in die Disco nach Itzehoe. Deshalb ist sie jetzt noch am Leben und die anderen sind tot.
Die Geschichte ist durch alle Zeitungen gegangen: Wie die Clique, sechs Mann, zusammengepfercht in einem kleinen Polo, nachts um elf von der Disco in Itzehoe noch weiterfahren wollte an die Ostsee, um da den Sonnenaufgang zu feiern, weil Mai war und eine warme Nacht und sie am Strand schlafen wollten. Aber Bodo, der das Auto fuhr, hatte 1,7 Promille, und als ihm ein Auto entgegenkam, hat er das Steuer verrissen und sie sind gegen den Betonpfeiler einer Autobahnbrücke geknallt. Von sechs Jugendlichen waren zwei tot und drei schwer verletzt. Nur Bodo hat fast ohne Verletzungen überlebt, aber dafür ist er jetzt fertig, seelisch. Seine Eltern haben ihn aus der Schule genommen und in ein Internat gegeben und bezahlen sich tot für den Psychiater, der Bodo daran hindern muss, Selbstmord zu begehen.
Ihre Eltern hatten sie damals nicht mitfahren lassen. »Nicht im Auto in die Disco«, hatte ihre Mutter kategorisch erklärt. »Das kommt überhaupt nicht infrage.«
»Aber wir trinken doch nichts!«, hatte Nina gefleht. »Ich schwör dir, Mami, dass wir nichts trinken. Keiner von uns

trinkt. Und Bodo hat doch gerade erst seinen Führerschein. Der würde doch nie so blöd sein und –«
»Du bist vierzehn«, hatte ihre Mutter gesagt, »und wir bestimmen Gott sei Dank noch, was du darfst und was nicht.«
Als sie am nächsten Tag in der Schule von dem schrecklichen Unfall hörte, dachte Nina, ihr Herz bliebe stehen. Einen ganzen Tag wagte sie nicht, es ihren Eltern zu erzählen. Aber am nächsten Tag hat es in der Zeitung gestanden. Und da war sie schluchzend in die Arme ihrer Mutter geflüchtet und hatte immerzu gestammelt: »Mami, ich hab dich so lieb. Ich hab euch beide so lieb. Oh Mami, das ist alles so schrecklich.«
Und ihre Mutter hatte Tränen in den Augen und hat Nina gewiegt wie damals, als sie noch ganz klein war. Und Nina hatte gedacht, wie gut, dass jemand auf mich aufpasst...
Um acht Minuten vor zwölf hat Nina Patrick klargemacht, dass sie jetzt wirklich nach Hause muss. »Lightshow hin oder her«, sagt sie, »ich muss einfach.«
»Und ich?«, fragt Patrick. »Was soll ich mit dem angebrochenen Abend machen? Ich muss morgen nicht zur Arbeit. Ich dachte, wir machen die halbe Nacht durch. Nina, komm, vergiss deine Alten!« Er schaut sie beschwörend an, er zieht sie an sich, streicht ihre Haare aus dem Gesicht, beißt in ihre Nase, nur ein bisschen, nicht so, dass es wehtut. Sie findet das witzig, das weiß er. Aber dieses Mal schiebt sie ihn weg.
»Mann, Patrick, es ist gleich zwölf! Tut dir auch gut, wenn du dich hinhaust und pennst. Komm, wir gehen zusammen. Du siehst ohnehin aus wie der Katze aus dem Hals gezogen. Total müde immer.«

»Quatsch. Ich gehör zu den Typen, die wenig Schlaf brauchen«, sagt Patrick cool. Er beneidet Leute, die mit wenig Schlaf auskommen. Er gehört nicht dazu. Er ist tatsächlich oft zum Umfallen müde. In der WG ist irgendwie immer Lärm, immer irgendein Terror, Leute bringen andere Leute zum Schlafen mit, dann geht auf einmal mitten in der Nacht bei ihm das Licht an und jemand rollt auf dem Fußboden seinen Schlafsack aus, und wenn er gerade wieder einschlafen will, macht der Typ Musik an oder zieht ihm das Kopfkissen weg, und das ist etwas, wo er die Hasskappe kriegt, wenn einer ihm nachts, ohne Bitte zu sagen, einfach das Kopfkissen wegnimmt.

Okay, es stimmt, er hat zwei Kopfkissen, aber die braucht er auch. Eines knubbelt er sich unter dem Hals, so in Schulterhöhe, zusammen, und das andere legt er sich auf den Kopf, um den Radau nicht zu hören.

Manchmal kommen die Leute erst morgens um fünf nach Hause und er muss um halb sechs schon aufstehen. Dann will er ins Bad, Zähne putzen und so und da hängen ein paar Leute rum und kotzen sich noch den Fusel aus dem Hals.

»Du kannst ja noch bleiben, wenn du willst«, sagt Nina patzig. Sie ärgert sich, dass Patrick so einen Zoff macht, nur weil sie um zwölf Uhr nach Hause geht. »Ich bin noch nicht fünfzehn, das weißt du. In deinem Alter würde ich auch länger aufbleiben dürfen. Aber es ist nun mal nicht so.«

»Ich hab einen Haufen Kohle für die Eintrittskarten bezahlt«, sagt Patrick. Es stimmt, dass er Nina das Geld dafür wiedergegeben hat. Und außer dem Freigetränk und dem, das Nina spendiert hat, haben sie noch was getrunken, Cola

ohne irgendetwas, weil Nina schon merkte, wie ihr der Rum in den Kopf stieg.
»Okay, wenn du unbedingt bleiben willst, dann bleib!«
»Und wie kommst du nach Hause?«
»Mit dem Bus.«
»Der fährt doch jetzt nicht mehr.«
»Klar fährt der. Ist doch heute Samstag.«
»Bist du sicher?«
Nina schaut ihn an. Natürlich ist sie nicht sicher. Natürlich möchte sie, dass Patrick sie mit der Vespa nach Hause bringt. Eigentlich findet sie es total cool, mit Patrick auf seiner Vespa nachts durch die leere Innenstadt zu fahren. Patrick fährt ganz sicher. Und er hat auch bestimmt nicht 1,7 Promille. Er hat ja bloß eine einzige Cola-Rum getrunken und sonst nur antialkoholisches Zeug.
»Du kannst ja mal fragen, ob sie dich wieder reinlassen«, schlägt Nina vor.
Patrick legt seine Hand auf ihre Schulter und sie gehen raus.
Jupp steht immer noch vor der Tür wie der Bodyguard des amerikanischen Präsidenten. Er hat seine Mütze abgesetzt und das HSV-Shirt trägt er auch nicht mehr. Vor dem Eingang drängelt sich immer noch eine Meute. Und immer noch johlen und winken sie und versuchen, an Jupp vorbeizukommen.
»He«, sagt Patrick und deutet auf Nina, »ich bring sie nur eben nach Hause.«
»Mach, was du willst!«, sagt Jupp und deutet auf ein rothaariges Mädchen in der Gruppe. »Du kannst rein!«, schreit er. Und als die Rothaarige den Arm hebt und zeigt, dass sie

Hand in Hand mit ihrem Freund dasteht, nickt er großspurig und sagt: »Okay, ihr beide.«
Nina will gehen, aber Patrick steht immer noch vor Jupp.
»Hast du verstanden? Ich komm noch mal wieder. Ich bring meine Freundin bloß eben nach Hause.«
»Was glaubst du, was das hier ist?«, schnauzt Jupp. »Ein Mädchenpensionat? Wer draußen ist, ist draußen. Und wer wieder rein will, muss wieder hinten anstehen und Eintritt zahlen. Ist logisch, oder? Ist überall im Leben so. Denkt mal drüber nach!«
Patrick starrt ihn an, wütend, zornbebend, aber Jupp beachtet ihn gar nicht. Zwei andere Leute haben das LOGO verlassen und dafür dürfen zwei wieder rein. Jupp ist unbestechlich. Manchmal jedenfalls.
Patrick stapft neben Nina her zum Parkplatz. Er hat seine Vespa mit einer dicken Kette an einen Pfeiler angeschlossen. Und dann noch zweimal gesichert mit einer anderen Kette. Er geht kein Risiko ein. Für die Vespa hat er ein halbes Jahr hart gearbeitet. Er hat keinen Bock, eines Tages irgendwo rauszukommen, und seine Vespa ist weg.
»So ein Scheiß«, knurrt Patrick, »jetzt hab ich nicht mal die Lightshow gesehen.«
»Tut mir echt leid«, sagt Nina. Sie wartet ungeduldig, dass Patrick endlich den Motor anlässt und sie aufsteigen kann.
»Auf die paar Minuten wär es auch nicht mehr angekommen«, sagt Patrick. »Kannst aufsteigen. Echt, auf die paar Minuten! Als wenn wer weiß was davon abhängt!«
Nina weiß auch, dass nicht wer weiß was davon abhängt, aber es ist besser, ganz kurz vor zwölf zu Hause zu sein, als

halb eins oder so. Ihre Eltern schlafen bestimmt noch nicht. Sie gucken bestimmt alle fünf Minuten auf die Uhr und fragen sich: Wann kommt sie endlich?

Seit dieser schreckliche Unfall mit Bodo passiert ist, haben sie noch mehr Angst als früher. Aber sie wollen es nicht zeigen, sie wollen Nina nicht das Gefühl geben, dass auf einmal jeder Schritt, den sie tut, gefährlich ist. Außerdem wird Nina in zwei Monaten fünfzehn.

Patrick lässt den Motor an. Nina steigt auf und hält sich an ihm fest. So fahren sie durch die Hamburger Innenstadt, Samstag, kurz vor Mitternacht. Ein tolles Gefühl.

Es wird bald Frühling. Am Hafen sind alle Werften erleuchtet und die großen Schiffe auch, die am Kai festliegen. Ein tolles Bild.

Manchmal, wenn Nina im Fernsehen Filme über New York sieht, dann denkt sie, in Hamburg sieht es auch ein bisschen so aus. Nur ein bisschen. Aber das genügt, um sie richtig stolz zu machen.

Auf dem Lande möchte sie nie wohnen. Oder in einer Kleinstadt, wo jeder jeden kennt. Eine Großstadt ist viel besser, da dürfen Jugendliche auch viel mehr, da wird nicht jeder Schritt von den Nachbarn beobachtet, da hat man mehr Freiheit.

Als Patrick sie vor ihrem Haus absetzt, ist oben überall noch Licht. »Schlafen noch nicht, was?«, sagt Patrick.

Nina schüttelt den Kopf. Sie setzt den Sturzhelm ab und gibt Patrick einen Kuss. »Danke, dass du mich gebracht hast. War ein ganz toller Abend. Echt, super.«

Patrick verstaut den Helm. Dann zieht er sie an sich, strei-

chelt sie. »Und was ist mit morgen?«, fragt er. »Kleiner Ausflug an die Elbe oder so?«
»Mal sehen.« Nina küsst ihn noch einmal. Das ist das Schönste, diese Knutscherei zum Abschied, wo man eigentlich gar nicht mehr aufhören möchte. Und dann im Bett aber weiterträumt. Irgendwie kann sie sich nicht von ihm trennen. Sie sieht, dass sich oben im zweiten Stock die Gardine bewegt. Sie zieht Patrick weg aus dem Licht der Straßenlaterne.
»Was ist?«, wispert Patrick, während er sie küsst.
»Ich glaube, meine Eltern haben uns gesehen.«
»Ist doch gut, dann wissen sie, dass du schon zu Hause bist.«
»Wenn die gesehen haben, dass wir uns hier vor der Tür abknutschen, krieg ich einen Riesenzoff.«
»Wenn du Zoff kriegst, red ich mit ihnen.«
Nina lacht. Es ist schön mit Patrick. Er ist so süß, so zärtlich. Er schiebt seine Hand unter ihren Pulli, sie ist kalt und ihre Haut ganz heiß. Sie gehen ein bisschen weiter. Patrick lässt sie überhaupt nicht mehr los.

4

Nina?«

Die Haustür ist gerade hinter Nina ins Schloss gefallen, da erscheint der Kopf ihrer Mutter auch schon oben über dem Treppengeländer.

»Bist du das, Nina?«

»Ja.«

»Und wer war das eben da draußen mit dem Motorrad?«

Nina hastet die Treppen hoch. Sie will nicht, dass durch das Gespräch die neugierigen Nachbarn geweckt werden. Sie antwortet nicht.

»Habt ihr euch geküsst?«

»Und wennschon«, sagt Nina.

Ihre Mutter steht oben auf dem Treppenabsatz. Sie ist schon im Nachthemd, hat aber einen Bademantel darüber gezogen. Immerhin. Und dazu ihre Pantoffeln mit dem Plüschbesatz in Gold. Die hat sie von Ninas Vater zu Weihnachten geschenkt bekommen, weil sie in einer Modezeitschrift gesehen hat, dass die gerade wieder Mode sind. Nina findet die Pantoffeln grauenhaft, aber sie hat es lieber nicht gesagt.

»Nina, weißt du, wie spät es ist?«

Ihre Mutter ist schon abgeschminkt. Jetzt sieht man, dass es Winter ist und sie eine weiße Haut hat wie alle Leute in Norddeutschland um diese Jahreszeit. Müde sieht sie aus. Und riecht ein bisschen nach dieser Reinigungsmilch, die sie abends immer nimmt.

»Klar weiß ich, wie spät es ist.« Nina geht an ihrer Mutter

vorbei in die Wohnung, bleibt abwartend an der Tür stehen.
»Willst du auch reinkommen oder weiter da draußen die Nachbarn unterhalten?«
»Schlafen doch alle.« Ihre Mutter schließt die Wohnungstür hinter sich, schaut Nina zu, wie sie die rote Jacke auszieht, sie an den Haken hängt und sich auf den Sisalteppich setzt, um die Stiefel aufzubinden.
»Da draußen stand ein Pärchen, die haben sich umarmt wie – ich dachte einen Augenblick, das warst du. Oder warst du das?« Ihre Mutter lehnt an der Wand und mustert sie. »Dein Lippenstift ist ganz verschmiert. Weißt du, wie spät es ist? Nina, du bist vierzehn!«
Aus dem Schlafzimmer dringt die Stimme ihres Vaters herüber, verschlafen.
»Was ist los?«, brummt er. »Wo war sie so lange? Wie spät ist es?«
Kathrin Reinhard antwortet mit einem Blick auf Nina, die jetzt ihre Skisocken auszieht und in die Stiefel stopft: »Fast eins.«
»Stimmt gar nicht!«, ruft Nina ins Schlafzimmer. »Es ist genau sechzehn Minuten vor eins. Schlaf weiter, Papi!« Nina steht auf, zieht unter dem Blick ihrer Mutter den Minirock so weit wie möglich runter. »Du auch, Mami.« Sie gibt ihrer Mutter einen Kuss und geht in die Küche. Sie muss unbedingt noch etwas trinken. Nach solchen Discoabenden hat sie immer einen großen Durst. Das kommt von der Luft und weil man beim Tanzen so viel schwitzt. Sie trinkt den Apfelsaft gleich aus der Tüte.
»Wir haben auch Gläser«, sagt ihre Mutter.

»Weiß ich.« Unbekümmert trinkt Nina weiter. »Ah«, sagt sie, »das tut gut. Ich hatte einen Megadurst.«
Ihre Mutter steht in der Küchentür, die Arme über dem Bademantel verschränkt. »Ich warte noch immer auf eine Antwort.«
»Worauf?«, fragt Nina.
»Wer der Mann mit dem Motorrad war.«
»Das war eine Vespa.«
»Ist da ein Unterschied?«
»Mami«, sagt Nina gedehnt, »eine Vespa ist nun wirklich etwas total anderes als ein Motorrad. Wenn du willst, zeig ich dir morgen mal –«
»Und wer war der Mann?« So leicht lässt ihre Mutter sich nicht vom Thema abbringen.
»Das ist kein Mann, sondern ein Junge.«
»Ach«, sagt ihre Mutter, »aus deiner Klasse?«
Nina schüttelt den Kopf.
»Aus deiner Schule?«
»Mann.« Nina stellt die Apfelsafttüte zurück und schlägt die Küchentür zu. »Was du immer alles wissen musst.«
Ihre Mutter folgt ihr in ihr Zimmer und dann ins Bad. Nina hasst es, wenn ihre Mutter ihr beim Ausziehen zuschaut. Ich tu das doch auch nicht, denkt Nina, ich geh doch auch nicht bei denen ins Schlafzimmer und guck zu, wie die sich aus den Kleidern pellen ...
»Also?«, fragt die Mutter.
»Also was?«
»Wer ist der Junge?«
»Hab ich dir doch gesagt. Er heißt Patrick.«

»Und woher kennst du ihn?«
»Hab ich zufällig kennengelernt, auf dem Weihnachtsmarkt. Mami, ich bin müde.«
»Und was macht er sonst so?«
»Er arbeitet.« Nina putzt ihre Zähne und hofft, dass ihre Mutter nicht so genau versteht, was sie sagt. »In einer Videothek.«
»Was?«, ruft ihre Mutter entsetzt.
Nina stellt den Wasserhahn auf volle Stärke.
»Er arbeitet in einer Videothek? Wo die all diese Ekelfilme verleihen?«
Sie spuckt den Zahnpastaschaum aus, wischt sich mit dem Handtuch das Gesicht.
»Man kann das auch mit Wasser abspülen«, sagt ihre Mutter, »man muss das nicht alles ins Handtuch reiben.«
Nina wirbelt herum. Sie hat ein rotes Gesicht. Sie ist jetzt echt wütend. Ist sie deshalb so schnell nach Hause gekommen, um das hier zu erleben?
»Mami, hör auf! Wieso gehst du nicht ins Bett?«
»Sofort«, sagt ihre Mutter. »Aber wir sprechen uns morgen. Denke nicht, dass du mit so was durchkommst!«
»Wegen einer Stunde wollt ihr so ein Theater machen? Kim durfte schon mindestens dreimal bis eins wegbleiben!«
Nina nimmt ihr Nachtshirt vom Badezimmerhaken und entschwindet damit in ihr Zimmer.
Ihre Mutter bleibt im Flur stehen.
Nach einer Weile hört Nina, wie sie die Schlafzimmertür schließt. Dann hört sie noch das Gemurmel der beiden Eltern, wahrscheinlich erzählt ihre Mutter jetzt alles, was sie gesagt hat, und dann ist es still.

Nina kuschelt sich in ihre Decke, presst ganz fest die Augen zu und denkt an Patrick.
Ob er in diesem Moment wohl auch an sie denkt?
Ob er wohl nach Hause gefahren ist und jetzt auch im Bett liegt?
Nina war noch nie in Patricks Wohnung, aber er hat gesagt, in der nächsten Woche lädt er sie mal ein. »Ich muss erst aufräumen«, sagt er, »sonst kriegst du einen Schock, wenn du das Chaos siehst.«
»Mir macht Chaos nichts aus«, hat Nina geantwortet.
Und Patrick hat gefeixt. »Weil du nicht weißt, was richtiges Chaos ist. Bei mir ist richtiges Chaos.«

5

Patrick wollte noch nicht nach Hause, hatte keine Lust auf die Leute in der WG, auf die Stimmung da, ist noch zu seinem Kumpel Fred gefahren.
Fred arbeitet an der Popcorntheke in einem kleinen Kino in Altona, jeden Samstag und jeden Sonntag, von vier Uhr nachmittags bis ein Uhr morgens. Dafür kriegt er dann jedes Mal neunzig Euro, das sind hundertachtzig pro Woche. Fred geht es mit diesem Zweitagejob fast so gut wie Patrick, der die ganze Woche in der Videothek arbeitet. Aber dafür ist Patrick krankenversichert und sozialversichert und hat einen Kündigungsschutz. Fred hat ihm das mal erklärt, aber das hat Patrick nicht sehr beeindruckt. Am liebsten würde er zusätzlich auch den Job von Fred haben, deshalb sagt er jedes Mal, wenn er Fred trifft: »Wenn du hier mal aufhörst, sag mir Bescheid.« Und Fred grinst und schlägt ihm auf die Schulter.
Fred packt gerade seine Sachen zusammen. Er hat den Popcornautomaten schon gereinigt und die letzten Tüten in den Wärmer gestellt. Manchmal kaufen die Leute noch eine Portion, wenn sie aus der Spätvorstellung kommen. Aber meistens bleiben sie übrig. Dann nimmt er sie mit nach Hause und stellt sie seiner kleinen Schwester neben das Bett und die haut sie sich morgens vor dem Aufstehen rein und kann nichts Gescheites frühstücken und dann regt seine Mama sich auf. Aber Fred macht es immer wieder, er weiß auch nicht, warum.

Das Foyer ist ziemlich leer. Zwei Liebespärchen sitzen auf den roten Plüschsesseln und schmusen, als wären sie zu Hause. Ein Penner kommt rein und sieht sich um, als suche er einen gemütlichen Schlafplatz.
»Moment mal«, sagt Fred zu Patrick. Er geht zu dem Penner. Die beiden reden. Der Penner lächelt. Fred hebt die Schultern. Der Penner streckt die Hände aus. Fred schüttelt den Kopf. Der Penner wird sauer. Fred dreht sich um, holt eine Popcorntüte und drückt sie dem Penner in die Hand. Der schaut sie an, schaut Fred an und dreht die Tüte langsam um. Das ganze Popcorn landet auf dem Teppichboden. Alles verstreut.
»Scheiße«, schreit Fred. Der Penner grinst und geht. Er humpelt. An einem Schuh fehlt das Schuhband. Durch die Glastür sieht man einen Einkaufswagen, in dem er all seine Habseligkeiten transportiert.
»Der mag wohl kein Popcorn«, sagt Patrick.
Fred ist sauer. Er holt hinter seiner Theke Schaufel und Besen. Er beginnt zu fegen. Aber die Dinger springen hoch und fallen woandershin. »Hilfst du mir nun oder nicht?«, ruft er wütend.
Patrick schiebt die Hände in die Hosentaschen. »Ich bin nicht zum Putzen gekommen.«
»Du bist ein Arsch«, sagt Fred.
Grinsend bückt Patrick sich und hilft, das Popcorn einzusammeln. »Was krieg ich dafür?«
»Wir gehen noch einen trinken«, sagt Fred, »okay?«
»Wenn du mich einlädst«, sagt Patrick.
Eine halbe Stunde später sitzen sie im STÖRTEBEKER

und trinken Pils. Patrick erzählt von Nina. Wie sauer er war, dass Nina schon nach Hause musste und dass er die Lightshow verpasst hat.
Fred hört ihm zu. Er ist zurzeit solo. Er ist siebzehn und sagt: Weiber halten einen nur vom Wesentlichen ab. Und was ist das Wesentliche?, hat Patrick mal gefragt. Fred hat gegrinst und gesagt: Das will ich ja eben rauskriegen.
Fred fragt: »Hast du schon mal mit ihr ...?«
Patrick schaut über den Schaumrand des Bierglases. »Was?«
»Na, was schon?« Fred macht eine eindeutige Handbewegung, mit der Faust auf den Handteller. »Das hier.«
Patrick wird rot. Er trinkt. Er setzt das Glas ab. »Sie wird im März fünfzehn.«
Fred feixt. »Ach, und dann geht's auf einmal? Vorher geht's nicht?«
»Komm, was weißt du schon«, knurrt Patrick. »Ihre Eltern sind sehr streng. Außerdem ist das nicht wichtig. Hat doch Zeit. Kannst du doch dein Leben lang noch machen.«
Fred grinst. »Reden wir über dasselbe? Was meinst du eigentlich?«
»Na was schon«, sagt Patrick trotzig. »Aber die Nina ist nicht so, weißt du.«
»Wie ist sie denn?«
»Anders«, sagt Patrick. »Eben toll. Wär ich sonst schon einen Monat mit ihr zusammen?«
Sie reden immerzu über Nina. Patrick weiß selbst nicht, wie das gekommen ist. Steigern sich da irgendwie rein. Bis Fred schließlich sagt: »Komm, ruf sie mal an!«, und plötzlich ein

Handy aus der Tasche zieht. Patrick fallen die Augen aus dem Kopf. »Woher hast du das denn?«
»Sonderangebot. Hast du nicht gesehen? War doch in allen möglichen Zeitschriften. Achtzig Euro.« Fred erklärt stolz all die Sachen, die man mit dem Handy machen kann: »Der Akku hält ewig und die Kamera ist die beste, die es für Handys gerade auf dem Markt gibt. Wenn man will, kann man sich auch für sein Auto einen Halter kaufen, dann steckt das da drin. Hat sogar Videotelefonie. Willst du mal ausprobieren?«
Fred reicht ihm großspurig das Ding über den Tisch. Patrick hält es in der Hand. »Fühlt sich gut an.« Er lächelt.
»Jetzt ruf sie schon an!«, sagt Fred. »Aber nicht so lange, okay? Mach keinen Mist.«
Patrick grinst. Er wählt Ninas Nummer. »Ich könnte sie fragen, wieso sie jetzt nicht hier ist, wo es echt gemütlich wird.«
»Klar«, feixt Fred, »sag doch, du willst sie heute Nacht bumsen!« Sie lachen, sind total aufgedreht. Natürlich meinen sie das nicht richtig ernst, nur ein bisschen.
Der Wirt kommt, guckt in die leeren Gläser und fragt: »Noch mal dasselbe?«
Fred nickt großspurig. Wenn er viel Geld verdient, kann er auch mal viel Geld ausgeben.
Patrick hat Ninas Nummer gewählt. Er wartet. Es tutet. Fred schaut ihn an. »Geht keiner ran?«
Patrick schüttelt den Kopf.
»Gib mal her!« Fred nimmt ihm das Handy ab. In dem Augenblick meldet sich jemand.

»Hallo?«, fragt jemand verschlafen.

Fred grinst, macht Patrick ein Zeichen. Patrick wird rot. Er will das Telefon nehmen, aber Fred redet schon. »Hi, Nina, hier ist Fred. Patrick sitzt mir gegenüber. Der ist total scharf auf dich, weißt du das? Redet von nichts anderem. Echt geil ist der auf dich. Wir überlegen gerade, ob du –«

Er verschluckt sich. Seine Augen werden groß.

Patrick beugt sich vor. »Was ist?«, flüstert Patrick. »Was sagt sie?«

Fred hört weiter zu, räuspert sich, knurrt etwas, dann drückt er auf den Knopf und schaut Patrick an. »Das war ihre Mutter«, sagt er tonlos.

Patrick lässt den Kopf auf die Tischplatte fallen. »Scheiße«, sagt er und haut mit den Fäusten auf den Tisch, dass die Biergläser tanzen.

»Scheiße, Scheiße, Scheiße! Du hast alles versaut, Fred.«

»Weiß ich doch auch, Mann.« Fred lässt das Handy verschämt wieder in seiner Jackentasche verschwinden.

Der Wirt kommt zurück, bringt zwei neue Bier. »Ihr werdet nicht laut, oder?«, fragt er warnend. »Solche Leute will ich hier nicht haben.«

»Geht schon in Ordnung«, murmelt Fred, »wir wollen sowieso zahlen.«

Patrick nimmt sein frisches Bierglas. »Die kriegt jetzt die Hölle zu Hause. Das wette ich.«

»Musst nicht wetten«, sagt Fred, »ich glaub dir auch so.«

6

Am nächsten Morgen um halb zehn sitzen Kathrin und Klaus Reinhard schon beim Frühstück, als Nina erscheint. Sie hat sich nur den Bademantel angezogen. Mit nackten Füßen tapst sie über den Linoleumboden in der Küche. Das gibt immer ein schmatzendes Geräusch, sie liebt das. Momo springt sofort von seinem Lieblingsplatz auf der Fensterbank und streicht ihr um die Beine, als sie die Kühlschranktür öffnet.

»Was suchst du?«, fragt ihre Mutter. »Es steht alles auf dem Tisch.«

»Weiß nicht. Ich dachte, ich guck nur mal.« Nina lächelt freundlich, wenn auch ein bisschen verschlafen in Richtung Frühstückstisch.

Dann schlägt sie die Kühlschranktür wieder zu, lacht, eher ein bisschen verlegen. »Weiß auch nicht, was ich gesucht habe.«

»Vielleicht deinen Verstand?«, fragt ihr Vater. Seine Stimme hat nichts von der Freundlichkeit, an die Nina gewöhnt ist. Sein Ton ist scharf, fast schneidend.

»Was?« Nina blinzelt verwirrt. »Wieso denn meinen Verstand?«

»Der ist dir wohl in die Hose gerutscht«, sagt ihr Vater. Er schenkt sich aus der Thermoskanne Kaffee ein. Ninas Mutter sagt nichts, sondern blickt Nina nur vorwurfsvoll an.

»Hey«, sagt Nina, während sie ihren Stuhl zu sich heranzieht. »Was ist los? Hab ich was falsch gemacht? Seid ihr etwa immer noch sauer, weil ich zu spät gekommen bin?«

»Wir fragen uns, was du dir dabei denkst«, sagt Kathrin Reinhard leise, aber schneidend.
»Wobei? Wovon redet ihr? Wobei denke ich mir was?«
»Das Problem ist eben, dass sie sich nichts dabei denkt«, sagt ihr Vater. Beide greifen gleichzeitig nach dem letzten Toast. Ihr Vater hat ihn schon in der Hand. Er lässt nicht los. Sie schauen sich an, beinah wie Raubkatzen. Nina versteht überhaupt nichts. Sie gibt auf. Soll ihr Vater doch den letzten Toast nehmen, war sowieso schon kalt. Sie steht auf und schiebt zwei neue Scheiben Weißbrot in den Toaster.
»Wir sind ja nicht von gestern. Wir wissen, dass es in deinem Alter Mädchen gibt, die mit Jungen schlafen. Wir haben nur nicht gedacht, dass du dazugehörst. Wir haben gedacht, in deinem Kopf haben auch noch ein paar andere Sachen Platz als Sex.«
Nina starrt ihre Eltern an. Sie begreift nichts.
»Sollen wir dir zeigen, was wir gefunden haben?«, fragt ihre Mutter.
Nina nickt. Sie hat keine Ahnung, worum es geht.
Ihre Mutter verschwindet. Stumm sitzen Nina und ihr Vater am Tisch. Als er in seinen Toast beißt, kracht es so laut, dass Nina zusammenzuckt.
Ninas Vater lässt kein Auge von ihr. Während seine Kiefer langsam mahlen, mustert er sie. Nina weicht seinem Blick nicht aus. Trotzig schaut sie ihn an.
»Was ist denn mit euch los?«, fragt sie. »Bloß, weil ich eine Stunde zu spät nach Hause gekommen bin –«
Da erscheint ihre Mutter. Sie geht zum Tisch und legt stumm etwas neben Ninas Teller. Es muss was Ekliges sein,

denn sie hat es mit spitzen Fingern angefasst. Sie verzieht keine Miene und setzt sich wieder.
Das Kondom!
Nina wird plötzlich kalkweiß im Gesicht. Oh verdammt, denkt sie, die haben das Kondom gefunden!
Oh Gott, so ein verdammter Mist.
»So was bewahrst du in deinem Atlas auf«, sagt ihr Vater. »Toll, wirklich toll. Wir würden gerne mal wissen, was du sonst noch alles zwischen deinen Schulsachen versteckst.«
»Überhaupt nichts«, sagt Nina. Sie nimmt das Kondom, steht auf und wirft es in den Mülleimer. Als sie sich umdreht, starren die Eltern sie an. »Benutzte Kondome aufbewahren? Macht man so was heutzutage?«, fragt ihr Vater.
Nina wird feuerrot. »So ein Quatsch, das war doch nicht benutzt. Das war doch nur ein Witz.«
»Ach«, sagt ihre Mutter. Ihre Stimme ist beißend vor Ironie. »Ein Witz.«
»Schöner Witz«, knurrt ihr Vater.
»Mann, das war ein Silvesterscherz! Von Kim! Um genau zu sein, von Kims Mutter. Wir hatten alle keine Ahnung, was drin ist. Und ich hab um zwölf den Knaller aufgerissen und da war das drin!«
»Aha«, sagen ihre Eltern wie aus einem Mund. Aber sie lachen nicht. Sie lächeln nicht einmal. Wahrscheinlich glauben sie kein Wort.
»Mensch! Denkt ihr, ich lauf mit Kondomen rum, oder was?«
»Woher sollen wir das wissen?«, fragt ihr Vater. »Du stehst ja auch nachts an Laternenpfählen und küsst irgendwelche

Jungs, die wir nicht kennen, so leidenschaftlich, dass man schon Angst hat, ihr könntet es mitten auf der Straße treiben.«

»Klaus!«, sagt Ninas Mutter. »Jetzt ist es gut.«

Nina lässt sich wieder auf ihren Platz fallen. Sie vergräbt das Gesicht in den Händen. Ihr Herz schlägt wie verrückt. Wenn sie gewusst hätte, dass so was passieren kann! Wenn sie nur einen Augenblick für möglich gehalten hätte, dass ihre Eltern das Kondom finden... mein Gott, so ein blödes Kondom... dass sie denken können, sie hätte damit... Sie schaut auf.

»Was habt ihr überhaupt in meinem Zimmer gesucht?«, fragt sie patzig. »Was stöbert ihr in meinen Sachen, wenn ich nicht da bin? Habt ihr etwa auch mein Tagebuch gelesen, oder was?«

»Wir kämen nicht im Traum auf die Idee, dein Tagebuch zu lesen«, sagt ihre Mutter. »Wir hatten ja immer vollstes Vertrauen zu dir. Wir haben ja gedacht, dass es zwischen uns und unserem Kind keine Geheimnisse gibt...«

»So kann man sich täuschen.« Die Stimme ihres Vaters ist bitter.

Nina schießen die Tränen in die Augen. Sie springt auf und schlägt mit der Faust auf den Tisch. »Aber ich sage doch, es war nur ein Scherz!«, schreit sie. »Wieso glaubt ihr mir nicht?«

Kathrin Reinhard schenkt Kaffee ein. Ihre Hand zittert. Sie sieht sehr blass aus, noch bleicher als sonst am Morgen, ganz ungeschminkt. Sie hat Ränder unter den Augen. Es tut Nina leid, dass ihre Mutter sich Sorgen gemacht hat. Aber

was kann sie dafür, wenn ihre Eltern einfach in ihr Zimmer gehen und in ihren Büchern . . .
Als könnte ihre Mutter Gedanken lesen, sagt sie: »Es war wegen dieser Wette im Fernsehen. Wir wussten beide nicht mehr, zwischen welchen Staaten Zaire liegt. Da haben wir nachgesehen.«
»Wir dachten nicht, dass so etwas dabei rauskommt, wenn wir mal deinen Atlas benutzen«, sagt ihr Vater. »Hätten wir es nicht getan, dann hätten wir eine ruhige Nacht gehabt.«
»Stimmt nicht«, sagt Ninas Mutter. »Denn diese Kerle hätten ja auch so mitten in der Nacht angerufen.«
Nina starrt ihre Mutter an. Ihr ist ganz schlecht. Was kommt denn jetzt noch?, denkt sie. »Was ist denn noch alles in dieser Nacht passiert?«
»Da waren zwei Typen, die wollten dich sprechen.«
»Um zwei!«, donnert ihr Vater.
»Wer?« Nina setzt sich wieder. Ihre Knie sind weich. »Wer wollte mich sprechen?«
»Das weißt du doch besser als wir. Du erzählst uns ja nichts mehr. Sie sind scharf auf dich, haben sie gesagt.« Kathrin Reinhard hebt den Kopf und schaut Nina an. »Sie haben gedacht, du bist am Telefon, deshalb haben sie gesagt, der Patrick findet dich geil.« Man spürt, wie ihre Mutter sich ekelt, als sie das Wort ausspricht.
»So redet ihr also? Ja?«, wirft ihr Vater ein.
Momo streicht um ihre Beine. Das einzig Warme an diesem Morgen ist das Fell des Katers. Nina streckt die Hand unter dem Tisch aus, um Momo zu kraulen.
»Die waren vielleicht angeheitert«, sagt Nina. Sie lacht, es

soll irgendwie leicht klingen, so, als mache ihr das nichts weiter aus.

»Ach ja?« Ihr Vater schaut auf. Seine Blicke sind wie Pfeile. Ihre Mutter seufzt. Nina spürt, dass ihre Mutter denkt: Oh Gott, mach, dass das alles nicht wahr ist! Aber was soll Nina machen? Offenbar ist es wahr.

»Meine Güte, noch nie hat jemand nachts angerufen. Nun ist es einmal passiert. Was kann ich dafür, wenn die Typen sich nachts solch eine Scheiße ausdenken? Damit hab ich doch nichts zu tun.«

»Nina, es gibt doch in deiner Klasse einen Haufen netter Jungs. Und du suchst dir Freunde, die Pornos verleihen. Und was macht eigentlich dieser Fred?«

»Popcorn«, sagt Nina.

»Das passt ja dann auch genau zu deinem Aufzug von gestern«, sagt ihre Mutter. »Schwarzer Minirock, rote Socken über den Strumpfhosen und dann diese rote Jacke. Alles irgendwo geliehen. Die Sachen, die wir dir gekauft haben, sind wohl zu spießig, was? Die gefallen diesen Typen nicht.«

»Sind nicht geil genug«, sagt ihr Vater.

Nina stützt den Kopf in die Hände. Sie stöhnt. Sie hält sich die Ohren zu. »Hört auf!«, schreit sie. »Hört auf, ja?«

Die Eltern verstummen, trinken Kaffee, schmieren einen Toast, lassen ihn zwischen den Zähnen krachen. Momo springt wieder auf die Fensterbank. Draußen ist Lärm, Kindergeschrei, Autohupen. Ninas Herz klopft wild.

Gleich passiert etwas, denkt sie, gleich.

Ihre Mutter setzt die Tasse auf. Es klirrt. Sie schaut Nina an.

»Wir haben das noch nie getan«, sagt sie, »aber wir sind übereingekommen, dass es sein muss.«
»Was?«, flüstert Nina. Sie denkt. Internat, die beiden stecken mich in ein Internat! Wenn sie das wagen...
Aber das ist es nicht.
»Wir haben die halbe Nacht wach gelegen«, sagt ihr Vater, »weil wir uns Sorgen machen.«
»Und wieso macht ihr euch ewig Sorgen? Das nervt mich total«, schreit Nina.
Sie weiß jetzt, was die Eltern vorhaben. Sie werden ihr verbieten, sich weiter mit Patrick zu treffen. Wenn die das tun, denkt sie, bringe ich mich um. Ihr Herz schlägt bis zum Hals.
»Wir kennen diesen Patrick zwar nicht, aber so, wie die Dinge liegen, haben wir auch kein Bedürfnis ihn näher kennenzulernen. Was wir heute Nacht am Telefon gehört haben, genügt.«
»Oh Gott!« Nina stöhnt. »Ein einziger Anruf! Mann, heute Nacht, um zwei! Habt ihr nie irgendeinen Mist gemacht, als ihr jung wart?«
Kathrin und Klaus Reinhard schauen sich an.
»Nein«, sagt ihr Vater schließlich, »so was nicht. Wir haben auch nicht mit Kondomen gespielt.«
Ihre Mutter steht auf und lässt die Katze auf den Balkon.
»Wir wollen dich nicht bestrafen, Nina«, sagt sie, »wir möchten nur, dass du begreifst, dass alles, was wir tun, für dich das Beste ist. Und deshalb bekommst du eine Woche Hausarrest.«
Nina schaut von einem zum anderen. Der Bissen bleibt ihr im Hals stecken. Sie schluckt.

»Was?«, flüstert sie. »Hausarrest! Das könnt ihr nicht tun!« Nina schüttelt den Kopf. Ihr ist ganz schlecht. Sie ist fast fünfzehn Jahre alt und ihre Eltern wollen sie einsperren! Als lebten sie im vorigen Jahrhundert!

»Eine Woche bleibst du zu Hause, räumst einmal gründlich auf, das wird deinem Zimmer guttun, machst Schularbeiten, holst alles nach, was du in der letzten Zeit bei deinem ausschweifenden Leben versäumt hast –«

»Ausschweifendes Leben! Ihr spinnt ja!«, schreit Nina. Sie springt auf.

Ihr Vater hält sie fest, schaut sie ernst an. »Das möchte ich nicht gehört haben. Wir spinnen nicht, Nina. Du hast dir das selbst eingebrockt.«

»Okay, okay, ich hab's nicht so gemeint.« Nina lässt sich wieder auf ihren Stuhl fallen. »Aber Hausarrest! Das kann doch nicht euer Ernst sein!«

Sie denkt an Patrick. Er wollte sie in dieser Woche zum ersten Mal in seine WG einladen, wollte ihr alles zeigen, wie er lebt und so. Und dann ist am Freitag die Geburtstagsparty von Kim...

»Aber Kim hat Freitag Geburtstag«, flüstert sie.

»Sie wird es überleben, wenn du nicht kommst«, sagt ihr Vater ungerührt.

Nina starrt ihn an. »Ich darf nicht hin? Ich darf nicht zur Geburtstagsparty meiner besten Freundin?«

»Tut mir leid.« Ihre Mutter räumt die Teller zusammen. »Eine Woche, keinen Tag mehr und keinen Tag weniger. In der Zeit hast du Gelegenheit, über alles nachzudenken.«

Nina schluckt. Sie steht auf, geht in ihr Zimmer und schlägt

die Tür so heftig hinter sich zu, dass in der Küche im Geschirrschrank die Tassen klirren.
Kathrin und Klaus Reinhard schauen sich an.
»Waren wir zu streng?«, fragt Ninas Mutter.
Ninas Vater geht um den Tisch herum und nimmt seine Frau in den Arm. »Wir haben es beschlossen und dabei bleibt es«, murmelt er, während er durch das Fenster beobachtet, wie Momo sich an den Vogel anschleicht, der sich auf dem Nachbarbalkon niedergelassen hat. »Sie weiß doch, dass wir sie lieben, dass sie unser Ein und Alles ist. Strenge ist manchmal auch ein Zeichen von Liebe.«
Kathrin Reinhard lehnt sich erschöpft an ihren Mann. »Soll ich zu ihr gehen und sie trösten? Sie tut mir so leid.«
Klaus Reinhard hält sie fest. »Jetzt nicht, das ist zu früh. Lass sie ruhig ein bisschen schmollen!«

7

Patrick ruft nicht an. Nina wartet den ganzen Sonntag, aber er ruft nicht an. Sie muss unbedingt mit ihm darüber reden, was in der Nacht passiert ist und was er sonst noch am Telefon gesagt hat. Warum hat er überhaupt angerufen? Vielleicht hat er ein schlechtes Gewissen, vielleicht schämt er sich, aber vielleicht hat er sie auch vergessen. Es macht sie ganz krank, dass sie nichts von ihm hört. Ob er ihr sagen wollte, dass er Schluss macht?

Sie sitzt auf ihrem Bett und will aufräumen, weil es wirklich eine gute Gelegenheit ist, bei Hausarrest das Zimmer in Ordnung zu bringen, aber sie kann sich einfach nicht aufraffen. Wenn das Telefon klingelt, stürzt sie zur Tür und öffnet sie vorsichtig einen Spalt. Aber weiter geht sie nicht. Sie könnte Patrick ja auch anrufen, aber sie gönnt ihren Eltern den Triumph nicht, dass sie aus ihrer Höhle rauskommt.

Sie kann den Rücken ihrer Mutter oder ihres Vaters sehen, die neben dem Telefon im Flur stehen. Der erste Anruf ist von Tante Lilli, die das Rezept für Entenbraten wissen will, das nächste Mal ruft ein Betriebskollege von Klaus Reinhard an, um irgendwelchen Klatsch über die Chefs zu erzählen. Sie hört immer nur, wie ihr Vater sagt: »Nein, ehrlich? Kann ich nicht glauben.«

Dann ruft Rita an. Mit Rita geht ihre Mutter dienstagabends zur Gymnastik. Da hat ihr Vater seinen Stammtisch.

Nina hat sich schon überlegt, dass Dienstag eine Möglich-

keit wäre abzuhauen, wenigstens mal ganz kurz. Aber sie hört, wie ihre Mutter am Telefon sagt: »Diesen Dienstag geht es nicht. Nein, kann ich jetzt am Telefon nicht erklären. Ich muss hier zu Hause bleiben. Ich ruf dich morgen früh an, ja?«
Wenn ich in der Schule bin, denkt Nina bitter, dann kann sie ihrer Freundin alles brühwarm erzählen.
Nina hat vor Zorn und Enttäuschung ein ganz heißes Gesicht. Also ist auch der Dienstag gestrichen. Manchmal machen die Eltern sonntags einen Spaziergang oder gehen ins Kino oder fahren zusammen zum Friedhof, ans Grab der Großeltern. Aber an diesem Sonntag rühren sie sich nicht von der Stelle. Sitzen im Wohnzimmer, spülen zusammen in der Küche das Geschirr, legen eine Videokassette von ihrem letzten Urlaub ein.
Und Nina hockt in ihrem Zimmer auf dem Bett und presst die Hände zwischen die Knie, starrt auf die alten Poster aus Griechenland (weiße Häuser, blauer Himmel, blaues Meer) und denkt nur noch: Ich will weg. Ich will weg.
Ihre Mutter klopft an.
»Nina?«
»Was ist?«, brummt Nina.
»Hast du Lust, mit uns einen Film zu gucken?«
»Ich denk, ich hab Hausarrest.«
»Na, einen Film kannst du ruhig gucken.«
»Im Kino?«, fragt Nina.
»Nein, im Fernsehen natürlich.«
»Nee, darauf hab ich keine Lust.«
»Und was ist mit Abendbrot?«

»Keinen Hunger«, faucht Nina.
Ihre Mutter hat gemerkt, dass Nina ihre Tür abgeschlossen hat. Sie versucht gar nicht erst, die Klinke runterzudrücken. Das ist schlau, denkt Nina, dann muss sie deswegen nicht auch noch Streit anfangen.

8

Am Montag ist ihr Vater schon früh zur Arbeit. Ihre Mutter hat das Frühstück gemacht, danach fährt auch sie ins Büro. Manchmal nimmt sie Nina morgens mit und setzt sie vor der Schule ab, wenn sie in die Zweigstelle der Bank fahren muss, für die sie arbeitet.

Zum Beispiel immer montags, weil dann in der Zweigstelle Konferenz ist. Aber Nina hat beschlossen, dass sie nicht mit ihrer Mutter fahren will.

Sie hat keine Lust, mit ihrer Mutter über Sinn und Unsinn des Hausarrestes zu reden. Nina weiß, dass ihre Mutter versuchen wird, ihr das zu erklären. Aber sie will es nicht erklärt bekommen. Sie will es nicht verstehen. Sie will sauer sein, beleidigt, sich ärgern.

Sie ist jetzt schon gespannt, was Kim dazu sagt. Sie sieht jetzt schon Kims riesige Augen vor sich: »Hausarrest? Echt? So was gibt's noch?« Ihr ganzes sommersprossiges Gesicht ein einziges Fragezeichen.

»Komm, ich setz dich vor der Schule ab!«, sagt Kathrin Reinhard. Sie steht im Flur, zieht ihren Mantel an, prüft den Inhalt ihrer Aktentasche.

»Danke«, sagt Nina, »ich nehm das Fahrrad.«

Ihre Mutter schaut auf. »Aber es regnet!«

»Und?«, fragt Nina ungerührt. »Ich hab doch einen imprägnierten Anorak.«

»Aber montags bring ich dich doch immer.«

»Dieser Montag ist eben nicht wie die anderen«, sagt Nina,

schultert ihren Rucksack und geht mit hoch erhobenem Kopf an ihrer Mutter vorbei.
»Echt? Hausarrest?«, kreischt Kim.
Sie ist völlig außer sich. Sie kann es nicht fassen, schlägt die Hände über dem Kopf zusammen und ruft so lange, bis auch der letzte Hansel in der Klasse es begriffen hat.
»Die Nina hat Hausarrest.« Das finden alle klasse. »Irre komisch.«
Nina boxt sich durch das Gedränge bis zu ihrem Platz, knallt den Rucksack auf ihren Tisch und streckt die Zunge raus. »Ja, wirklich«, äfft sie die anderen nach, »irre komisch. Ihr könnt mich ja mal kitzeln, damit ich auch lachen kann.«
Kim wird ernst. Dabei hatte sie heute so gute Laune. Sie hat von ihrem großen Bruder Karten für die Blue Joes gekriegt, zwei Karten, die regulär mindestens fünfzehn Euro kosten, und sie wollte Nina fragen, ob sie zusammen hingehen wollen, sie wollte Nina einladen, einfach nur so, weil sie Freundinnen sind. Und dann macht Nina so einen Aufstand!
»Hey«, sagt Kim leise, als die anderen sich auf ihre Plätze verziehen. »Du verträgst heute wohl keinen Spaß, oder? Mann, ich hab's doch nicht so gemeint. Ich find's schade, echt, dass du Hausarrest hast.«
Aber Nina hört überhaupt nicht zu.
Sie haben in der ersten Stunde Englisch. Sie packt ihr Ringbuch aus, ihr Englischbuch, das Vokabelheft und die Fotokopien von der Kurzgeschichte, über die sie reden wollen. Nina hat alle Sätze, die sie nicht verstanden hat, blau markiert. Weil Kim ihr Wörterbuch eingesteckt hat. Ihre Laune ist auf dem Nullpunkt.

»Und ich dachte, ich hab eine Freundin«, schnauzt Nina, »eine, die mit mir fühlt. Und was hab ich stattdessen? Irgend so ein feixendes Monstrum, das sich halb totlacht, wenn es mir schlecht geht. Ach, hau doch ab!« Sie wehrt Kim ab, als die den Arm um sie legen will. »Hau ab!«
»Nina, Mensch, tut mir leid, echt. Ich hab noch nie Hausarrest gehabt, ich weiß nicht...«
»Sei froh!«, sagt Nina.
»Ich glaube, meine Eltern würden überhaupt nicht auf so eine Idee kommen. Ist irgendwie altmodisch, oder?«
Nina schnaubt. Sie setzt sich hin, streckt die Beine von sich und faltet die Hände über ihren Englischbüchern. »Du hast mein Wörterbuch. Kann ich das bitte wiederhaben?«
Kim wird rot, hält die Hand vor Schreck an den Mund. »Dein Wörterbuch? Echt? Hab ich das? Ehrlich?«
»Echt, du hast es, ehrlich«, knurrt Nina. »Und jetzt lass mich in Ruhe, ja!«
Wenn Kim mir nicht den Knaller zu Silvester gegeben hätte, denkt sie, wär das alles nicht passiert. Dass die Eltern das Kondom entdeckt haben, ist das Schlimmste.
Kim macht ein ganz zerknirschtes Gesicht. Sie streichelt Nina einmal behutsam über die Haare, aber Nina tut, als wenn sie es nicht merken würde. Nina blickt starr zur Tür, durch die gleich der Englischlehrer kommen wird.
»Und was ist mit meiner Party?«, fragt Kim leise. »Mit meiner Geburtstagsparty? Das geht doch trotzdem klar?«
Da kommt Titus, der Englischlehrer, mit Elan in den Raum, wirft seine Mappe auf den Tisch, reibt sich die Hände, grinst einmal freundlich in die Runde, geht zum Fenster, reißt es

auf und sagt: »Wieso stinkt es in den Klassen eigentlich immer so?«

Alle lachen. Titus ist beliebt. Titus macht immer Scherze auf ihre Kosten, aber das ist okay. Titus darf das.

Bevor sich Kim zu ihrem Platz schleicht, dreht sie sich noch mal zu Nina um. »Freitagabend, große Party! Weißt du doch!«

Nina tippt sich an die Stirn. »Ich darf nicht weg. Wieso kapierst du das nicht?«

Kim starrt sie an. Ihre Augen ganz groß. Plötzlich begreift sie.

»Oh Nina, das ist ja furchtbar! Du darfst echt nicht einmal zu meiner Geburtstagsparty?«

Nina schüttelt den Kopf, beißt sich auf die Lippen, verfolgt Titus mit den Augen.

Der geht zur Tafel, klappt sie auf, sieht, dass noch die Matheformeln vom Vortag draufstehen, klappt die Tafel wieder zu. Die Leute klatschen. »So was hab ich schon früher nicht kapiert«, sagt Titus und setzt sich mit Schwung auf die Tischkante.

»Und das, obwohl ich deine beste Freundin bin?«, flüstert Kim.

»Ja«, zischt Nina.

»Oh Mann, was für Eltern hast du eigentlich?«, flüstert Kim. Jetzt hat sie fast Tränen in den Augen. Nina schluckt. Sie starrt auf den Lehrer. Der Lehrer lächelt sie an, hebt die Hand und zeigt mit dem Finger auf sie, als wolle er sie durchbohren. »Nina«, sagt er freudig, »woran denkst du gerade?«

Nina wird rot, schaut sich um.
»Du hast so ein abwesendes Gesicht.«
Einer aus der Klasse lacht. Es ist Tom. »Sie denkt gerade an ihr Zimmer«, ruft er und alle grölen los.
Nina senkt den Kopf. Am liebsten würde sie aufstehen und gehen. Aber das ist auch keine Lösung. Es gibt keine Lösung. Sie könnte vor Wut ihre Schulsachen durch den Klassenraum schleudern.

9

Nach dem Unterricht will Nina Patrick anrufen. Doch gerade als sie seine Nummer wählt, ist ihre Prepaidkarte leer.
Nina kann es nicht glauben.
»Nein!«, schreit sie. »Verdammt, da ist noch Geld drauf, das weiß ich genau!« Sie tritt wütend gegen einen Laternenpfahl. Ein alter Mann, der vorbeigeht, funkelt sie fassungslos an.
»Willst du, dass ich die Polizei rufe? Das nennt man Sachbeschädigung. Dafür kommt man ins Gefängnis.«
Nina starrt ihn an. »Meine Handykarte ist leer und ich muss dringend telefonieren.«
»Das ist noch lange kein Grund, hier alles kurz und klein zu schlagen«, sagt der alte Mann.
Nina zuckt mit den Schultern, ihr ist egal, was der Mann von ihr hält. Er lächelt und dreht ihr dann den Rücken zu.
Nina sucht eine Telefonzelle. Sie holt ihr Portemonnaie raus, nimmt ein Fünfzigcentstück. Sie braucht ein Münztelefon. Aber die wenigen Telefonzellen, die sie findet, sind Kartentelefone. Es ist zum Wahnsinnigwerden.
Ihre Mutter wartet zu Hause. Sie hat gesagt: »Um ein Uhr bin ich zu Hause, dann können wir zusammen essen.« Sie will sicher sein, dass Nina nicht trödelt.
Das gehört alles zum Hausarrest dazu. Sonst kommt sie erst um halb zwei vom Dienst, aber heute schon um eins. Nur damit Nina keine Chance hat, bei Patrick anzurufen.

Aber dann ist da doch ein Münztelefon. Nina spurtet über die Straße und wird fast von einem Laster angefahren. Sie sieht, dass auf der anderen Seite ein Mädchen, das einen großen Karton trägt, auf dem BANANAS steht, auch zur Telefonzelle will. Nina rennt. Sie schafft es ein paar Sekunden vor der anderen.

Sie steckt das Geld rein, wählt Patricks Nummer. Die Nummer kennt sie auswendig, obwohl sie erst ein Mal bei ihm angerufen hat. Nina wartet, es klingelt. Sie stellt sich die Wohnung von Patrick vor. Sie weiß, dass er mit anderen Leuten zusammenwohnt. Patrick hat ihr die Namen gesagt: Jens, Dodo, Mohammed.

»Ja, hallo?« Eine weibliche, hohe Stimme meldet sich. »Wer ist da?«

Nina räuspert sich. »Hier ist Nina. Ich bin die Freundin von Patrick.« Pause. Stille. Nina schluckt. »Hallo?«

»Ja, ich höre. Du bist die Freundin von Patrick. Na toll. Und weiter? Soll ich was ausrichten?«

»Er ist nicht zufällig da?«

»Nein, zufällig ist er nicht da. Zufällig arbeitet er. Wieso weißt du das nicht, wenn du seine Freundin bist?«

»Ich dachte nur ... vielleicht ...« Nina merkt, dass sie anfängt zu stottern. »Und wer bist du?«, bringt sie schließlich noch heraus.

»Ich bin Cora, aber ich wüsste nicht, was dich das angeht.« Und schon ist der Hörer aufgeknallt.

Cora, denkt Nina, als sie ihren Rucksack nimmt und die Zelle verlässt, Cora. Die hat Patrick nie erwähnt. Niedergeschlagen macht sie sich auf den Heimweg.

Sie überlegt, ob diese Cora wohl ausrichten wird, dass eine Nina angerufen hat. Für Patrick. Hoffentlich ist ihm das nicht peinlich, denkt sie, wenn er kommt und Cora sagt: »Hey, deine Freundin hat angerufen.«
»Welche Freundin?«, fragt Patrick.
Und Cora lacht. Und die anderen lachen auch.
Nina bekommt einen heißen Kopf.
Wenn sie allein ist, wenn Patrick nicht da ist und sich nicht meldet, kommen ihr immer sofort die Zweifel. Er liebt mich nicht mehr, denkt sie dann, er liebt eine andere, er hat mich vergessen, er findet mich blöd, er hat ein Mädchen getroffen, das viel schöner ist. Kein Kunststück, schöner zu sein. Er hat eine getroffen, die witziger ist. Auch kein Kunststück. Die sportlicher ist. Klar, leicht. Die abends länger wegbleiben darf, so lange, dass man wenigstens noch die Lightshow im LOGO mitbekommt, wenn man schon so viel für den Eintritt geblecht hat.
Als Nina die Haustür aufschließt, hat sie Tränen in den Augen und weiß nicht, warum.
Kathrin Reinhard tut, als sei alles in Ordnung.
»Hallo, Murmelchen«, sagt sie zur Begrüßung und gibt Nina einen Kuss, »wie war's in der Schule?«
Nina schaut ihre Mutter bloß an.
»Nicht schön?«, fragt ihre Mutter. »Hast du Ärger gehabt?«
Nina hebt die Schultern, geht an ihr vorbei ins Zimmer, lässt sich aufs Bett fallen. Ihre Mutter kommt hinter ihr her.
»Da hat jemand für dich angerufen.«
Nina schaut auf.

Ihre Mutter lächelt. »Ein Junge.«
Nina schluckt. Ihre Mutter geht zum Fenster, schaut raus, als wäre unten auf der Straße irgendetwas Besonderes zu sehen. Nina wartet ungeduldig, dass ihre Mutter endlich weiterredet.
»Ich weiß nicht, ob es der von vorgestern Nacht war. Er will nachher noch mal anrufen.«
Nina atmet tief durch. Erleichtert denkt sie: Danke, danke, dass du nicht gleich den Hörer hingeworfen hast, Mami.
»Mir ist es lieber«, sagt ihre Mutter, als sie Ninas Zimmer durchmisst, mit einem kritischen Blick nach rechts und links, und dabei die Schranktüren vom Kleiderschrank schließt, »mir ist es lieber, du sagst es ihm selbst, dass du Hausarrest hast.« Sie lächelt Nina an. »Dir doch auch, oder?«
Sie will gehen. Nina springt auf. Ein Kloß sitzt ihr im Hals.
»Mami.«
»Ja?«
»Und was jetzt?«
»Was denn, Murmelchen?«
Nina breitet die Arme aus. »Ich meine, was soll ich die ganze Zeit in der Wohnung machen? Und was ist, wenn wir uns nachmittags für eine Klassenarbeit vorbereiten wollen?«
Ihre Mutter zeigt ungerührt auf Ninas Schreibtisch. Da türmt sich alles Mögliche. »Wenn du den mal leer räumst, ist das ein sehr schöner Platz, an dem man für Klassenarbeiten üben kann.«
»Das heißt also, mich darf auch keiner besuchen?«
Ihre Mutter schüttelt den Kopf. Sie lächelt nicht mehr. Sie

schaut Nina an. »Wir meinen das ernst, Nina. Das haben wir nicht einfach so dahingesagt. Wenn du hier jeden Nachmittag deine Freunde empfangen könntest, wäre das doch kein Hausarrest, oder?«
»Doch«, sagt Nina, »wäre es trotzdem.«
»Vielleicht«, sagt ihre Mutter sanft, »aber es täte nicht weh. Es wäre keine Strafe.«
»Und du hast gesagt, ihr wollt mich mit dem Hausarrest nicht bestrafen, sondern bloß erziehen. Was denn nun eigentlich?«
Die Mutter schaut Nina nur an und sagt: »Das Mittagessen ist fertig.« Sie geht in den Flur.
Nina schlägt die Tür zu und schreit: »Ich habe keinen Hunger!«
Sie wirft sich auf das Bett und beißt vor Wut ins Kopfkissen.

10

Kathrin Reinhard sitzt allein in der Küche und isst Leber mit Apfelscheiben und Kartoffelpüree. Von Zeit zu Zeit nimmt sie das Glas mit Mineralwasser, trinkt einen Schluck und schaut auf den Küchenbalkon. Momo hockt auf den Balkonkästen und belauert die Vögel im Nistkasten nebenan. Es ist ein trüber Tag.
Kathrin Reinhard tut es leid, dass Nina nicht zum Essen kommen will, dass sie schmollt. Sie mag nicht gerne allein essen, sie würde viel lieber mit Nina jetzt hier sitzen, ein bisschen was über die Schule hören, den neusten Klatsch von Ninas Freundinnen, und was aus dem Büro erzählen. Aber das geht nicht. Klaus und sie haben beschlossen, dieses Mal wirklich streng zu sein. »Wenn sie jetzt nicht begreift, dass sie uns noch gehorchen muss, dann bekommen wir ein Problem«, hat Klaus gesagt. »Sie ist erst vierzehn.«
»Fast fünfzehn«, hat Kathrin widersprochen.
»Ja, aber sie ist nicht volljährig, noch lange nicht volljährig und wir sind für alle Dummheiten verantwortlich, die sie begeht.«
»Nicht für alle«, hat Kathrin erwidert, aber sie wusste im Grunde ihres Herzens, dass Klaus recht hatte.
Nina muss auch mal eine strenge Hand fühlen, denkt sie. Es geht nicht, dass Kinder den Eltern auf dem Kopf herumtanzen. Es geht nicht, dass man immer wieder nachgibt, immer wieder weich wird. Auch wenn es einem selbst wehtut, dass

man streng sein muss, auch wenn man selber darunter leidet, noch mehr als das Kind.
Die Leber wird hart. Sie ist kalt. Kathrin Reinhard schiebt den Teller zurück, nimmt die Gabel, probiert noch einmal ein bisschen vom Kartoffelschnee, aber der schmeckt auch nicht. Sie steht auf und geht in den Flur. Sie lauscht. Aus Ninas Zimmer kommt kein Geräusch.
Sie geht wieder zurück, nimmt den Teller, öffnet die Balkontür.
»Momo«, ruft sie lockend, »schau mal, das ist für dich!«
Momo steht auf, macht einen Buckel, schnurrt. Geschmeidig springt er auf den Boden, sein kleines Näschen gekräuselt, so nähert er sich dem Teller.
Kathrin Reinhard schiebt alles mit der Gabel in den Katzennapf.
»Lecker«, sagt sie, »schönes Fresschen.«
Momo beginnt sofort, sich die saftigsten Stückchen der Leber auszusuchen. Er wirft sie mit Schwung in den Rachen, kaut gar nicht, schluckt nur.
»Langsam«, sagt Kathrin Reinhard zärtlich, »nicht so gierig, Momo, da ist noch ein ganzes Stück rohe Leber im Kühlschrank. Nina wollte nichts essen. Aber vielleicht hat sie nachher noch Hunger, was?«
Momo schaut auf, nur eine Sekunde, dann frisst er weiter.
»Nina hat nämlich Hausarrest.« Kathrin Reinhard streicht ihrem Kater sanft über das Fell. »Jetzt liegt sie auf dem Bett und heult in ihre Kissen. Aber sie ist selber schuld, findest du nicht? Es geht nicht, dass sie jetzt schon ihr eigenes Leben führt. Dafür ist sie zu jung.«

Momo wird plötzlich ganz starr und richtet den Schwanz auf. Er spitzt die Ohren und schaut in die Küche. »Was ist?«
Kathrin Reinhard schaut in die Küche. »Nina?«, ruft sie.
Keine Antwort.
Momo miaut leise und schnurrt an ihr vorbei in die Wohnung.
Kathrin Reinhard folgt ihm. Da hört sie die Klingel.
Sie geht in den Flur und schaut kurz zu Ninas Zimmer. Die Tür ist zu. Nina macht keine Anstalten, die Tür zu öffnen. Vielleicht hat sie auch nichts gehört. Vielleicht hat sie die Kopfhörer aufgesetzt.
»Hallo?«, ruft sie.
Aus der Gegensprechanlage kommt wie immer eine völlig blechern verzerrte Stimme: »Zeitungen!«
Sie drückt auf den Summer, der unten die Haustür öffnet.
Sie wartet einen Augenblick. Momo wartet neben ihr an der Wohnungstür. Momo ist der neugierigste Kater, den Kathrin Reinhard je getroffen hat. Er will immer wissen, wer kommt. Fast wie ein Wachhund. Immer aufpassen.
Sie hört, dass unten die Haustür wieder zufällt. Sie hört Schritte im Flur.
Unten ist Steinfußboden, auf den Treppenstufen Linoleum.
Sie hört, wie jemand die Treppe heraufkommt, und macht die Wohnungstür weiter auf. Sie geht in den Flur.
Sie sieht eine Frauenhand auf dem Geländer, einen Regenmantel, hellbeige. Mehr sieht sie nicht.
»Hallo?«, ruft sie aufs Geratewohl. »Wollen Sie zu uns?«
Jetzt kommt ein Kopf in ihr Blickfeld: rötliche Haare, goldene Ohrklipps, dann ein Gesicht. Eine Frau, etwas jünger,

nein, ziemlich viel jünger als Kathrin Reinhard, schaut zu ihr hoch. Das Gesicht ist ganz weiß. Die Lippen sind nicht geschminkt, dafür aber die Augen, mit blauem Lidschatten.
»Ja«, sagt die Frau. »Ich glaube, ich will zu Ihnen. Reinhard, sind Sie das?«
Kathrin Reinhard nickt. Sie hat die Frau noch nie gesehen. Sie hat keine Ahnung, was sie will. Vielleicht eine Zeitschrift verkaufen? Oder ist sie von den Zeugen Jehovas? Kathrin Reinhard hasst Leute, die einfach klingeln und in Wohnungen eindringen, in denen sie nichts zu suchen haben.
»Wenn Sie von den Zeugen Jehovas sind . . .«
»Nein«, sagt die junge Frau, »bin ich nicht.«
»Oder von irgendeiner anderen Sekte . . .«
»Bin ich auch nicht.«
Die Frau ist jetzt oben im zweiten Stock. Sie hat eine Tasche aus schwarzem Nappaleder dabei, die trägt sie über der Schulter. Jetzt ruhen beide Hände auf dem Schulterriemen, als brauche sie etwas, um sich festzuhalten.
»Ich kaufe nichts an der Tür«, sagt Kathrin Reinhard.
Der Mantel ist nicht richtig zugeknöpft, das fällt Kathrin als Erstes auf. Und die Schuhe sind braun. Braune Schuhe und schwarze Handtasche, das würde Kathrin Reinhard nie passieren. Bei ihr muss immer alles abgestimmt sein.
»Wenn Sie mir Zeitschriften verkaufen wollen . . .«, beginnt Kathrin wieder. Die Frau sieht aus wie eine von den Frauen, die an der Haustür etwas verkaufen wollen. Sie hat etwas Hilfloses, Verlegenes, etwas Unangenehmes.
Aber die Frau schüttelt den Kopf. »Ich will nichts verkau-

fen. Im Flur kann ich darüber nicht sprechen. Wenn Sie mich reinlassen würden...«

Sie ist sehr blass und jetzt merkt Kathrin Reinhard auch, dass sie ein bisschen zittert. Vielleicht fasst sie deshalb mit beiden Händen nach der Tasche.

Kathrin Reinhard schätzt die Frau auf Anfang dreißig. Sie selbst ist schon vierzig. Anfang dreißig, höchstens dreiunddreißig, denkt sie und dann, dass sie die Frau noch nie gesehen hat, und trotzdem kommt ihr irgendetwas an ihr bekannt vor. Sie weiß nur nicht, was. Die Frau hat braune Augen und eine schmale, gerade Nase, einen schönen weichen Mund und man sieht ihrer Haut an, dass sie eine starke Raucherin ist. Aber wenn sie lächelt, hat sie ein schönes Gesicht. Ein bisschen nervös, denkt Kathrin Reinhard, ein bisschen unsicher. Sie zittert wie jemand, der dringend eine Zigarette braucht, um sich damit abzulenken. Vielleicht will sie doch keine Zeitschriften verkaufen.

»Ich habe Ihre Adresse von Dr. Trittin«, sagt die Frau, »aus Berlin.«

Im ersten Augenblick hat Kathrin Reinhard keine Ahnung, wer Dr. Trittin ist. Der Name klingt irgendwie vertraut, aber sie weiß nicht...

Sie lächelt und schüttelt den Kopf. »Helfen Sie mir mal, wer ist Dr. Trittin? Der Name klingt irgendwie bekannt.«

»Er vermittelt Adoptionen«, sagt sie. »Dr. Trittin vom Jugendamt Berlin-Mitte. Sie kennen ihn gut. Sie waren doch oft bei ihm. Aber das ist jetzt ja schon viele Jahre her, nicht?«

In diesem Augenblick hat Kathrin Reinhard das Gefühl, als

beginne das Haus zu schwanken, als stünde sie auf einer schiefen Ebene und müsse sich gleichzeitig gegen einen Wind anstemmen, gegen einen Sturm, der ihr gegen die Brust drängt und den Atem nimmt. Ihr wird ganz schwindlig.
Sie hört, wie im ersten Stock die Wohnungstür geöffnet wird. Der Hund der Petersens jagt ins Treppenhaus, die Stufen hoch, aber er wird von Jan zurückgepfiffen. Jan muss mittags immer mit dem Hund eine Stunde lang in den Park.
Beide, Kathrin Reinhard und die fremde Frau, schauen den zotteligen Hund an, als er die Stufen hochläuft, stehen bleibt und seine lange rosafarbene Zunge heraushängen lässt. Dann der Pfiff und der Hund dreht sich auf dem Treppenabsatz um und jagt wieder hinunter.
Kathrin spricht mit einer Stimme, die ihr selbst ganz fremd vorkommt: »Das ist der Hund von den Nachbarn, der tut nichts, der beißt nicht.«
»Ich hab auch keine Angst«, sagt die junge Frau. »Nicht vor Hunden.«
Kathrin Reinhard kann den Blick nicht von dem blassen, zitternden Gesicht der Fremden lassen. Sie weicht zwei Schritte zurück, in den Flur ihrer Wohnung, und als habe sie auch nach hinten Augen, registriert sie, dass Ninas Zimmertür immer noch verschlossen ist.
Das ist gut, denkt sie, hoffentlich hat Nina Kopfhörer auf.
Die Frau folgt ihr einfach.
Später weiß sie nicht mehr, warum sie die Frau einfach in ihre Wohnung gelassen hat. Sie hätte doch sagen können: Was wollen Sie? Sie hätte sie draußen auf dem Flur abfertigen und sie einfach wieder wegschicken können.

Jetzt ist sie da und sitzt auf dem Sofa, die Nappaledertasche auf den Knien, in dem falsch zugeknöpften Regenmantel und mit einem panischen Zittern in der Stimme, und sagt leise: »Sie erinnern sich jetzt, oder? Dr. Trittin hat Ihnen die Adoption vermittelt.«
Kathrin Reinhard nickt. Dann schüttelt sie den Kopf. Dann beißt sie sich auf die Lippen und starrt an die Zimmerdecke. Sie hat Angst, dass sie gleich weinen muss. Auf einmal tut ihr alles weh. Nina ist in ihrem Zimmer und weiß von nichts.
»Ich bin die Mutter von Rosemarie«, sagt die Frau. »Ich habe Rosemarie zur Welt gebracht. Vor fast fünfzehn Jahren. Am 3. März. Das war der erste Frühlingstag damals. Ich weiß nicht, was Dr. Trittin Ihnen über mich erzählt hat.«
»Sie heißt nicht mehr Rosemarie. Wir haben sie umgetauft. Sie heißt Nina. Nina fanden wir schöner.« Sie räuspert sich. Alles tut weh, jeder einzelne Nerv in ihrem Körper. »Sie war ja nicht getauft. Wir wollten ihr den Namen geben, den wir uns für unser Kind ausgedacht hatten. Nina finden wir schön.«
Die junge Frau lächelt. »Na ja, die Kleine war fünf Monate, als ich sie weggeben musste. Da kann man hören, aber nicht verstehen.«
Die beiden sehen sich an und schweigen.
»Darf man hier rauchen?« Die Frau hebt ihre Hand und zeigt die zitternden Finger. »Ich war in meinem Leben noch nie so aufgeregt.«
Wortlos holt Kathrin Reinhard einen Aschenbecher und stellt ihn vor die Frau hin. Aus Ninas Zimmer kommt noch immer kein Ton.

Nach einer endlosen Weile sagt Kathrin Reinhard: »Und wieso kommen Sie jetzt? Können Sie denn einfach hierherkommen? Woher haben Sie unsere Adresse? Unseren Namen...? Es ist doch verboten, dass bei Adoptionen die leibliche Mutter...«

»Das hab ich doch gesagt, von Dr. Trittin.«

»Aber wie kann er denn unseren Namen herausgeben? Ich denke, es gibt ein Gesetz, dass die Mütter sich nicht mehr um ihr Baby kümmern dürfen, wenn sie es erst mal zur Adoption freigegeben haben. Dass sie nicht einmal den Namen und die Adressen der neuen Eltern erfahren dürfen, nichts über das Leben ihres Kindes.«

Die junge Frau sagt nichts. Sie schaut sich in der Wohnung um. Das Wohnzimmer ist hell. Dabei ist es kein schöner Tag. Bei Sonne ist es lichtdurchflutet, aber vielleicht kann die Frau sich das vorstellen. Gemütliche, große Sessel, schöne Bilder an den Wänden, neue Gardinen, Rohseide. Auf die ist Kathrin Reinhard besonders stolz, die hat sie von ihrem eigenen Geld angeschafft. Und Nina durfte die Farbe aussuchen.

»Sie haben das Gesetz geändert«, sagt die junge Frau. »Unter gewissen Umständen darf eine Mutter jetzt erfahren, wie es ihrem leiblichen Kind geht. Das nennt man lockeres Adoptionsverfahren.«

»Und was sind das für Umstände?«, fragt Kathrin Reinhard.

»Wenn eine Mutter sehr darunter leidet, dass sie ihr Baby weggegeben hat. Wenn sie davon krank wird, seelisch krank«, sagt die junge Frau, »dann erlaubt man ihr das. Und

weil man heute denkt, dass es auch gut ist für das Kind, wenn es weiß, dass die richtige Mutter es trotzdem geliebt hat. Auch für das Kind kann es ja ein Trauma sein, dass es weggegeben wurde.« Sie lächelt zaghaft: »Wie ist Rosemarie denn damit fertig geworden, als Sie es ihr erzählt haben?«
Stille. Langes Schweigen.
»Wie heißen Sie?«, fragt Kathrin Reinhard schließlich. Damals, als sie Nina abgeholt haben, ein fünf Monate altes Baby, haben sie den Namen der Mutter nicht erfahren. Das gehörte auch dazu, dass die Adoptiveltern nichts wussten. Nur, dass die leibliche Mutter noch jung war, erst siebzehn, und dass sie weder vorbestraft war noch irgendwelche Krankheiten hatte. Und dass der Vater auch nicht vorbestraft war und auch keine Erbkrankheiten hatte. Mehr wussten sie nicht. Mehr wollten sie auch nicht wissen.
»Monika Richter«, sagt die junge Frau. »Ich wohne jetzt in Hamburg. Aber das hat nichts damit zu tun, dass Rosemarie hier wohnt. Wirklich. Das ist ein Zufall. Ich will Ihnen das Kind nicht wegnehmen. Nur manchmal sehen.«
»Sie heißt nicht Rosemarie, sondern Nina.«
Die junge Frau wird rot. Sie nickt. »Natürlich«, sagt sie leise, »verstehe.« Sie lächelt. »Ich bin ihr heute gefolgt.«
»Was? Sie sind ihr gefolgt? Wie kommen Sie dazu? Bespitzeln Sie uns etwa? Sind Sie deshalb nach Hamburg gezogen?«
»Ich habe sie beobachtet, auf dem Weg zur Schule.« Monika Richter lächelt, ein bisschen schüchtern, aber auch glücklich. »Sie ist so schön, nicht? Ich weiß gar nicht, von wem sie das hat. Ich war nicht so schön, als ich fünfzehn war.« Sie lä-

chelt. »Aber sie sah zornig aus.« Monika Richter hebt den Kopf. »In dem Alter sind die Mädchen oft so zornig.«
Ich muss sie rauswerfen, denkt Kathrin Reinhard, ich darf ihr nicht weiter zuhören. Sie hat kein Recht, hier zu sein.
Niemals hätte ich gedacht, dass so ein Tag kommen würde. Niemals!
Ninas Mutter! Aber Nina hat doch eine Mutter! Ich bin doch ihre Mutter! Seit über vierzehn Jahren bin ich ihre Mutter!, schreit sie. Aber sie schreit es nicht laut heraus, nur nach innen. Ihre Augen füllen sich mit Tränen.
Monika Richter sieht das. »Was glauben Sie, wie viele Tränen ich geweint hab«, sagt sie leise, als könne sie Kathrin Reinhard verstehen. »Ich hab so viel geweint, dass ich dachte, es geht nicht mehr. Aber das hat erst vor zwei Jahren angefangen, als mein Freund mich wegen einer anderen sitzen gelassen hat. Da hatte ich so schwere Depressionen, dass ich eine Therapie machen musste. Und diese Therapie hat das alles wieder aufgerührt. Das Furchtbare, wie meine Eltern mich gezwungen haben, Rosemarie wegzugeben zur Adoption. Wie ich bei Dr. Trittin das Formular unterschreiben musste. Ich hatte so viele Schlafmittel genommen...«
Kathrin Reinhard steht auf, dabei wirft sie beinah die Blumenvase um.
»Ich will das nicht hören. Das geht mich nichts an. Wir haben Nina damals adoptiert. Alles hatte seine Richtigkeit.«
»Ich weiß«, sagt Monika Richter. »Aber mein Therapeut hat gesagt, ich kann nur wieder gesund werden, wenn ich das Trauma los bin. Wenn ich meine Tochter wiedergefunden habe. Er sagte mir, ich muss sie suchen. Er hat mit Dr.

Trittin gesprochen. Es hat alles seine Ordnung, glauben Sie mir.«
»Hören Sie auf!«, ruft Kathrin Reinhard.
Momo kommt herein und streicht um ihre Beine. Sie kann sich nicht bücken, um ihn zu streicheln. Sie kann nur starr dasitzen.
Monika Richter redet immerzu, doch ihre Worte erreichen sie nicht. Plötzlich wird sie aus ihren Gedanken gerissen. Vielleicht hat Monika Richter lauter gesprochen. Oder den Satz so oft wiederholt, bis Kathrin Reinhard ihn hört:
»Kann ich ihr Guten Tag sagen, bitte?«
»Was?«, flüstert sie. »Oh, nein, nein, das möchte ich nicht.«
»Nur Guten Tag sagen, mehr nicht. Nur einmal die Hand geben und sagen: ›Hallo, ich bin froh, dass es dir gut geht.‹ Dann verschwinde ich auch wieder.« Sie zögert.
Kathrin Reinhard hat einen ganz heißen Kopf bekommen. Es rauscht in ihren Ohren. Sie möchte sagen: Nina ist nicht da. Aber das geht nicht. Diese Frau weiß ja, dass Nina nach Hause gekommen ist. Vielleicht hat sie da draußen auf der Straße irgendwo gestanden und aufgepasst, dass Nina das Haus nicht wieder verlässt. Vielleicht hätte sie Nina angesprochen, wenn sie rausgekommen wäre. Alles möglich.
»Kann ich sie sprechen?«, wiederholt Monika Richter.
Kathrin zögert. Ich muss das tun, denkt sie. Es geht nicht anders. Ich kann die Frau doch nicht wegschicken. Oder kann ich sie wegschicken? Was soll ich tun? Oh Gott, warum ist Klaus jetzt nicht hier? Wie kann es möglich sein, dass diese Frau hier einfach eindringen darf?
Ihre Knie zittern.

»Ich hole sie«, sagt sie. Monika Richter will aufstehen, aber Kathrin Reinhard hebt abwehrend die Hand. »Nein, nicht mitkommen, bitte. Ich hole sie her, ins Wohnzimmer.«

11

Nina sitzt am Schreibtisch vor dem aufgeschlagenen Tagebuch. Ein dicker Band, in rotes Leder gebunden, mit Seidenschnüren, die so lang sind, dass man sie mehrfach um das Buch schlingen und verknoten kann. Das sieht sehr schick aus, ist aber nicht wirklich praktisch. Kim hatte ein Tagebuch mit einem richtigen Schloss. Den Schlüssel trug sie immer wie einen Anhänger an ihrem Halskettchen. Niemals konnte ihre Mutter oder ihr Bruder in dem Tagebuch schmökern und deshalb hat Kim ihrem Tagebuch auch viel intimere Sachen anvertraut, die allerallerletzten Dinge, wie sie immer sagt, das Innerste einer Seele ist da drin.
Nina schreibt seit einem halben Jahr kein Tagebuch mehr. Eigentlich, seit ihre Freundschaft mit Kim so schön ist, so eng. Wenn man eine wirkliche Freundin hat, sagt sie, dann braucht man eigentlich kein Tagebuch mehr, weil man dann alles seiner Freundin anvertraut. Und was noch mehr zählt: Mit der Freundin kann man sich richtig austauschen, sie kann trösten, Ratschläge geben. Ein Tagebuch kann das nicht. Ein Tagebuch hilft einem nur ein bisschen über die Einsamkeit hinweg.
Nina liest die letzten Eintragungen vom August:
... so heiß, dass das ganze Eis zerlaufen ist, über die Finger und dann auf meinen Busen und meinen Bauch. Alles war ganz klebrig, richtig eklig. Wir sind dann einfach so, wie wir waren, mit dem Erdbeereis an unserem Körper, vom Dreier ins Becken gesprungen. Jetzt schmeckt das Badewasser

nicht mehr so eklig nach Chlor und Pisse, sondern nach Erdbeereis.
Sie muss lächeln.
Damals war sie noch nicht in Patrick verliebt, damals musste sie sich noch keine Sorgen machen, ob Patrick ihr treu ist oder er sie genauso liebt wie sie ihn, was er abends macht, wenn sie sich nicht sehen, was er seinen Freunden über sie erzählt.
Am liebsten würde sie alles über ihn erfahren, einfach alles, vom Aufstehen am Morgen bis zum Ins-Bett-Gehen am Abend. Ja, und seine Träume in der Nacht, die wüsste sie auch gerne, denn aus Träumen kann man Schlüsse ziehen über das, was den Menschen bewegt.
Sie schaut auf die Uhr. Halb drei. Draußen ist es so neblig trübe, als würde es schon dämmern.
Patrick arbeitet bis vier Uhr. Vor halb fünf ruft er bestimmt nicht an. Falls er überhaupt anruft.
Sie hat die ganze Nacht darüber nachgedacht, warum alles so schiefgelaufen ist.
Es war einfach ungerecht. Sie wollte doch pünktlich zu Hause sein. Sie wusste ja, dass ihre Eltern wütend sein würden. Und sie ist ja auch gar nicht viel zu spät gekommen, ihre Eltern waren nicht besonders wütend. Erst, als sie das Kondom gefunden hatten und dann auch noch mitten in der Nacht der Anruf von Patrick kam.
Es bringt Nina fast um den Verstand, dass sie nicht weiß, warum er angerufen hat. Um halb zwei Uhr, nachts! Und solchen Blödsinn erzählen!, denkt sie wütend. Ob er betrunken war? Sie hat Patrick noch nie betrunken gesehen.

Nina hasst es, wenn Jungen so rumalbern und torkeln und sich irgendwelche ekligen Witze erzählen oder blöde Bemerkungen machen über anwesende Mädchen. Dann dreht sich alles irgendwie um Sex. Aber in so einem Ton, den Nina widerlich findet.

Auf den Partys beginnt das meistens so ab zehn. Vorher, wenn sie alle noch nüchtern sind, machen Partys Spaß. Dann ist es lustig zu tanzen, rumzublödeln, zu schmusen, alles ist lustig, auch die Spielchen, die man sich so ausdenkt. Aber wenn die Ersten anfangen mit dem Kampftrinken, dann weiß sie schon: Besser gleich verduften.

Nina hat die Kopfhörer aufgesetzt und hört einen Song von Verdoux. Ziemlich schnulzig und traurig, aber er hat einfach eine tolle Stimme. Genau die richtige in diesem Moment jetzt, so melancholisch.

Sie schreibt in ihr Tagebuch:

... überhaupt ist es ungerecht, dass Eltern ihre Kinder bestrafen dürfen. Kinder dürfen das nie. Das ist doch nicht demokratisch! Meine Eltern haben schon ziemlich oft mal was gemacht, was ihnen hinterher leid getan hat. Dann haben sie mich um Entschuldigung gebeten. Wenn ich aber sage: »Entschuldigt«, dann nützt das nichts, dann wollen sie mich bestrafen. Ach, Patrick, warum kommst du nicht einfach her? Warum trittst du nicht einfach die Tür ein und holst mich hier raus? Ich möchte gerne heute mit dir nach Amerika fahren, auf einem großen weißen Schiff über das große blaue Meer ... keine Grenzen, die totale Freiheit. Und wir wären immer zusammen. Könnten uns lieb haben, könnten lachen, ach, Patrick, ich hab solche Sehnsucht nach dir. Es ist so gemein, wenn sie einen einsperren. Freiheitsberaubung ist das. Ich fühle mich wie ein Sträfling, wie ein Knacki. Es kommt mir vor, als ob meine Fenster vergittert wären. Ich ersticke. Seit heute Morgen habe ich nichts gegessen, aber mein Magen meldet nicht, dass er Hunger hat. Ich glaube, ich höre einfach auf, die normalen Dinge zu tun, esse nicht mehr, trinke nicht mehr, vielleicht höre ich einfach auf zu atmen. Ich müsste das Zimmer aufräumen, aber wozu? Ich seh das gar nicht ein. Was geht meine Eltern mein Zimmer an? Es ist der einzige Raum in der Wohnung, der mir gehört, alle anderen Zimmer gehören doch ihnen! Was stört es sie dann, wenn es in meinem Zimmer chaotisch aussieht? Schade, dass ich kein eigenes Bad habe, dann würde ich nie mehr hier rauskommen. Nie mehr. Ich hasse Mami und Papi dafür, dass sie so ungerecht sind. Es ist einfach fies und unmenschlich, jemanden einzusperren. Alle anderen treffen sich heute Nachmittag, machen Blödsinn zusammen. Patrick kommt von der Arbeit nach Hause, und wenn er anruft, steht meine Mutter garantiert neben dem Telefon und hört zu. Und dann muss ich sagen: Ich hab Hausarrest. Wie eine Fünfjährige. Es ist so entwürdigend, so demütigend. Ich könnte heulen und mir die Kleider zerreißen vor Wut. Wenn ich heute das Fenster aufmache und rausspringe, dann wissen sie, was sie mir angetan haben. Aber wir wohnen im zweiten Stock und ich habe keine Lust mir den Hals zu brechen, nur weil meine Eltern nicht wissen, was Demokratie ist. In anderen Ländern heiraten Mädchen mit vierzehn! Und ich werde eingesperrt, bloß weil mein Freund nachts um halb zwei anruft! Was kann ich dafür, wenn Patrick ...

Nina hört auf zu schreiben. Sie hebt den Kopf und schaut auf die Tür. Es ist ihr, als habe sie etwas gehört. Sie nimmt die Kopfhörer ab. Sie sieht, wie die Klinke heruntergedrückt wird. Ihre Mutter steht draußen vor der Tür und ruft: »Nina! Mach bitte auf! Schließ deine Tür auf!«
Nina legt die Kopfhörer auf den Tisch und schiebt den Stuhl zurück. »Warum denn?«, ruft sie zurück. »Ich hab doch Zimmerarrest. Ich sitz in meinem Zimmer. So habt ihr es doch gewollt!«
»Nina, bitte, ich muss mit dir sprechen. Es ist sehr wichtig.«
»Ich hab aber keine Lust.«
»Bitte, Nina!« Die Stimme ihrer Mutter klingt wirklich verzweifelt, als wäre sie den Tränen nahe. Nina beißt grimmig die Zähne zusammen. Geschieht ihr ganz recht, wenn sie jetzt ein schlechtes Gewissen hat.
»Ich hab auch keinen Hunger. Ich will überhaupt nichts. Gib dir keine Mühe! Ihr seid selber schuld, wenn ich nach ein paar Tagen krank und blass bin. Dann seid ihr selber schuld mit eurem blöden Hausarrest!«, schreit Nina wütend.
Ihre Mutter bleibt an der Tür stehen, weiß nicht, was sie tun soll. Das geschieht ihr recht, denkt Nina.
Sie setzt die Hörer wieder auf und beugt sich über ihr Tagebuch. Sie liest die letzten Sätze und versucht, sich zu konzentrieren. Dabei muss sie aber immer auf die Türklinke schielen, doch die bewegt sich nicht mehr.
Ihre Mutter ist also zurückgegangen ins Wohnzimmer. Gut so. Mein erster Sieg, denkt Nina. Vielleicht mach ich sie so mürbe, dass sie mich doch zu Kims Geburtstagsparty lassen, am Freitag. Sind ja noch fünf Tage.

12

Kathrin Reinhard steht in der Wohnzimmertür. Sie ist ganz bleich, ihre Haut wirkt richtig durchsichtig. Auf der Stirn haben sich ganz feine Schweißperlen gebildet. Man spürt, dass ihr heiß ist vor Aufregung, vor Panik.
»Nina möchte nicht kommen«, sagt sie.
Monika Richter sitzt stocksteif vor Anspannung im Sessel. Die Handtasche hat sie auf den Boden neben ihre Beine gestellt. Als habe sie einen Besen verschluckt, so sitzt sie da und starrt zur Tür.
»Wo ist sie? Wieso möchte sie nicht mit mir sprechen? Haben Sie ihr gesagt, dass ich...«
Kathrin Reinhard fährt sich mit der Zunge über die Lippen. Sie hat einen ganz trockenen Mund. Sie kann kaum sprechen.
»Nina hat Hausarrest.« Sie kann nicht laut sprechen, weil es so schrecklich ist. Ausgerechnet jetzt! Ausgerechnet jetzt hat Nina Hausarrest. Wo sie sich sonst immer so lieben und alles so gut ist zwischen ihnen. Nie einen Streit. Immer alles gut. Und jetzt schließt Nina sich in ihrem Zimmer ein und ist so wütend und weiß nicht einmal, dass gerade ihre Welt zusammenbricht.
Sie würde ja Klaus anrufen, wenn sie wüsste, wo man ihn erreichen kann. Aber er macht Geschäftsbesuche. Er kann überall sein, in Altona, Wellingsbüttel, Poppenbüttel, Sasel, überall.
»Hausarrest?«, fragt Monika Richter fassungslos. »Warum denn?«

»Weil sie . . .«, beginnt Kathrin Reinhard. Sie lauscht in den Flur. Hat sie eben etwas gehört? »Ach, das ist eine lange Geschichte«, wehrt sie hilflos ab. »Auch gar nicht wichtig. Ich möchte, dass Sie jetzt gehen. Ich werde mit meinem Mann über alles reden, wenn er heute Abend nach Hause kommt.«
Monika Richter rührt sich. Sie fährt mit einer Hand unsicher an ihren Hals. Sie lächelt, steht auf.
»Soll ich mal mit ihr reden?«, fragt sie. »Nur zwei Sätze, bitte!«
»Nein«, ruft Kathrin Reinhard. »Nein, nein!«
Sie will die Hände ausstrecken, wie um die Frau daran zu hindern, in den Flur zu Nina zu gehen.
Aber da hört sie den Schlüssel, der sich umdreht, hört, wie Ninas Tür aufgeht und sie ruft: »Mami?«
Sie erstarrt. Sie schluckt. Die beiden Frauen schauen sich an. Ninas richtige Mutter und Ninas Adoptivmutter. Eine blonde Frau von vierzig und eine rothaarige Frau von einunddreißig. Die eine im Regenmantel, die andere in langen braunen Hosen, Bluse und Strickjacke. Sie schauen sich an.
»Mami?«, ruft Nina. »Kann ich wenigstens mal telefonieren? Oder darf ich das auch nicht?«
»Sie kommt«, flüstert Kathrin Reinhard. Sie schaut die rothaarige Frau mit weit aufgerissenen Augen an. »Was sollen wir sagen?«
Nina kommt den Flur entlang. Sie sieht ihre Mutter in der Wohnzimmertür und spürt sofort, dass etwas passiert ist. Etwas Ungewöhnliches.
Sie sieht es an der Haltung, mit der ihre Mutter dasteht. Und wie sie jetzt den Kopf wendet und Nina anblickt. Da ist Panik in ihren Augen . . .

Nina hält die Luft an.

Ihre Mutter schließt die Augen, streckt die Hand aus und hält Nina fest. »Nina«, flüstert sie, »bitte.«

Nina bleibt stehen. »Was ist? Was hast du denn? Was machst du denn für ein Gesicht, Mami?«

»Wir haben Besuch«, sagt Kathrin Reinhard.

Nina versteht nicht. Sie schüttelt ihre Mutter ab und tritt ins Wohnzimmer. Neben dem geblümten Sessel steht eine Frau, die Nina noch nie gesehen hat. Keine besonders aufregende Frau, nicht besonders toll angezogen. Irgendwie linkisch wirkt sie, irgendwie unbeholfen... Aber dann lächelt sie und es ist ein sanftes, freundliches Lächeln, sehr scheu. Das findet Nina nett. Aber mehr nicht.

»Hallo«, sagt sie kühl. Sie schaut von dem Besuch zu ihrer Mutter. »Ja?«, fragt sie. »Und?«

»Guten Tag, Rosemarie«, sagt die Frau leise.

»Zum letzten Mal: Sie heißt Nina!«

Nina runzelt die Stirn, schaut ihre Mutter an, dann die fremde Frau.

Kathrin Reinhard geht zu Nina, legt ihr beide Hände auf die Schultern, nimmt sie wieder weg, streicht ihr mit zitternden Fingern über die Haare, über das Gesicht.

»Nina, mein Kind, mein Schatz, mein Murmelchen«, flüstert sie. »Kommst du einen Augenblick mit mir in die Küche? Ganz kurz, ja?«

Nina macht sich verwirrt los.

Die fremde Frau lächelt immer noch, als wäre es wie eingemeißelt. Gleichzeitig hat Nina den Eindruck, als wenn die Frau gleich weinen würde.

»Was ist los?«, fragt Nina. Sie spürt plötzlich Panik. Ihre Kopfhaut zieht sich zusammen.
»Nina, diese Frau – das ist Monika Richter.«
Nina wirft wieder einen Blick auf den Besuch. Die Frau steht immer noch wie versteinert. Die Handtasche neben ihr ist umgekippt. Man sieht eine Zigarettenpackung, rot-weiße Schachtel, und ein Feuerzeug, golden, und einen Zipfel von einem weißen Briefumschlag.
»Kenn ich nicht«, sagt Nina.
»Sie ist deine Mutter, Murmelchen.« Kathrin hat es kaum ausgesprochen, da schluchzt sie auf und zieht Nina an sich, presst sie so sehr an sich, dass Nina kaum Luft bekommt, fast erstickt. Ninas Kopf explodiert. Was hat Mami gesagt? Was sagt sie?
»Murmelchen, es tut mir leid«, flüstert ihre Mutter, »bitte, verzeih uns – wir haben es dir nicht gesagt – dass wir dich adoptiert haben – wir konnten es dir nicht sagen – wir hatten solche Angst, dass du – wir waren so feige. Ach, ich weiß auch nicht. Bitte, Murmelchen – ich liebe dich mehr als mein Leben.«
Endlich lässt sie Nina los. Die fällt fast um. Sie muss sich abstützen. Ihr ist schwindlig. Sie hat nichts verstanden. Doch, sie hat alles verstanden. Nur nicht begriffen. Wer ist meine Mutter? Wer war feige? Wer hat Angst? Worum geht es?
»Worum geht es überhaupt?«, kreischt Nina. Sie hämmert mit der Faust gegen die Türfüllung, sie schnappt nach Luft.
»Ich versteh kein Wort!«
Aber sie weiß, es ist etwas passiert. Etwas wie Weltuntergang. Etwas wie der Tod. Etwas, was man nicht ändern, nicht rückgängig machen kann.

Sie hat nichts begriffen, gar nichts, aber dennoch fühlt sie, dass nach diesem Augenblick nichts mehr so ist, wie es vorher war.

Alles außer Kontrolle.

»Darf ich dich anfassen?«, fragt die fremde Frau. Sie steht plötzlich neben Nina. Nina kann ihr Parfüm riechen, ihren Atem, das Nikotin, sie kann fast das Haarspray riechen und den komischen Geruch, den Sachen an sich haben, wenn man sie aus der Reinigung holt, imprägnierte Sachen. Der Regenmantel der Frau ist gegen Nässe imprägniert. Ihre Stimme ist etwas rauchig, etwas schwer, so, als habe sie chronisch dicke Mandeln oder chronischen Husten, irgendetwas jedenfalls, das ihre Stimme verändert.

Nina schaut auf die Füße der Frau. Sie trägt sehr dünne Schuhe, ganz flach, poliert, braun, sie glänzen. Die Schuhe sind das Schönste an ihr. Ganz kleine Füße. Nina hat auch so kleine Füße. Größe 36. Wenn man kleine Füße hat, so schmale Füße, sehen alle Schuhe gut aus, elegant. Nina starrt auf die Füße der Frau, deren Namen sie vergessen oder nicht richtig gehört hat. Sie hat ja überhaupt nicht richtig hingehört, es ist vielleicht überhaupt nichts passiert. Aber jetzt, wo sie die Füße der Frau genauer betrachtet, die so klein sind wie ihre eigenen, jetzt weiß sie, dass es wahr ist.

Sie wünscht sich, sie wäre tot.

Ganz langsam, im Zeitlupentempo, dreht sie sich richtig zu der fremden, rothaarigen Frau um.

Die lächelt, hat Tränen in den Augen. Die Arme hängen schlapp an ihr herunter.

Warum hat sie den Mantel nicht ausgezogen, denkt Nina,

wieso hat Mami ihr nicht gesagt, dass sie wenigstens den Mantel ausziehen kann? Wieso kann sie an nichts anderes denken als an diesen blöden Mantel? Jeder Besuch bei uns zieht sich den Mantel aus. Wieso musste sie den Mantel anbehalten? Ich bin adoptiert, denkt Nina. Ich möchte tot sein. Ich möchte, dass mir jemand ein Messer in den Bauch stößt, ganz tief. Alles Blut soll rausströmen.
»Ja?«, wispert die fremde Frau. »Darf ich?«
Nina tritt einen kleinen Schritt vor, schaut der Frau in die Augen. Sie hat braune Augen. Nina hat auch braune Augen. Sie hat einen herzförmigen Haaransatz. Nina auch. Nina schaut in dieses Gesicht wie in einen Spiegel. Auf einmal ist alles klar. Auf einmal versteht sie.
»Warum nicht?« Nina schließt die Augen.
Die fremde Frau streichelt ihr Gesicht. Eben noch hat ihre Mutter ihr Gesicht gestreichelt. Die fremde Frau fasst ihre Haare an und lässt sie wieder los. Kommt noch dichter heran. Aber sie gibt Nina keinen Kuss. Nina hat fast damit gerechnet und sich überlegt, was sie machen soll, wenn diese Frau ihr einfach, ohne zu fragen, einen Kuss gibt. Aber das tut sie nicht. Sie nimmt nur Ninas Hände. Nimmt ihre eiskalten Hände und wartet, dass Nina die Augen wieder aufmacht.
»Ich hab dich Rosemarie genannt«, sagt sie, »aber jetzt heißt du Nina, nicht?«
Nina nickt. Ihr Gesicht ist wie Eis, ganz starr.
»Das ist ein schöner Name«, sagt die Frau und Tränen kullern über ihr Gesicht.
»Ja«, sagt Nina, »finde ich auch.«

Wieso sterbe ich nicht?, denkt sie.

Wo ist Mami? Wieso hilft Mami mir nicht? Wieso sagt sie nichts?

Sie dreht sich ganz langsam um. Ihr ist so kalt. Sie hat Schüttelfrost. Ihre Zähne schlagen aufeinander.

Das Telefon klingelt.

Die Frau lässt sie sofort los. Alle schauen sich an. Es ist wie Glas zwischen ihnen, dünnes Glas, das sie mit ihren Körpern halten, eine Kugel aus dünnem, schimmerndem Glas, wenn einer sich bewegt, fällt die Kugel runter und zerplatzt. Und dann müssen sie über Scherben gehen, barfuß über die Scherben. Und überall wird Blut sein...

Immer noch klingelt das Telefon. Keiner rührt sich.

Nina denkt, das ist Patrick. Aber sie wagt nicht, sich zu bewegen. Sie schaut die fremde Frau an, die den gleichen Haaransatz hat wie sie und die gleichen braunen Augen. Und kleine Füße.

Wenn es Patrick war, macht es auch nichts. Nicht wichtig. Nichts ist wichtig. Alles egal. Ich möchte tot sein.

Sie kann nicht denken, ihr Kopf ist ganz leer.

Das Telefon hört auf zu klingeln.

»Und was jetzt?«, fragt Nina.

Kathrin Reinhard schluckt, schließt die Augen. Tränen hängen in ihren Wimpern. Ihre Lippen sind spröde, bewegen sich gar nicht richtig, als sie redet. »Ich weiß es nicht, Murmelchen. Ich hab keine Ahnung. Komm zu mir, ja?«

Aber Nina kann sich nicht bewegen.

13

Über Hausarrest redet keiner mehr.
Es ist, als hätten Ninas Eltern ihn völlig vergessen. Ist vielleicht nicht mehr wichtig. Nicht, wenn man bedenkt, was passiert ist.
Kathrin Reinhard hat sich für zwei Tage in der Bank beurlauben lassen. Sie hat ständig Rückenschmerzen, nimmt ganz starke Tabletten, aber offenbar gehen die Schmerzen nicht weg.
Nina hat das Gefühl, dass man das Parfüm der fremden Frau immer noch riecht. Es kommt ihr vor, als sei es in die Gardinen gezogen, in die Sesselbezüge, in den Sisalteppich im Flur. Ein bisschen süßlich, ein bisschen fremd.
Auch wenn sie schon lange weg ist – sie wird sie nicht mehr los. Sie wird den Gedanken nicht mehr los, nie mehr.
Nina hat kein Wort mehr gesagt.
Die fremde Frau ist noch eine Weile geblieben. Nina hat ihr sogar ihr Zimmer gezeigt, sie kann sich jetzt nicht mehr genau erinnern, warum sie das überhaupt getan hat. Stumm hat sie neben der Frau gestanden. Die Frau hat sich umgesehen, hat immerzu gelächelt. Konnte auch nichts sagen. Einmal wollte sie Nina berühren, aber Nina ist zusammengezuckt, hat sie nur angesehen, Panik in ihren Augen. Da hat die Frau nicht mehr gelächelt, hat nur aus ihrer Handtasche einen Brief gezogen, verschlossen, ohne Marke, und ihn auf Ninas Schreibtisch gelegt. »Da ist meine Adresse, wie ich heiße und wo ich wohne. Wenn du mich brauchst – ich bin

immer für dich da.« Schon hat sie wieder gelächelt. »Aber das ist ja klar.«
Nichts ist klar.
Die Frau ist längst gegangen. Nina schaut auf den Brief, einen schneeweißen Umschlag, auf dem nichts steht, zugeklebt.
Kathrin Reinhard sitzt im Wohnzimmer und telefoniert mit ihrem Mann. Sie schluchzt. Manchmal schreit sie, dann wimmert sie, dann seufzt sie.
Nina kann nicht verstehen, was sie sagt, aber es ist auch nicht wichtig. Nichts ist mehr wichtig. Es sind nicht meine Eltern, denkt sie, meine Mutter ist nicht meine Mutter, mein Vater ist nicht mein Vater. Sie haben es immer gewusst, aber mir haben sie nichts gesagt. Wenn wir über unsere Ähnlichkeit geredet haben, von wem ich die dünnen Beine habe und wieso ich Mathe nicht kapiere...
Immer haben sie so getan, als wenn ich ihr leibliches Kind wäre. Und wenn ich gefragt habe: »Wie war ich als Baby?«, dann hat sie mir alles erzählt. Dass ich so süß war, fast nie geweint habe und dass alle Nachbarn mich so süß fanden und wie schlimm das war, als ich die Mittelohrentzündung hatte, und so weiter...
Alles Lüge. Wahrscheinlich alles Lüge.
Sie haben sich ausgedacht, wie ich mit einer Woche war, mit vier Wochen, mit zwei Monaten, wie die Geburt gewesen ist, alles haben sie sich ausgedacht – aber warum? Wieso?
Warum haben sie nicht gesagt, dass ich adoptiert bin?
Wieso nicht?
Nina geht zum Schreibtisch, nimmt den Brief, schaut auf

die Straße. Sie hat nicht gesehen, wie die Frau weggegangen ist. Hat nur gehört, wie die Wohnungstür zufiel. Hat nicht gesehen, wie der Regenmantel die Straße überquert hat, die roten Haare. Es regnet.
Warum ist sie gekommen?, denkt Nina. Warum hat sie das getan? Wusste sie nicht, dass sie damit mein Leben kaputt macht? Interessiert sich denn keiner von den verdammten Erwachsenen dafür, wie es mir geht? Denken die alle nur an sich?
Die eine Mutter sagt nicht, dass sie mich adoptiert hat, weil sie sich einredet, ich wäre ihr leibliches Kind. Die andere kümmert sich fünfzehn Jahre, nein, vierzehn, korrigiert Nina sich, nicht um mich und steht dann plötzlich vor der Tür, lächelt und sagt: »Hi, ich bin deine Mutter.«
Wieso werde ich nicht verrückt? Wieso dreh ich nicht durch?
Nina nimmt den Brief, schiebt den Zeigefinger in den Umschlag, reißt ihn auf, nimmt einen Bogen heraus, einfaches, weißes Schreibmaschinenpapier, eine große, runde Handschrift, eine ganz schöne Handschrift. Nina schaut über die Seite und die Buchstaben verschwinden.
Schnell faltet sie den Brief wieder zusammen, steckt ihn in den Umschlag, nimmt ihren Anorak und läuft aus dem Zimmer.
Ihre Mutter telefoniert noch.
Aber als Nina leise die Wohnungstür öffnet, ruft sie: »Nina?«
Nina bleibt stehen, sagt nichts.
Ihre Mutter legt den Hörer zur Seite und kommt in den Flur. Sie ist kreidebleich, hat ein von Tränen nasses Gesicht.

»Deine Wimperntusche ist verlaufen«, sagt Nina. Ihre Stimme ist ohne Ausdruck. Sie fühlt ja auch nichts, daher ist sie so tonlos.
Ihre Mutter lächelt, verschmiert mit dem Handrücken alles nur noch mehr.
»Gehst du weg?«, fragt sie.
»Nur spazieren«, sagt Nina. »Ist so heiß hier drinnen. Hier erstickt man ja.«
Ihre Mutter nickt. Kein Wort von Hausarrest. Nina denkt nicht daran, ihre Mutter vielleicht auch nicht.
»Ja, hier erstickt man«, sagt ihre Mutter.
Sie schauen sich an. Ihre Mutter sieht aus, als würde sie jeden Augenblick das Bewusstsein verlieren. Sie ist nur noch ein Schatten, ein durchsichtiger Mensch in Hosen.
»Nina...«, beginnt sie.
Nina sagt nichts. Sie hat die Türklinke schon in der Hand.
»Ich habe mit deinem Vater gesprochen. Er kommt gleich nach Hause. Er lässt alles stehen und liegen. Ich soll dir ausrichten –«
Sie stoppt.
Nina wartet. Dreht sich schließlich langsam zu ihrer Mutter um.
»Was?«
»Er ist so traurig, erschrocken. Es tut ihm so leid, Nina, mein Murmelchen. Es tut uns so schrecklich leid. Ich weiß gar nicht, warum dein Vater und ich das...«
»Er ist nicht mein Vater, das weißt du doch.« Nina öffnet die Tür. Draußen ist Handwerkerlärm, eine Metallsäge.
Ihre Mutter schließt gepeinigt die Augen, sie will noch et-

was sagen, aber Nina ist schon draußen, läuft an den beiden Handwerkern, die am Geländer arbeiten, vorbei.
Einer von ihnen pfeift ihr hinterher, der andere tippt sich an die Stirn. »Spinnst du? Wir sind hier nicht auf dem Bau.«
Oben schlägt Kathrin Reinhard die Tür zu und läuft ins Bad. Sie muss sich übergeben. Ihr ist so schlecht wie noch nie in ihrem Leben.
Es regnet. Nina setzt die Kapuze auf und rennt quer über die Straße, biegt in die Jürgenallee ein und dann über den Rot-Kreuz-Platz in den kleinen Park.
Ihre Hände umklammern den Brief, den sie in der Tasche trägt. Sie will ihn nicht lesen.
Doch, sie wird ihn lesen. Den Brief ihrer Mutter.
Ihre Mutter hat ihr einen Brief geschrieben.
Ich habe zwei Mütter, denkt Nina. Komischer Gedanke.
Nina hat's gut, Nina hat zwei Mütter.
Oh, werden alle sagen, das muss toll sein: zwei Mütter. Dann wird man immerzu verwöhnt, kriegt alles, was man möchte, darf alles. Nina hat's gut.
Nina setzt sich auf eine nasse Bank.
An dem kleinen Vogelteich gräbt ein zotteliger Hund mit nassem Fell wie verrückt ein Loch, wirft die dunkle, nasse Erde hinter sich, schnauft dabei und wedelt mit dem Schwanz. Neben ihm steht ein kleiner Junge, der lacht und immer ruft: »Such! Such!«
Manchmal hebt der Hund die Schnauze, die voller Erde ist, lässt für einen Augenblick seine lange rosafarbene Zunge raushängen, und wenn der kleine Junge fragt: »Wo ist das Kaninchen?«, buddelt er sofort weiter.

Nina nimmt den Brief aus dem Anorak. Der Regen ist ganz fein, der Umschlag wellt sich sofort. Sie zieht den Bogen heraus, da kommt der Junge auf sie zu. Er hat einen Stock in der Hand, in den hat er ein Zeichen geschnitzt. Vielleicht will er ihr den Stock zeigen. Er bleibt vor ihr stehen.
Nina schaut auf.
»Das ist nicht mein Hund«, sagt er.
»Ah«, murmelt Nina, es interessiert sie nicht die Bohne, wem der Hund gehört.
»Er gehört meinem Freund. Kennst du zufällig einen Uwe?«
Er hebt seinen Arm. »Ist ungefähr so groß, hat immer so einen roten Anorak an und Jeans.«
»Nee«, sagt Nina, »kenn ich nicht.«
»Na, macht ja auch nichts.« Der Junge setzt sich neben Nina. Er schaut auf den Hund, der aufgehört hat zu buddeln. Sein Kopf ist voller Dreck. Daraus leuchten zwei kleine Äuglein und eine schwarze, glänzende Hundenase hervor.
»Der ist so bescheuert, der Hund«, sagt der Junge. »Wenn man mit dem Stock eine Stelle im Gras zeigt und ruft ›Oh, Kaninchen‹, fängt der sofort an zu buddeln.«
»Lass ihn doch, wenn's ihm Spaß macht!« Nina sieht, dass die Nässe die Buchstaben verwischt. Sie steckt den Zettel wieder in den Umschlag.
»Ich lass ihn ja auch«, sagt der Junge, »aber bescheuert ist er trotzdem, oder? Ich möchte keinen Hund haben, der so bescheuert ist. Über den lachen sich die anderen ja tot.«
Nina schaut den Jungen an. Er hat eine Stupsnase und feuerrote Backen wie Jungs, die viel draußen sind. Er sieht fröh-

lich aus. Ihm geht es gut. Er hat bestimmt einen Vater und eine Mutter, er hat einen Freund und er hat einen Hund, der ein bisschen bescheuert ist. Aber das macht doch nichts.
»Wegen so was lachen einen die Leute nicht aus«, sagt Nina. »Ich finde den Hund okay.«
Sie geht weg. Der Junge ist aufgesprungen, er will hinter ihr her. Er ist enttäuscht, er dachte, er kann ein bisschen reden. Er wollte ihr noch erzählen, dass er sich einen Dalmatiner wünscht, so einen schwarz-weiß gescheckten, am liebsten einen, der einen großen schwarzen Fleck über einem Auge hat, dann sieht er aus wie der Hund von den »Kleinen Strolchen«. Er würde ihn dann Strolch nennen. Das alles wollte er Nina sagen. Aber die geht einfach weg, mit hochgezogenen Schultern, und wird immer kleiner und immer kleiner. Der bescheuerte Hund bellt. Er will, dass der Junge mit dem Stock graben hilft. »Ich komm ja schon«, murmelt der Junge. Er sieht, wie Nina die kleine Tür aufmacht, die vom Park in den Garten der Johanniterkirche führt. Dann sieht er sie nicht mehr.
Nina sitzt in der letzten Bank. Es sind nur drei Leute da, zwei alte Frauen und ein Mann, der die Zeitungen und Prospekte vorn am Eingang sortiert. Niemand beachtet sie.
Nina schaut sich um. Durch die bunten Glasfenster kommt nur wenig Licht, denn draußen ist es grau und es dämmert schon. Trotzdem ist das Licht hier drinnen wärmer als draußen, schöner. Dabei ist es kalt. Kirchen sind immer kalt, das liegt an den dicken Steinmauern und weil nie die Sonne richtig hereinkommt.
Auf dem Altar brennt eine Kerze, daneben steht ein Blu-

menstrauß. Nina kann nicht erkennen, ob es frische Blumen sind oder Kunstblumen. Eine aufgeschlagene Bibel. Über dem Altar ein Bild, ein gekreuzigter Jesus. Sein Kopf hängt zur Seite. Jesus hat eine Dornenkrone auf und die Dornen haben sich in seine Kopfhaut gedrückt und Blutstropfen quellen hervor. Durch seine Hände sind Nägel geschlagen, aber sie bluten nicht. Durch die Füße hat man nur einen Nagel geschlagen. Er ist so lang, dass er weit raussteht. Er glänzt.

Hinter dem Kreuz sieht man einen Berg aus braunem hellem Lehm, darauf Olivenbäume. Der Ölberg, denkt Nina. Und über dem Berg Wolken, die aussehen, als hätten sie einen Heiligenschein, als ob hinter ihnen gleich die Sonne hervorbrechen würde. Aber das sieht der gekreuzigte Jesus nicht. Er hat die Augen geöffnet, doch sie blicken nach unten. Unten kauert eine Frau am Kreuz. Sie hat etwas in der Hand, sie hat das Gesicht erhoben, sie sieht kummervoll aus. Vielleicht ist es seine Mutter, denkt Nina. Maria. Oder es ist Maria Magdalena. Sie weiß nicht mehr genau, wer Maria Magdalena war. Seine Geliebte? Im Konfirmationsunterricht hatten sie darüber geredet, aber sie hat nicht zugehört, weil sie gerade in Frederic verliebt war. Da musste sie immerzu aufpassen, ob Frederic vielleicht den Kopf dreht und sie ansieht oder ihr einen kleinen Zettel zuschmuggeln will.

Die Frau weint um den Mann am Kreuz. Bestimmt ist es seine Mutter, denkt Nina. Es tut ihr so leid, dass ihr Sohn so viel Schmerzen hatte, dass er so leiden musste, dass die Welt so gemein zu ihm war, so fies, so ungerecht, das ganze Volk eine einzige Intrige. Er hatte keine Chance seine Unschuld zu beweisen. Jesus hatte keine Chance.

Nina schaut auf das Gesicht des Gekreuzigten, die hohe helle Stirn. Er sieht traurig aus, melancholisch, aber man sieht nicht, dass er Schmerzen hat. Vielleicht ist das vorbei. Aber vielleicht können ihm die Menschen auch gar keine wirklichen Schmerzen zufügen, denn er ist ja ein Gott. Sein Körper ist ja kein richtiger Körper, er besteht ja nur aus Geist. Und der Geist ist durchlässig, durch ihn geht alles hindurch, Schmerzen, Glück, das Lachen, er hat keinen Hunger und keinen Durst, er tut nur so, als würde er leben wie ein Mensch, in Wahrheit berührt ihn nichts, gar nichts. Denn er besteht nur aus Geist.

Ja, denkt Nina, ich versteh das. Ich fühle auch keinen Schmerz. Ich fühle nichts. Vielleicht bin ich gar nicht mehr am Leben. Vielleicht ist das hier nur ein Körper, eine Hülle, im Geist bin ich anderswo.

Nina schaut auf die Wolken und den Sonnenkranz, die so schön gemalt sind auf dem Altarbild, die Farben von Dunkelblau über Violett bis ins Rötliche und dann immer heller, bis sie golden sind und gleißen.

Ich möchte tot sein, denkt Nina.

Hinter ihr räuspert sich jemand. Es ist der Mann, der die Zeitungen geordnet hat. Er trägt einen schwarzen Anzug und ein weißes Hemd. Er beugt sich vor. »Ist dir nicht gut?«, murmelt er mitfühlend. »Möchtest du ein Glas Wasser?«

»Ich habe keinen Durst«, sagt Nina.

»Etwas anderes?«

»Danke«, sagt Nina, »ich brauche nichts. Ich wollte mich nur ausruhen – nur –«
Der Mann schaut sie an. Er hat freundliche, sanfte Augen. Die Augen lächeln, aber sein Gesicht ist ernst.
Sie weiß nicht, was sie sagen soll. Der Mann weiß bestimmt, dass sie nie in die Kirche geht. Vielleicht ist es der Pfarrer oder ein Gemeindehelfer oder der Küster.
»Es regnet«, sagt Nina.
»Ja, ich weiß.« Der Mann legt ihr die Hand auf die Schulter. »Bleib, so lange du magst. Das Haus des Herrn ist für alle da.«
»Danke«, flüstert Nina. Sie schaut auf das Bild. Sie hört, wie die Schritte des Mannes sich wieder entfernen. Die Frau in der zweiten Reihe ist aufgestanden und geht durch den Mittelgang zum Ausgang. Das schwere Portal geht mit leichtem Knarren auf und fällt wieder zu.
Nina faltet den Brief auseinander und liest:

Liebe Rosemarie,
ich weiß nicht, wie ich diesen Brief beginnen soll. Ich weiß überhaupt nichts mehr. Ich bin so durcheinander, bitte verzeih mir! Bis vor Kurzem hab ich nicht gewusst, wo du lebst. Da es unter gewissen Umständen erlaubt ist, dass eine Mutter mit ihrem leiblichen Kind Kontakt aufnimmt, auch wenn sie es zur Adoption freigegeben hat, möchte ich das hiermit versuchen. Oh Gott, ist das schwierig. Wenn du es nun gar nicht willst? Ich würde dir gerne etwas über mich schreiben, aber ich weiß nicht, ob es dich interessiert. Mir ist es eine Zeit lang nicht sehr gut gegangen. Darüber können

wir vielleicht irgendwann mal reden. Aber jetzt bin ich wieder gesund und lebe in Hamburg. Ich hab ein bisschen Geld geerbt und konnte mir eine Wohnung kaufen. Weil du in Hamburg lebst, habe ich mich entschieden auch nach Hamburg zu ziehen. Ich dachte, vielleicht hilft es mir, wenn ich weiß, dass du irgendwie in der Nähe bist. Dieser Brief ist eine Katastrophe, ich weiß. Verzeih mir! Aber ich bin so durcheinander. Ich möchte nichts falsch machen, aber wenn man zu viel grübelt, macht man vielleicht besonders viele Fehler. Das Wichtigste ist meine Adresse: Schrammsweg 5 (wenn du mich besuchen möchtest: Bahnhof Kellinghusenstraße und dann sind es nur fünf Minuten). Meine Telefonnummer: 46 31 72. Ich umarme dich in Gedanken.
Monika Richter, deine Mutter

Nina spürt nichts. In ihr ist es kalt und leer. Sie faltet den Brief zusammen, schiebt ihn in den Umschlag und legt ihn neben das Gesangbuch auf die Kirchenbank. Sie starrt den weißen Umschlag an. So ist das also, wenn man auf einmal erfährt, dass man eine neue Mutter hat. So einen Brief muss man dann lesen. So einen chaotischen Brief.
Ich werde ihn hierlassen, denkt Nina.
Ich werde ihn nicht wieder mit nach Hause nehmen.
Wenn sie Sehnsucht nach mir hat, kann sie ja wieder kommen. Warum soll ich zu ihr gehen? Ich weiß ja gar nicht, was ich mit ihr reden soll. Und Rosemarie will ich auch nicht heißen. Rosemarie ist ja ein schrecklicher Name. So altmodisch. Da lachen einen die anderen ja aus.
Der weiße Brief neben dem Gesangbuch. Die Kirchenbank

ist schwarz und riecht nach Holzpolitur. Das Gesangbuch ist auch schwarz. Vorn auf dem Altar brennt eine Kerze und hinter ihr, im Eingangsbereich, wo der Küster immer noch beschäftigt ist, eine weitere. Da, wo sie sitzt, ist es fast dunkel.
Sie steht auf. Sie friert. Sie schiebt ihre Finger in die Anorakärmel. Ihre eisigen Finger an der warmen Haut der Unterarme. Es tut weh bis in den Kopf. Sie geht, bleibt im Mittelgang stehen und schaut zurück.
Der weiße Briefumschlag leuchtet. Er liegt da ganz stumm.
Meine Mutter, denkt Nina. Meine Mutter, Monika Richter.
Sie hat nicht einmal geschrieben, wie alt sie ist. Sie hat nicht geschrieben, warum sie mich damals weggegeben hat. Das ist doch das Einzige, was mich interessiert. Wie kann eine Mutter ihr Baby weggeben? Oder hat man es ihr weggenommen? Wie konnte sie das zulassen?
Wenn man einer Mutter das Baby wegnimmt, muss sie doch kämpfen, um es zu behalten, sie muss alles tun, todesmutig, alles, um ihr Baby zu beschützen. Ein Baby gehört zu seiner Mutter. Babys, die ohne Mutter sind, sind ohne Schutz, das weiß man doch.
Warum hast du das getan?, denkt Nina. Warum hast du mich einfach im Stich gelassen?
Sie denkt: Vielleicht bin ich deshalb manchmal so traurig, weil ich wusste, dass etwas nicht in Ordnung ist. Vielleicht kann mein Unterbewusstsein sich noch an die Zeit erinnern, als ich ein Baby war und meine Mutter mich einfach allein gelassen hat, wie ich geschrien habe und sie ist weggegangen . . . Vielleicht muss ich deshalb manchmal einfach in Tränen ausbrechen.

Kim sagt, ich bin hysterisch. Himmelhoch jauchzend – zu Tode betrübt. Aber ich bin nicht hysterisch. Das weiß ich jetzt. Ich habe einen Grund. Meine Mutter hat mich verlassen, als ich ein Baby war. Das ist das Schlimmste, was einem Menschen passieren kann.

Und dann bin ich vielleicht in ein Waisenhaus gekommen und lauter Erwachsene sind an meinem Babybett vorbeigekommen, Leute, die ein Kind adoptieren wollten, und haben mich angeguckt. Meine Füße, meine Augen, meine Nase, und wenn ich geschrien habe, haben sie den Kopf geschüttelt und gesagt: Nein, die möchten wir nicht.

Und wenn meine Windel vollgeschissen war, haben sie die Nase gerümpft und gesagt, ach, wir nehmen lieber ein besseres, das besser riecht...

Und so sind ganz viele Leute an meinem Bett vorbeigegangen, haben mich gemustert, auf den Arm genommen, wieder hingelegt und sind weitergegangen...

Deshalb bin ich so traurig. Menschen, die das als Baby erlebt haben, können doch nicht fröhlich sein. Das ist unmöglich. Sie müssen immer einsam sein und immer etwas suchen...

Und dann auch noch Hausarrest. Eingesperrt, meine Eltern haben mich eingesperrt! Dabei haben sie ja kein Recht dazu, sie sind nicht meine richtigen Eltern. Sie dürfen gar nichts. Sie dürfen mir nichts verbieten, sie dürfen mir nichts wegnehmen, mir nichts befehlen.

Sie sind nicht meine Eltern. Sie haben kein Recht, sich in mein Leben einzumischen.

Niemand hat ein Recht dazu. Niemand auf der ganzen Welt.

Wenn ich ein normales Kind wäre, wenn ich eine Mutter gehabt hätte, die mich liebt, ja, dann vielleicht.

Sie muss an Monika Richter denken, an das blasse Gesicht, an ihr trauriges Lächeln.

Nina geht zurück, nimmt den Brief und steckt ihn wieder in die Jackentasche.

Der Küster schaut auf und grüßt, als sie an ihm vorbeigeht.

Draußen steht der Junge mit dem Zottelhund.

»Hey«, sagt er, »was hast du da drin so lange gemacht?« Er hat seinen Hund jetzt an der Leine.

»Geht dich das was an?«, fragt Nina barsch. Sie hat die Hände in den Taschen vergraben. Ihre rechte Hand spürt den Brief, zerknüllt ihn in der Tasche.

»Ich wundere mich bloß.« Der Junge läuft neben ihr her. Der Hund japst und bellt. Er will freigelassen werden, er will spielen, aber der Junge wehrt immer nur ab: »Aus! Aus!«

»Findest du Kirchen irgendwie geil?«, fragt er jetzt.

Nina schaut ihn an, tippt sich an die Stirn. »Geil! Also weißt du, das passt nun wirklich nicht zu einer Kirche.«

»Und wieso nicht?«, fragt der Junge. »Wir gehen Heiligabend immer zur Christmette. Das ist echt geil. Da brennen nur Kerzen und oben neben der Orgel steht ein Junge mit einer Posaune. Soo groß.« Er bleibt stehen, um ihr zu zeigen, wie groß die Posaune ist.

Er geht Nina auf die Nerven.

»Weißt du was«, sagt sie. »Du nervst. Ich muss nachdenken und du quatschst mich immer voll.«

»Okay«, der Junge lächelt und hebt die Arme, »ich bin schon ruhig.«

Nina geht weiter, der Junge immer neben ihr, er schaut sie an. Nina fragt sich, wieso er an ihr hängt wie eine Klette. Sie überqueren eine Straße und dann noch eine.

»Bist du jetzt fertig?«, fragt er, als sie in die Goernestraße einbiegen.

Nina schüttelt den Kopf. Sie bleiben vor einer roten Fußgängerampel stehen. Es kommen keine Autos. Normalerweise geht Nina dann immer weiter, auch wenn die Ampel noch rot ist. Aber sie will dem Jungen kein schlechtes Beispiel geben, deshalb bleibt sie stehen.

»Und worüber denkst du so toll nach?«, fragt der Junge.

»Geht dich nichts an.«

»Kannst du mir doch trotzdem erzählen.«

»Wenn ich es dir erzähle, was hab ich davon? Du kannst mir auch nicht helfen.«

»Vielleicht doch«, sagt der Junge.

Nina lächelt. Der Junge schaut sie an. Irgendwie hat er ein süßes Gesicht. So ein Kindergesicht, voller Vertrauen. Der hat bestimmt eine Mutter, die ihn liebt, denkt Nina. Eine richtige Mutter, die ihn geboren hat und gestillt hat und die ihm Lieder vorgesungen hat, wenn er krank war, Masern oder Scharlach oder so, bis er wieder gesund war...

»Hast du eine Mama?«, fragt Nina.

Der Junge ist verwundert. »Na klar. Du etwa nicht?«

»Doch«, sagt Nina, »ich hab zwei. Und das ist mein Problem, verstehst du? Darüber denk ich gerade nach. Und jetzt hau ab, ja?«

Der Junge bleibt stehen. Er hat tellergroße Augen vor Ehr-

furcht. »Echt?«, ruft er. »Zwei Mütter? Richtige zwei Mütter?«
Nina nickt. Sie will weitergehen.
»Du hast es gut!«, ruft der Junge. Nina reagiert nicht.
Sie will zu Kim. Oder zu Patrick. Irgendjemandem muss sie erzählen, was heute passiert ist. Aber sie weiß nicht, mit wem sie lieber redet.
Kann Patrick verstehen, wie sie sich fühlt? Oder Kim? Kann sie das verstehen?
Nina schaut auf die Uhr. Nach fünf. Patrick ist jetzt schon zu Hause, vielleicht hat er schon bei ihr angerufen. Ihr fällt das Mädchen ein, mit dem sie telefoniert hat. Cora. Vielleicht sitzt er jetzt gerade mit Cora in seinem Zimmer und hört Musik – und denkt überhaupt nicht an sie. Er hat ja keine Ahnung, wie sie sich in diesem Augenblick fühlt. Total schlecht. So total schlecht, dass sie es fast schon nicht mehr spürt. Als wenn sie innerlich vereisen würde. Als wenn sie ein einziger kalter Eisklotz wäre. Ihr Inneres, Herz, Seele, Blut, alles...

14

Kim wohnt in der Osterstraße, in einem viergeschossigen roten Klinkerbau. Unten ist eine Fahrschule. Oft stehen Gruppen von Jugendlichen davor, die darauf warten, dass der theoretische Unterricht beginnt. Sie reden und rauchen und blockieren den Eingang. Heute ist es genauso.
Nina muss die Leute zur Seite schieben. Sie geht zur Haustür und drückt auf die Klingel. Da steht plötzlich ihr Vater neben ihr.
»Nina!«
Nina schaut ihren Vater an, als sähe sie ihn zum ersten Mal: Klaus Reinhard, 40 Jahre alt, der schon eine Glatze bekommt und deshalb seine Haare ganz kurz geschoren hat, damit man es nicht so bemerkt.
Er trägt eine Lammfelljacke und Jeans, dazu Wildlederschuhe mit dicken Sohlen. Er kommt gerade von der Arbeit. Er sieht aus, als sei er krank, ganz grau im Gesicht. Und die Augen flackern, als er sie anschaut.
»Hallo, Papi«, sagt Nina. »Was machst du denn hier?«
Eigentlich ist es ihr egal, warum ihr Vater da ist und auf sie wartet. Es ist ihr auch egal, ob Kim da ist, ob jemand ihr Klingeln hört.
Nichts ist mehr wichtig. Wenn Kim nicht da ist, wird sie einfach weitergehen zu Patrick, und wenn der nicht da ist, wird sie sich irgendwo hinsetzen und einen Cappuccino trinken und die Leute an den Nachbartischen anschauen, irgendwann aufstehen und weitergehen. Ohne Ziel. Viel-

leicht wird sie auf ihrer Wanderung einen Papierkorb finden und den Brief von Monika Richter einfach wegwerfen, vielleicht aber auch nicht. Vielleicht wird sie ihn auf den Knien glatt streichen, die Adresse noch einmal lesen und irgendwann plötzlich vor einem Haus im Schrammsweg Nr. 5 stehen. Sich ansehen, wo ihre Mutter wohnt, ihre leibliche Mutter.

»Ich hab ein bisschen Geld geerbt«, hat ihre Mutter geschrieben, »ich konnte mir eine Wohnung kaufen. Deshalb habe ich mir eine Wohnung in Hamburg genommen, weil ich dann in deiner Nähe bin.«

Danke, denkt Nina grimmig, sehr nett, wirklich. Da hab ich echt viel davon, dass du ein bisschen Geld geerbt hast und jetzt in meiner Nähe wohnst. Oh Mist!

»Komm nach Hause, Nina!«, sagt ihr Vater sanft.

Von innen wird die Tür geöffnet. Es ist der Fahrlehrer. Er schaut Nina an. »Kommst du auch zur Theorie?«

Nina schüttelt den Kopf. »Ich hab oben geklingelt, bei Petersen.«

»Ach so«, sagt der Fahrlehrer und winkt über ihren Kopf hinweg den anderen zu. »Ihr könnt reinkommen!«

Ninas Vater zieht sie von der Haustür weg. Die anderen strömen an ihnen vorbei.

»Komm nach Hause! Deine Mutter macht sich solche Sorgen. Du bist schon seit Stunden weg.«

»Ja«, sagt Nina, »und dabei hab ich Hausarrest.« Sie schaut ihren Vater trotzig an. Ihr Vater leidet stumm. Er hebt die Schultern, weiß nicht, was er sagen soll.

»Deine Mutter macht sich Sorgen«, wiederholt er.

Nina schaut in den wässrigen Himmel. Es ist schon fast dunkel, wie immer an diesen grauen, traurigen Wintertagen, in denen solche Katastrophen passieren. Da wird es einfach nicht hell, alles dunkel, innen und außen, dunkel und kalt.
»Welche Mutter?«, fragt Nina.
Ihr Vater seufzt. Er nimmt sie ganz fest in die Arme, drückt seine Lippen auf ihr Haar. Er ist warm. In ihm ist Leben, er hat kräftige Arme, er hält sie fest. »Ach, Murmelchen«, flüstert er, »Murmelchen.«
Warum sie mich wohl Murmelchen genannt haben, denkt Nina, während sie sich stocksteif von ihrem Vater umarmen lässt. Murmelchen – hat das was mit Murmeltier zu tun? Sind Murmeltiere so einsam wie verlassene Babys? Weinen Murmeltiere, wenn sie einsam sind? Haben Murmeltiere Mütter, die sie einfach weggeben? Wieso nennen sie mich Murmelchen?
»Ich hab dich lieb«, flüstert ihr Vater, »ich hab dich so schrecklich lieb, Nina. Ach, und es tut mir alles so leid, so leid. Ich kann dir gar nicht sagen, wie sehr.«
Nina schluckt. Sie drückt ihr Gesicht in das warme Lammfell. Ihr Vater riecht ein bisschen nach Tabak, obwohl er nicht raucht. Aber in seiner Firma rauchen fast alle, deshalb hat er den Rauch in den Klamotten. Und er riecht nach diesem Rasierwasser, das er morgens benutzt und das irgendwie immer in seinen Sachen bleibt. Nina hat es ihm zu Weihnachten geschenkt. Sie hat den Duft ausgesucht. Kim und sie lieben es, in Parfümerien rumzustöbern und neue Düfte auszuprobieren. Als sie das Weihnachtsgeschenk für ihren Vater gekauft haben, war das ein Fest. Sie sind fast eine Stunde in

dem Laden gewesen und haben nachher fünf Pröbchen von der Verkäuferin geschenkt bekommen. Wahrscheinlich, weil die so froh war, dass sie endlich gegangen sind.

»Du riechst so gut, Papi«, schluchzt Nina. Plötzlich kommen die Tränen wie ein Sturzbach, sie sind nicht aufzuhalten. Alles wird nass. Das Lammfell, der Hals ihres Vaters, ihre Wangen, ihr Schal, alles ganz nass.

»Entschuldige«, flüstert sie und putzt seinen Kragen mit ihrem Schal. »Papi, mir geht es so höllenschlecht.«

»Ich weiß, Murmelchen, weiß ich doch.« Er streichelt sie. Ihre Haare, ihren Rücken, früher hat ihr das gutgetan, wenn er da war, ein großer starker Mann, wenn er sie in den Arm genommen hat, wenn sie ihren Kummer an seinen Schultern ausweinen konnte.

Heute weiß sie nicht mehr, was guttut. Nichts tut gut.

»Wieso wusste ich das nicht?«, fragt sie. »Wieso wusste ich nicht, dass ich gar nicht euer Kind bin?«

»Wir wollten es dir irgendwann erzählen, Murmelchen.«

»Wann irgendwann? Wann ist denn bei euch irgendwann? Ich bin bald fünfzehn, Papi.«

»Wir wollten es dir erzählen, als du zur Schule gingst. Aber dann...«

»Was war dann?«

»Ich weiß nicht mehr. Du hattest so einen Stress mit der neuen Situation. Jeden Tag so früh aufstehen, in die Schule gehen, dann hast du den Lehrer nicht gemocht – wir haben gedacht, es ist der falsche Zeitpunkt.«

Nina schließt die Augen. »Aber später, war es denn auch später immer der falsche Zeitpunkt? Ich hab geglaubt, du bist mein richtiger Papi, mein leiblicher Papi, und Mami ist meine leibliche Mutter, das hat euch nie was ausgemacht, dass ihr mich belogen habt?«

»Das war keine Lüge, Schätzchen. Wir haben dich doch genauso geliebt wie leibliche Eltern. Ich hab mich immer als dein leiblicher Vater gefühlt. Das weißt du, das musst du doch gespürt haben.«

Nina hebt den Kopf, schaut in das bekümmerte, verzweifelte Gesicht ihres Vaters. Einen Augenblick tut er ihr leid, so leid, dass sie ihn trösten möchte. Aber dann fragt sie: »Und wer ist mein richtiger Vater?«

»Ich weiß es nicht, Murmelchen.« Er beißt die Zähne zusammen, er blinzelt, als müsste er gegen Tränen kämpfen.

»Ihr wisst das nicht?«

Klaus Reinhard schüttelt den Kopf.

»Es hat euch überhaupt nicht interessiert?«

Klaus Reinhard zieht Nina fester an sich, so fest, dass sie kaum noch Luft bekommt. »Wir lieben dich so, wie du bist, Nina«, murmelt er beschwörend. »Wir sind deine Eltern. Wir konnten kein Kind bekommen. Wir haben uns so sehr eine Nina gewünscht, ein kleines Mädchen. Deshalb haben wir uns um die Adoption beworben ... Es war uns egal, wer der Vater unserer Kleinen ist ...«

»Vielleicht war er ein Mörder«, sagt Nina. Sie will ihrem Vater wehtun. Sie will sich selber wehtun. »Vielleicht war er ein ganz fieser blöder Typ.«

Klaus Reinhard schluckt. Er schüttelt sanft den Kopf, streichelt Ninas Haar. »Er war noch so jung, ein Schüler, siebzehn oder so. Er ging aufs Gymnasium, genau wie ...«

»... meine Mutter?«, sagt Nina. Sie schauen sich an.
Klaus Reinhard schluckt. Er nickt. »Ja«, sagt er, »das wollte ich sagen. Sie waren doch beide noch Kinder.«
Nina sagt nichts. Sie hört, wie Autos hupen, ein Kind weint, jemand mit voll dröhnendem Rock aus dem Autoradio vorbeibrettert. Ein Lieferwagen hält, jemand lässt die Klappe runter. Der Lieferwagen ist voller Getränkekisten. Zwei dunkelhaarige Typen schlendern an ihnen vorbei, die Hände tief in den Hosentaschen, im Mundwinkel eine Zigarette, grinsen, als hätten sie nicht ein Problem auf der Welt. So was gibt es auch, denkt Nina, während sie den beiden nachschaut.
»Komm«, sagt der Vater, »da vorne steht das Auto!«
Er nimmt sie in den Arm und führt sie zur Straße, den Bürgersteig entlang. Da steht sein Auto. Ein dunkelblauer Opel Vectra. Er glänzt. Ihr Vater schließt die Beifahrertür zuerst auf und hilft ihr auf den Sitz wie einer Dame oder einer Kranken. Nina lässt sich in den Sitz fallen. Sie möchte aufhören zu denken, einfach aufhören zu denken. Sie möchte, dass es diesen Tag nicht gegeben hat, dass alles so ist wie gestern.
Ihr Vater steigt auf der Fahrerseite ein und schaut sie besorgt an. »Lust auf einen Big Mac?«, fragt er.
Nina schüttelt den Kopf. »Ich hab keinen Hunger.« Sie fühlt sich, als würde sie nie wieder Hunger haben.

15

Patrick sitzt auf dem Fußboden in Ninas Zimmer, auf dem Flickenteppich, den Rücken gegen das Bett gelehnt, und spielt mit den brennenden Kerzen. Hält die ganze Zeit zusammengerollte Papierstreifen in das flüssige Wachs, dann in die Flamme und lässt sie wie eine Fackel brennen. Wenn die Flamme am größten ist, wird sein Gesicht ganz hell und weich von dem gelben Licht.

Nina hockt ihm gegenüber, im Schneidersitz. Sie hat ihren geliebten Teddy gegen den Bauch gepresst und wiegt sich hin und her, hin und her. Das hat sie schon als Kind manchmal getan. Seit Tagen hat sie Bauchschmerzen, abends geht sie mit einer Wärmflasche ins Bett und trotzdem muss sie manchmal so zittern, dass ihre Zähne aufeinanderschlagen. Aber das sagt sie niemandem, auch Patrick nicht, schon gar nicht heute, bei seinem ersten Besuch.

Ihre Eltern gehen nur noch auf Zehenspitzen durch die Wohnung, belauern sie, belauschen sie, beobachten ängstlich, verstohlen, hilflos. Alle sind traurig, aber am traurigsten ist Nina.

Sie kann es nicht begreifen. Sie ist eine andere. Sie ist Rosemarie. Eigentlich müsste sie Rosemarie Richter heißen und mit ihrer Mutter in einer Wohnung leben, die von einer kleinen Erbschaft gekauft ist.

Vielleicht würde sie aufs Gymnasium gehen und nicht auf die Gesamtschule. Vielleicht hätte sie Tennisunterricht und ganz bestimmt dürfte sie mit Patrick in den Sommerferien verrei-

sen. Abends würde Patrick mit ihr und ihrer Mutter am Esstisch sitzen, Kerzen würden brennen, ihre Lieblingsmusik aus dem CD-Player ... Ein anderes Leben. Mein Leben? Was ist mein wirkliches Leben?, denkt Nina verzweifelt.
»Wieso haben sie es dir nicht gesagt?« Patrick bläst die Flamme aus, als sie gegen seine Fingerkuppen züngelt, und wirft das Papier in den Aschenbecher. »Verdammt, ist das heiß. Wieso haben sie es dir nie erzählt?«
»Weil sie feige sind«, sagt Nina.
»Feige! Das ist doch kein Grund!«
»Aber das haben sie mir gesagt. Sie haben sich nicht getraut, haben den Moment immer wieder rausgeschoben. Erst war ich zu klein, da hätte ich es nicht verstanden. Dann war ich im Kindergarten und im Kindergarten konnte ich mich erst nicht eingewöhnen und deshalb haben sie es rausgeschoben, bis ich in die Schule kommen würde.«
»Okay«, sagt Patrick, »das kapier ich ja noch. Mit sechs Jahren, wenn man es dann erfährt, ist es früh genug. Aber wieso haben sie es dir dann nicht gesagt?«
»Da hab ich Scharlach bekommen!«, sagt Nina. »Mami sagt, ich war sehr krank und sie haben sich große Sorgen gemacht.«
»Von Scharlach stirbt man heute nicht mehr.«
»Trotzdem. Sie wollten mich nicht belasten.«
»Okay, wie lange haben sie sich Sorgen gemacht wegen deines Scharlachs? Bis heute? Zeig mal, hast du immer noch rote Pusteln!« Er kriecht an dem Teller mit den brennenden Kerzen vorbei zu ihr hin. Mustert sie von schräg unten, wie ein Hund auf vier Beinen.

Nina muss lachen. Aber sie schiebt ihn weg. »Hör auf, ich hab jetzt keine Lust auf deine Witze!«
Patrick nickt. Er zieht sich wieder zurück, spielt wieder mit dem Kerzenwachs. Pult es ab, formt es zu einem Klumpen, hält ihn in die Flamme, lässt das heiße Wachs tropfen.
Nina schaut ihm zu, als habe das alles eine Bedeutung. Aber es hat keine Bedeutung.
»Und wenn deine richtige Mutter nicht hier aufgetaucht wäre«, sagt Patrick, »dann hättest du es vielleicht nie erfahren, oder? Dann würdest du vielleicht eines Tages Großmutter sein und immer noch nicht wissen, dass deine Eltern gar nicht deine richtigen Eltern sind?«
»Genau.« Nina schließt die Augen.
»Das ist absolut irre«, sagt Patrick. »Den Gedanken finde ich echt absolut irre.«
»Was meinst du, wie ich den finde?«
Nina presst die Hände in die Magengrube. »Mir ist schlecht«, murmelt sie. »Mir ist immerzu nur noch schlecht.«
»Dann nimm ein Alka Selzer«, sagt Patrick. »Das hilft gegen Kater und Magenschmerzen.«
Nina schaut ihn an. »Mann, kapierst du nicht, dass das hier was anderes ist? Kapierst du nicht, dass ich das nicht mit einem blöden Alka Selzer wegkriege?«
Patrick hebt die Schultern, schaut sie mit verwunderten Augen an. »Was soll ich dazu sagen? Was willst du hören?«
Nina lächelt, sie will die Hände nach ihm ausstrecken, aber er wendet sich einfach ab, studiert die Zettel an ihrer Pinnwand. »Hey«, sagt er, auf ein Bild von der Klassenfahrt nach Norderney deutend, »war das dieser Typ, in den du

dich mal verknallt hast? Wie hieß der noch? Holger?« Er dreht sich zu ihr um, grinst. »Der Holger mit den schiefen Zähnen. War er das?«
Nina will jetzt nicht über Holger reden. Über Holger gibt es nichts zu sagen. Das war ein Junge, in den war sie mal verknallt, als sie dreizehn war. Aber das hatte nur ein paar Wochen gehalten, das war nicht so eine Geschichte wie zwischen Patrick und ihr. Sie will jetzt auch nicht über die anderen Fotos reden, die an der Wand hängen, und nicht über die Kinokarten und die kleine Haarlocke von Kim und schon gar nicht über die Reste des Silvesterknallers. Wieso hat sie die nicht abgenommen?
»Warum hilfst du mir nicht, Patrick?« Nina stellt sich zwischen Patrick und die Pinnwand. »Ich will nicht, dass du dir jetzt das Zeug ansiehst. Ich will nicht mit dir über Holger reden oder über die Schule oder über sonst irgendwas. Patrick, ich bin vollkommen durcheinander, verstehst du das nicht?«
Patrick schaut sie an. Sein Gesicht ist völlig ohne Ausdruck. Sie weiß nicht, was er denkt. »Klar versteh ich das. Aber das ist nicht mein Ding, weißt du, das ist dein Problem. Ich kann dir nicht helfen. Wie sollte ich dir helfen?«
»Ach, irgendwie, ich weiß auch nicht.« Ninas Stimme zittert. »Aber ich hab gedacht, wenn du kommst und wenn ich dir erzähle, was ich gerade durchmache...«
»Mann«, sagt Patrick und seine Stimme klingt richtig genervt, »was meinst du, was ich manchmal durchmache. Ich erwarte auch nicht, dass jemand mir da hilft. Aber noch mal: Wie soll ich dir helfen?«
»Ich weiß nicht«, flüstert Nina.

»Wenn du es nicht mal weißt«, sagt Patrick achselzuckend, »wie soll ich es dann wissen?«
Sie schweigen. Die Musik geht zu Ende. Patrick kriecht zum CD-Player und tauscht die CDs aus. Er fragt nicht, was sie hören möchte, er hat das einmal gemacht, da hat sie bloß mit den Schultern gezuckt.
Patrick ist seit zwei Stunden da. Zum ersten Mal in ihrer Wohnung, in ihrem Zimmer. Er hat vor der Tür gestanden, ihre Mutter hat aufgemacht und er hat gesagt: »Hallo, ist Nina da?«
Kathrin Reinhard hat genickt. Er hat gelächelt, ganz cool.
»Kann ich sie sprechen?«
Bevor ihre Mutter wusste, was sie antworten sollte, war er in der Wohnung, hat sich im Flur umgeschaut. Die Tür zu Ninas Zimmer war geschlossen.
Nina macht jetzt immer die Tür zu, immer, wenn sie in ihrem Zimmer ist.
»Und wo?«, hat Patrick gefragt. »Wo ist sie?«
Kathrin Reinhard hat auf die letzte Tür im Gang gezeigt. Er hat mit dem Zeigefinger die Baseballkappe hochgeschoben.
»Und wer bist du?«, hat Kathrin Reinhard schließlich gefragt, leise, fast schüchtern.
»Ich bin Patrick«, hat er nur geantwortet und ist, ohne anzuklopfen, in Ninas Zimmer getreten.
Seitdem sitzt Kathrin Reinhard im Wohnzimmer.
Nina weiß, dass ihr Patricks Aufzug nicht gefallen hat. Bestimmt hat sie gesehen, dass er zwei Jahre älter ist als Nina, und bestimmt gefällt ihr das auch nicht.
Aber sie sagt nichts. Sie schaut nicht einmal nach, was die beiden in dem Zimmer tun.

Wir könnten uns küssen, denkt Nina. Wir könnten hier in meinem Zimmer knutschen.
Sie schaut Patrick an. Er blickt immer noch in die Flammen und spielt mit dem Wachs. Sie fragt sich, was er denkt. Ob er auch denkt, dass sie sich küssen könnten?
Genau in dem Augenblick klopft es an die Tür.
»Ja«, sagt Nina.
Ihre Mutter drückt die Klinke herunter, steckt den Kopf rein. »Murmelchen«, sagt sie, »entschuldige, ich wollte nicht stören.«
Patrick blickt auf. Er lächelt. »Warum tun Sie's dann?«, fragt er ruhig.
Nina sieht, wie ihre Mutter zusammenzuckt. Ihr Gesicht verzieht sich zu einer Grimasse.
»Ich wollte Nina nur an die Schularbeiten erinnern. Halt du dich da bitte raus, ja?«
»Mami«, sagt Nina, »das weiß ich auch, dass ich die noch machen muss.«
»Weil du doch nachher den Fernsehfilm sehen willst und dann ist es zu spät.«
»Für Schularbeiten ist es nie zu spät«, sagt Patrick.
»In welche Klasse gehst du denn?«, fragt Kathrin Reinhard. »Gehst du in Ninas Schule?«
Patrick schaut Nina an, Nina schaut ihre Mutter an.
»Mami, Patrick arbeitet. Das hab ich dir doch haarklein erzählt!«
Ihre Mutter reckt das Kinn ein bisschen vor. Das macht sie immer, wenn sie ihre Mimik kontrollieren will.
»Ach ja«, sagt sie gedehnt, »in einer Videothek...«

»Ist das irgendwie peinlich?«, fragt Patrick mit unschuldigem Augenaufschlag. »Macht das einen schlechten Eindruck?«
»Quatsch«, sagt Nina.
»Ich hatte auf die Schule keinen Bock mehr«, sagt Patrick. »Ich meine, die erzählen einem da so viel Scheiß, den man gar nicht wissen will. Dinge, von denen du nicht mal weißt, ob sie stimmen oder nicht. Die wirklich wichtigen Sachen, ich meine, die einen direkt betreffen, die erfährt man in der Schule nie.« Er schaut Kathrin Reinhard an, direkt in die Augen. »Zu Hause aber auch nicht, wie man an Nina sieht.«
Es macht Patrick nichts aus, dass er Ninas Mutter angegriffen hat. Wenn jemand zu feige ist, seinem Kind zu sagen, dass es ein Adoptivkind ist, muss er so was aushalten.
»Ich wohne auch nicht mehr zu Hause«, sagt Patrick, »falls das Ihre nächste Frage ist.«
Kathrin Reinhard mustert ihn kühl. »Das wollte ich gar nicht wissen. Aber es wundert mich nicht.«
»Okay, dann sag ich's trotzdem. Ich wohne in einer WG mit noch drei Leuten. Wir kommen gut klar. Ist alles ein bisschen chaotisch und dreckig, nicht so geleckt wie das hier, aber . . .«, er holt tief Luft, »es ist wenigstens ehrlich, wenn Sie verstehen, was ich meine. Wir lügen uns nicht an. Wir machen uns gegenseitig nichts vor.«
»Patrick«, sagt Nina sanft, »hör auf!«
Ihre Mutter beugt sich kurz herunter und legt Nina die Hand auf die Schulter. »Schon gut.«
Nina schaut in die Kerzen. Die Tür geht wieder zu.
Patrick grinst. »Na? Wie war das?«

»Ich weiß nicht«, sagt Nina.
»Was weißt du nicht? War doch erstklassig.«
»Ich weiß echt nicht.«
»Du weißt nie was. Deine Mutter muss mal kapieren, dass ihr der Wind jetzt ins Gesicht pfeift.«
»Sie ist nicht meine Mutter«, sagt Nina.
»Eben, genau das meine ich.«
»Aber ich hab sie lieb, als ob sie meine Mutter wäre«, sagt Nina, »das ist mein Problem. Weshalb kapierst du das nicht?«
Patrick schaut sie an. Nina schleudert den Teddy weg und rollt sich auf den Boden. Sie möchte heulen, aber sie wagt es nicht, weil Patrick da ist. Sie liegt einfach da und hält die Luft an. Als sie das Gefühl hat, ihre Lunge platzt, hebt sie den Kopf.
Patrick ist aufgestanden, hat seine Jacke angezogen.
»Ich geh dann wohl besser«, sagt er ruhig.
»Wieso? Wieso gehst du schon?« Nina springt auf.
Patrick lächelt. »Weil ich echt nicht weiß, was ich hier soll. Das ist so eine Gruftstimmung hier. Und die Scheißkerzen solltest du besser ausblasen, sonst brennt noch die Bude ab.«
Er tippt mit dem Finger auf ihre Nasenspitze als Ersatz für einen Kuss. »Vergiss die Schularbeiten nicht!«
»Du bist blöd«, sagt Nina.
»Weiß ich doch.« Patrick grinst. Er öffnet die Tür.
»Wann sehen wir uns?«, fragt Nina.
Patrick macht eine Kopfbewegung in Richtung Wohnzimmer.

»Ich denk, du hast Hausarrest.«

»Freitag ist die Party bei Kim«, sagt Nina.

»Ja, und? Ich denke, die fällt für dich aus?«

»Vielleicht jetzt nicht mehr«, sagt Nina. »Würdest du denn auch kommen?«

»Klar«, sagt Patrick. »Für 'ne geile Party bin ich immer zu haben.«

»Und was verstehst du unter einer geilen Party?«

Sie stehen sich gegenüber in der geöffneten Tür. Nina ist es egal, ob ihre Mutter sie hören kann. Sie reden leise, aber im Wohnzimmer läuft kein Fernseher und keine Musik. Bestimmt hat ihre Mutter die Ohren ganz weit aufgesperrt, um kein Wort zu verpassen.

Patrick legt seine Hand an ihren Hals. Seine Hand ist ganz warm. Ein schönes Gefühl.

»Okay, ruf mich an, ja?«

Er geht in den Flur. An der offenen Wohnzimmertür dreht er sich noch einmal zu Nina um und ruft: »Und wenn die Party nicht geil ist, dann machen wir sie eben geil. Schönen Abend noch.« Er verbeugt sich in Richtung Wohnzimmer.

16

Nina hat sich geirrt. Der Hausarrest ist nicht aufgehoben. Ihre Eltern haben die ganze Nacht darüber beraten, was richtig ist. Und sie sind zu der Erkenntnis gekommen, dass es richtig ist, den Hausarrest beizubehalten. Sie meinen, das wäre sonst eine Kapitulation vor Monika Richter, vor den neuen Verhältnissen. Sie wollen so tun, als würde alles seinen normalen Gang gehen.
Deshalb schwänzen Nina und Kim jetzt die ersten Stunden. Irgendwie müssen sie endlich reden, und zwar ohne Zuhörer. Nicht bei Nina zu Hause und auch nicht bei Kim zu Hause, wo die Oma immer um sie herumwuselt.
Sie sitzen im Café Extrabreit. Beide haben den Inhalt ihrer Geldbörsen auf den Tisch ausgeleert und kleine Türmchen aus den Eurostücken, den Fünfzigern und den Zehnern gemacht. Sie wollen so lange da sitzen, heiße Schokolade trinken und Croissants essen, bis das Geld alle ist.
Kim kann einfach nicht glauben, was passiert ist. Sie starrt Nina an wie eine Erscheinung.
»Rosemarie?«, sagt sie. Sie sagt das schon zum zehnten Mal.
»Du heißt eigentlich Rosemarie? Wie kann eine Mutter ihr Kind Rosemarie nennen?«
»Frag doch mal, wie eine Mutter ihr Kind Nina nennen kann.«
»Nina ist doch ein schöner Name«, sagt Kim.
Nina verzieht ihr Gesicht. Sie würde viel lieber Jennifer oder Jessica heißen. Das fängt auch mit J an, hört aber schöner auf.

»Hast du nie was gespürt?«, fragt Kim.
Die Kellnerin bringt zwei neue Tassen mit heißer Schokolade. Beide schenken ihr ein Lächeln, als gäbe es die Schokolade umsonst. Sie sitzen aber auch schon zwei Stunden an dem schönsten Platz, im Erker. Und die Kellnerin hat noch nicht einmal gesagt, dass der Tisch eigentlich reserviert ist. Auf dem Tisch steht wie immer das Schild RESERVIERT. Aber dies ist ein besonderer Tag, hat Nina beschlossen und ist direkt auf den Erker zugegangen.
»Was soll ich denn gespürt haben?«, fragt Nina.
»Na ja, dass deine Mami nicht deine Mami ist.«
Nina schüttelt den Kopf.
»Irgendwie so, in besonderen Augenblicken...« Kim denkt nach. Sie versucht, sich einen besonderen Augenblick zu überlegen, wo man so etwas spüren kann. »Wenn du krank warst, zum Beispiel.«
»Wenn ich krank war, habe ich im Bett meiner Eltern geschlafen. Meine Mutter hat neben mir und Papi in meinem Zimmer geschlafen.« Sie schaut Kim an. »Was beweist das?«
»Ich weiß nicht.« Kim zuckt hilflos die Schultern.
»Für mich«, sagt Nina, »beweist es, dass Mami mich liebt.«
»Klar«, sagt Kim. »Stimmt.«
»Als Papi mal keinen Job hatte, in dem Jahr, als wir ganz wenig Geld hatten, hab ich mir ein neues Fahrrad gewünscht. Sie konnten es sich überhaupt nicht leisten, das hab ich gewusst, aber ich hatte trotzdem keine Lust, auf das Fahrrad zu verzichten. Da hat meine Mami das goldene Zigarettenetui verkauft, das sie von ihrer Großtante geerbt hat, und von dem Geld haben sie mir das Fahrrad gekauft.«

Kim lächelt. Sie ist ganz gerührt. »Ehrlich? Das würde meine Mutter nicht tun.«
»Siehst du«, sagt Nina. »Und dann ist mir das Fahrrad einen Monat später auch noch geklaut worden, vor dem Rathaus, als ich meinen ersten Pass abholen wollte. Ich hab richtig Bauchweh gehabt, als ich den beiden das berichten musste.«
»War es etwa nicht abgeschlossen?«
Nina schüttelt den Kopf. »Vor dem Rathaus! Ich dachte, da traut sich keiner zu klauen.«
»Die trauen sich überall«, sagt Kim grimmig.
Sie trinken die Schokolade. Kim schaut Nina immerzu an. Wie gebannt, wie hypnotisiert.
»Rosemarie«, sagt sie und betont jede einzelne Silbe. »Ich fass es nicht. Ich denke die ganze Zeit, ich hab eine Freundin und die kenn ich von innen und außen, und dann stellt sich raus, dass nicht einmal der Name richtig ist.«
Nina schiebt die Tasse weg. »Hör auf, von diesem blöden Namen zu reden, das macht mich krank, verstehst du? Das macht mich total krank.«
Erschrocken rutscht Kim zu ihr rüber. Sie legt ihren Arm um Ninas Schultern. Nina zittert, sie schließt die Augen. Eine Träne rollt über ihre Wange. Es brennt ein bisschen. Sie weiß auch nicht, warum auf einmal ihre Tränen brennen. Ganz heiße Tränen weint sie neuerdings.
»Mensch«, sagt Kim leise, »Mensch, Nina, wein doch nicht, dann muss ich auch gleich losheulen.«
»Ich wein doch gar nicht.«
Sie legen ihre Gesichter aneinander. Wenigstens Kim ist so

wie immer, denkt Nina, wenigstens ein Mensch auf der ganzen Welt.

»Was ich einfach nicht auf die Reihe kriege«, sagt Kim, »das ist, dass wir vor ein paar Tagen noch Silvester gefeiert haben ... und alles war superklar und easy und lustig. Du warst gerade in Patrick verknallt und ich in Andi und wir haben rumgealbert, weil wir das ganze Haus für uns hatten, weißt du noch, du in dem gestreiften Pyjama von meiner Mama und ich in Daddys Bademantel...«

»Hör auf!« Nina reibt sich die Tränen aus dem Gesicht. »Hör auf!«

»Und dann das Bleigießen. Wie wir uns die Zukunft gelesen haben aus den Bleifiguren. Dieser Scheiß, den ich mir für dich ausgedacht hab. Wir fanden das total abgehoben, aber das war gar nichts, verglichen mit dem, was jetzt los ist... Oh Mann, adoptiert. Nicht deine Eltern, und das erfährt man so zwischen Tür und Angel – Wahnsinn. Da taucht deine leibhaftige Mutter einfach in eurer Wohnung auf und –«

Nina schiebt Kim weg. Sie kann nicht mehr darüber reden. Sie will nicht daran denken, nicht immerzu. »Können wir gehen?«, fragt sie.

Kim schaut sie besorgt an, steht aber sofort auf. »Okay, Englisch ist bald vorbei. Wir müssen sowieso los.«

Sie verlassen das Café. Draußen pfeift der Wind. Ein Frühlingswind. Er wirbelt Pappbecher und Plastiktüten und Werbezettel und das Laub vom letzten Herbst durch die Fußgängerzone.

Es ist Donnerstag. Freitag steigt die Party.

»Ich weiß immer noch nicht, ob ich darf«, sagt Nina. »Sieht aber eher nicht so aus.«
»Du musst aber kommen!«, jammert Kim. »Du bist meine beste Freundin! Ich meine, wenn nicht einmal meine beste Freundin zu meinem Geburtstag kommt, das fände ich echt bescheuert.«
»Ich kann doch nichts dafür«, sagt Nina. »Du kannst meine Mutter ja mal anrufen und fragen. Vielleicht kannst du sie ja überreden. Sie mag dich.«
»Das ist doch total fies«, sagt Kim, »wenn man die Tochter nicht einmal zur Geburtstagsparty der besten Freundin lässt.«
»Das kannst du ihr ja sagen.«
»Ja«, sagt Kim, »das könnte ich ihr sagen.«
»Wenn du dich traust.«
Sie schauen sich an. Nina weiß jetzt schon, dass Kim sich nicht traut. Kim traut sich nie was. Kim ist feige. Wenn Kim mal ein Kind adoptiert, denkt Nina, traut sie sich auch nicht, dem Kind die Wahrheit zu sagen.
»Deine echte Mami«, sagt Kim, »würde dich bestimmt auf die Geburtstagsparty deiner besten Freundin lassen. Darauf wette ich.«
»Wette mal nicht zu früh!«
»Ich bin aber total sicher. Weil die echte Mami einen noch mehr liebt als eine Adoptivmutter. Und weil eine echte Mutter spürt, wenn das Kind traurig ist, so richtig traurig, weißt du.«
Nina schaut die Fußgängerzone entlang. Einem Mann hat der Wind den Hut vom Kopf gerissen. Er rennt hinterher. Es sieht aus wie in einem alten Film, einem Stummfilm.

Wie ich jetzt hier mit Kim im Wind in der Fußgängerzone stehe und wie sie darüber redet, was eine richtige Mutter tut und was nicht, das ist auch wie im Kino, denkt Nina. Das hat mit dem richtigen Leben nichts zu tun. Im richtigen Leben heiße ich ja Rosemarie.

17

Der Brief kommt mit der Post. Ein ganz normaler Brief. Nicht per Eilbote, nicht per Einschreiben. Auf dem Absender steht: »Jugendamt Berlin-Mitte«.
Kathrin Reinhard hat den Brief zusammen mit der übrigen Post auf den Küchentisch gelegt. Sie hat ihn nicht geöffnet. Sie ruft ihren Mann an.
»Da ist ein Brief gekommen«, sagt sie, »vom Jugendamt.«
»Und?«, fragt Klaus Reinhard. »Was steht drin?«
»Ich hab ihn nicht aufgemacht.«
»Wieso nicht? Wieso machst du den Brief nicht auf?«
»Ich hab Angst, Klaus!« Ihre Stimme ist so verzweifelt, dass sie ganz schrill klingt. »Ich hab Angst, dass etwas Schreckliches drinsteht! Vielleicht müssen wir Nina wieder hergeben. Vielleicht verlangen sie, dass wir Nina...«
»Kathrin! Sei ruhig, hör mit dem Unsinn auf! Niemand kann verlangen, dass wir Nina wieder hergeben. Sie ist unser Kind! Wir haben sie adoptiert. Es ist alles nach Recht und Gesetz zugegangen. Mach den Brief auf, bitte! Jetzt, sofort!«
Kathrin Reinhard nickt. »Bleib dran, ja?«, sagt sie. »Ich leg den Hörer auf den Tisch. Ich hol nur ein Messer.«
Sie öffnet den Briefumschlag, zieht den Brief heraus, nimmt den Hörer wieder auf, während ihre Augen den Text überfliegen.
»Klaus?«, ruft sie. »Er ist von Dr. Trittin.«
»Na«, sagt Klaus, »wird auch Zeit. Was schreibt er?«

Jugendamt Berlin-Mitte
Dr. Jürgen Trittin

Sehr geehrte Frau Reinhard, sehr geehrter Herr Reinhard,

ich möchte Sie in der Adoptionssache Rosemarie Richter davon in Kenntnis setzen, dass die leibliche Mutter, Monika Richter, zusammen mit ihrem Therapeuten bei mir vorstellig geworden ist und beide sich nach dem Wohlergehen Ihrer Tochter erkundigt haben. Wie Sie wissen, hat sich die Rechtslage inzwischen insofern geändert, als es unter gewissen Bedingungen durchaus statthaft ist, die Adresse des adoptierten Kindes der leiblichen Mutter zu übermitteln. Bislang habe ich diesen neuen Passus noch nie angewandt und bin auch aus Gründen, die ich Ihnen gerne einmal persönlich erläutern würde, nach wie vor der Meinung, dass es besser wäre, ein adoptiertes Kind nicht in diese Konfliktsituation, auf einmal zwei Mütter zu haben, zu bringen. Der Psychotherapeut von Monika Richter hat mich aber in langen Gesprächen davon überzeugt, dass es für das weitere seelische Wohl der Frau absolut notwendig ist, dass sie sich einmal vom Wohlergehen ihres Kindes überzeugen kann, um so von den Schuldgefühlen befreit zu werden, die offenbar so schwer auf ihr lasten. Deshalb habe ich dem Psychotherapeuten Ihre Adresse gegeben, unter der strengen Auflage, sich erst mit Ihnen in Verbindung zu setzen und dann später, falls es auch Ihnen sinnvoll erscheint, ein Treffen zwischen Ihrer Tochter und Monika Richter zu arrangieren. Ich wollte Sie mit diesem Brief nur davon in

Kenntnis setzen, dass Sie in naher Zukunft möglicherweise einen derartigen Anruf erhalten. Falls Sie Rückfragen in der Sache haben, bin ich selbstverständlich jederzeit gesprächsbereit.
Mit freundlichen Grüßen
Dr. Jürgen Trittin

Kathrin Reinhards Stimme ist beim Vorlesen immer fester geworden. Die Erleichterung, dass man ihnen Nina nicht wegnehmen will, spürt man bei jedem Wort. Sie legt den Brief weg.
»Klaus!«, ruft sie. »Hast du alles gehört?«
»Ja«, sagt Klaus. »Dieser Trottel. Wieso hat er den Brief erst jetzt geschickt? Wieso hat er uns nicht früher benachrichtigt?«
»Weil die Frau schneller war«, sagt Kathrin Reinhard. »Und weil dieser Psychotherapeut sich offenbar auch nicht an die Absprache gehalten hat.«
»Den mach ich fertig«, sagt Klaus Reinhard. »Ich ruf den Trittin an und lass mir seine Adresse geben und dann mach ich den fertig. Was denkt der sich eigentlich, so in das Leben einer Familie einzubrechen. Wie mit einem Bulldozer ...«
Kathrin Reinhard schaut auf die Uhr.
»Hoffentlich kommt Nina gleich nach der Schule nach Hause. Ausgerechnet heute hat sie bis zur sechsten Stunde.«
»Bestimmt kommt sie gleich«, sagt Klaus Reinhard. »Mach dir bitte nicht schon wieder Sorgen!«
Kathrin Reinhard nickt. »Sie weiß ja gar nicht, wo diese Frau wohnt. Gott sei Dank.«

18

Nina weiß jetzt, wo der Schrammsweg ist. Sie hat auf dem Stadtplan nachgesehen. Vorn in den Gelben Seiten ist ein Stadtplan von Hamburg. Schrammsweg. Es stimmt, was diese Frau gesagt hat: Der Bahnhof Kellinghusenstraße ist ganz in der Nähe. Sie muss einmal umsteigen von der U7 in die U1. Und dann noch zwei Stationen. Das kann sie in einer halben Stunde schaffen. Kim ist schon in der Schule. Aber Nina konnte nicht mitgehen. Noch nicht. Sie muss jetzt erst mal unbedingt in den Schrammsweg. Sie will nur einmal sehen, was das für eine Straße ist. Was die Nr. 5 für ein Haus ist. Sie will nur einmal eine Vorstellung haben, wie diese Frau wohnt. Nina sagt immer, wenn sie an Monika Richter denkt, ›diese Frau‹. Sie kann nicht denken: meine Mutter – das geht einfach nicht. Aber sie denkt sehr oft an diese Frau. Eigentlich noch öfter als an Patrick. Nur als sie mit Patrick zusammen war, hat sie versucht, nicht an diese Frau zu denken, weil es ihn irgendwie sauer macht, weil es ihm aufstößt, hat er gesagt, dass sie immer an diesem Problem rumkaut. Patrick redet nie über seine Probleme, das ist ihr schon aufgefallen. Als sie in den Schrammsweg einbiegt, ist es Viertel nach zehn. Um Viertel nach elf muss sie wieder in der Schule sein. Sie hat nur wenig Zeit. Aber das macht nichts, sie will ja auch nur mal sehen, wie diese Frau lebt.
Nr. 5 ist ein dunkles Backsteinhaus, dreigeschossig, mit Sprossenfenstern und gemauerten Balkonen. Über den Bal-

konen sind Markisen. Alle weiß-gelb gestreift, aber natürlich eingerollt, denn es ist ja noch nicht einmal Frühling. Im Vorgarten wachsen Rhododendronbüsche und Rosen, die noch mit Tannenreisig abgedeckt sind. Eine Tür mit Glasfenstern. Dahinter sieht man das erleuchtete Treppenhaus. Es ist gekachelt, alte schnörkelige Kacheln, türkis und weiß, und eingelassene Spiegel.
Nina ist schon zweimal an dem Haus vorbeigegangen, geschlendert, müsste man besser sagen. Hat vor dem Eingang ihre Schritte noch mehr verlangsamt. Einmal ist ein Mann aus der Haustür gekommen, da konnte Nina einen guten Blick erhaschen. Ein Lift im Treppenhaus, so ein alter verschnörkelter, aus Gusseisen und Glas. Ein Käfig, der sich auf und ab bewegt...
Der Mann hat freundlich gegrüßt und Nina ist rot geworden und schnell auf die andere Seite gegangen. Sie hat eine Litfaßsäule entdeckt, studiert die Plakate. Nina Hagen kommt nach Hamburg, offenbar eine Sängerin. Nina hat bis dahin gar nicht gewusst, dass es eine Sängerin gibt, die ihren Namen hat. Das findet sie lustig. Sie studiert das Gesicht der Sängerin. Nina findet, dass sie gut aussieht. Daneben ein Plakat, das einen Vortrag eines indischen Gurus ankündigt, und dann das Programm der Hamburger Staatsoper. Nina schaut nach, was an diesem Abend gespielt wird: »Das Mädchen mit den Schwefelhölzern«. Nina hat immer gedacht, dass das ein Märchen von Hans Christian Andersen ist. Aber eine Oper? Sie liest den Namen des Komponisten: Lachmann. Nie gehört.
Plötzlich räuspert sich jemand neben ihr. Nina fährt herum.

Da steht diese Frau, Monika Richter. Ohne Mantel, in Hausschuhen. Sie lächelt. »Interessierst du dich für Oper, Rosemarie?«, fragt sie.

Nina öffnet den Mund. Sie ist so erschrocken, weil Monika Richter plötzlich vor ihr steht. Und weil sie sie Rosemarie nennt. Sie heißt doch Nina.

Monika Richter trägt eine schwarze Strickjacke, die sie über dem Busen zusammenhält, darunter ein T-Shirt. Sie hat einen wadenlangen, engen grauen Strickrock an, rote Wollsocken und Gesundheitslatschen. Nina schaut auf die roten Wollsocken. Sie kann sich gar nicht losreißen von den roten Wollsocken.

Monika Richter folgt ihrem Blick und lacht. »Sieht schlimm aus, nicht? Ich bin einfach so rausgelaufen. Ich hab Blumen gegossen und da hab ich dich auf einmal gesehen. Und weil ich Angst hatte, dass du wieder wegläufst, bin ich schnell so runter.« Sie deutet über die Straße auf das Haus Nr. 5. »Im ersten Stock, da, wo die offene Balkontür ist, das ist meine Wohnung. Ich wollte dich erst rufen, aber dann . . .«

Sie stockt.

Nina kann sich denken, was sie sagen will: Dann wusste ich nicht, wie ich dich rufen soll. Nina oder Rosemarie.

»Ich hab auch solche Socken«, sagt Nina, »genau das Rot. Genau die gleichen Socken.«

Sie hebt den Kopf, schaut die Frau an. Ihre roten Locken sind heute schön, frisch gewaschen, und geschminkt ist sie auch, himbeerrote Lippen und ein bisschen Make-up. Vielleicht will sie ausgehen, denkt Nina. Oder sie hat sich für ei-

nen Besuch schön gemacht. Oder sie muss gleich zur Arbeit. Ist ja auch egal. Sie senkt wieder den Blick.
»Scheint, dass wir den gleichen Geschmack haben«, sagt Monika Richter. Sie klingt nervös, ein bisschen verkrampft. »Wär ja auch kein Wunder, oder?«
Nina versteht nicht, was sie sagen will. »Wieso?«
Monika Richter wird rot. »Na ja, so was wird auch vererbt, glaube ich. Du hast ja auch meine Augen.«
Sie schauen sich an. Die braunen Augen der Tochter versenken sich in die braunen Augen der Mutter.
»Möchtest du raufkommen?«, bricht Monika Richter das Schweigen.
»Das geht nicht«, sagt Nina, »ich muss wieder in die Schule.« Sie schaut auf die Tür. »Ich muss um Viertel nach elf da sein.«
»Schwänz doch einfach! Schau mal, was dies für ein Tag ist! Für dich und für mich.« Monika Richter lacht. »Ich hab früher oft geschwänzt, immer, wenn ich was Besseres vorhatte. Zum Schluss hatte ich so viele Fehlstunden, dass die Lehrer mich nicht versetzt haben.«
»Und?«, fragt Nina.
Die Frau lacht wieder, offenbar kann sie nur lachen, wenn sie verlegen ist. »Es hat mir nichts ausgemacht, ich wollte sowieso nicht ewig in die Schule gehen. Ich dachte, das Leben ohne Schule ist bestimmt viel spannender. Die wirklich tollen Sachen passieren doch nicht in der Schule, sondern draußen, hab ich immer gesagt.« Sie lacht, als sie Ninas starren Blick bemerkt. »Na ja, das war damals. Ich war jung. Ich hatte keine Ahnung. Ich wollte es mir einfach leicht machen.«

»Und dann?«, fragt Nina. Ihr Herz klopft. Es ist komisch, dieser Frau zuzuhören. Es tut weh, innen im Bauch und im Herzen tut es weh. Dabei sagt die Frau nichts, was wehtun müsste. Vielleicht kommt es daher, dass Nina bei jedem Wort denkt: Sie hat mich geboren. Sie hat mich zur Welt gebracht. Ich war in ihrem Bauch. Wo war sie da? Wie alt war sie da?

Monika Richter pustet sich eine rote Locke aus der Stirn. »Meine Haare sind heute ganz elektrisch«, sagt sie, »weiß der Himmel, woran das liegt. Ich bin so aufgeregt. Vielleicht hab ich geahnt, dass du heute kommst. Den ganzen Morgen hab ich am Fenster gestanden und gedacht –« Sie stockt.

»Was?«, fragt Nina.

Monika Richter schluckt. Ihre Augen flattern, das kann man deutlich sehen, weil die geschminkten Wimpern ein bisschen verklebt sind. Billiger Maskara, denkt Nina. Kim und sie haben schon alle Maskarastifte dieser Welt ausprobiert. Sie wissen, dass die billigen alle kleben.

»Ach, komm zwei Sekunden mit rein, ja? Ich möchte dir so gerne meine Wohnung zeigen. Sie ist schön, wirklich.« Monika Richter lacht schon wieder. »Na ja, mir gefällt sie jedenfalls. Vielleicht findest du sie ganz grausig.« Sie geht einfach los und Nina folgt ihr. Es ist eine schmale Straße, Autos parken schräg, sodass nur eine Fahrspur frei bleibt. Aber es kommt kein Auto, es ist eine ruhige Wohngegend. Dort, wo Nina wohnt, ist viel mehr Verkehr, viel mehr Krach. Hier hört man die Amseln in den Bäumen zwitschern.

Nina geht Monika Richter über den Gehweg zur Haustür nach. Die Frau holt den Hausschlüssel aus der Rocktasche,

dreht sich zu ihr um. »Ich hab richtig Herzschmerzen vor Aufregung«, sagt sie.
Ich auch, denkt Nina, aber sie sagt es nicht. Stumm geht sie durch das Treppenhaus. Auf der ersten Treppenstufe liegen Pakete und Postwurfsendungen.
Sie gehen an dem Lift vorbei.
»Schöner Fahrstuhl«, sagt Nina. Sie lässt ihre Finger gedankenverloren über die gusseisernen Schnörkel gleiten, als sie die Treppe hochsteigen.
»Ja, der ist schon achtzig Jahre alt. So alt wie das Haus.«
Die Wohnungstür steht offen.
»Hier macht das nichts«, sagt Monika Richter, »das sind alles ganz wunderbar freundliche Nachbarn, ganz anders als in dem Haus in Berlin, in dem ich gewohnt habe. Da war es schrecklich –« Sie stockt wieder.
Offenbar ist das eine Eigenart von ihr, dass sie die Sätze nicht zu Ende spricht.
In der Wohnung riecht es nach ihrem Parfüm. Sonniges Licht fällt herein. Die Wände sind gelb gestrichen und an der Decke sind kleine Punktstrahler befestigt. Sehen aus wie Sterne. An den Wänden hängen Bilder, Kohlezeichnungen. Nina bleibt vor ihnen stehen. Alles Porträts. Alles Mädchengesichter. »Wer ist das?«, fragt Nina.
Monika Richter lacht schon wieder. »Ach, das sind nur so Albernheiten. Da hab ich nur was ausprobiert.«
Sie geht weiter. »Das ist das Wohnzimmer.« Sie breitet die Arme aus. Weiße Sofas, gelbe Kissen. Zwei schwarze Säulen neben der Balkontür, darauf grüne Farne. Kein Teppich, nur Parkettboden. Ein leeres, großes Zimmer.

»Was ausprobiert?«, fragt Nina.
Ihr Herz klopft wild, ihr Gesicht ist ganz heiß. Sie schaut sich um. Sie ist so aufgeregt und kann es sich nicht erklären.
»Ich hab mir vorgestellt, wie du wohl aussiehst«, sagt Monika Richter leise. Sie geht zu einem Tisch, auf dem viele Kristallflaschen stehen, schöne Flaschen. Sie nimmt eine Flasche, dann ein Glas, schenkt sich etwas ein. Als sie Ninas Blick sieht, hebt sie die Flasche, lacht. »Das brauche ich jetzt, gegen die Aufregung.« Sie trinkt. Nina schaut ihr zu. Sie stellt das Glas wieder weg. »In Wahrheit bist du aber viel schöner«, sagt sie, »viel, viel schöner.« Sie nimmt eine Schale mit Keksen und hält sie Nina hin. »Nimm dir! Magst du?«
Nina schüttelt den Kopf. »Ich hab keinen Hunger.«
»Durst?«, fragt die Frau. Nina schüttelt wieder den Kopf.
»Also«, sagt die Frau, »dann zeig ich dir jetzt als Nächstes dein Zimmer.« Sie geht an Nina vorbei wieder in den Flur. Ninas Knie werden weich.
»Mein Zimmer?«, fragt sie. »Wieso mein Zimmer?«
Monika Richter macht einfach eine Handbewegung, die heißt »Warte ab«, und geht weiter. Mit der Hand schlägt sie leicht gegen verschlossene Türen. »Mein Schlafzimmer«, sagt sie dabei, »Bad, Küche, Abstellkammer. Und hier –« Sie hält inne und wartet, bis Nina neben ihr steht: »Dein Zimmer.«
Nina bleibt die Luft weg. Es ist wirklich wie in einem Film, denkt sie, im wirklichen Leben kann es so etwas nicht geben. »Aber wieso hab ich hier ein Zimmer?«, fragt sie.
»Mach auf!«, fordert die Frau sie auf. »Guck es dir einfach an!«

Ninas Hände sind nass, das merkt sie jetzt, als sie die Klinke herunterdrückt und ganz sachte die Tür aufstößt.
Das Zimmer geht nach hinten, hat einen Balkon und rechts eine kleine Tür. Und einen Kleiderschrank, im gleichen Muster wie die Tapete: orange-weiß gestreift, ganz breite Streifen. Sieht ziemlich irre aus. Über dem Bett eine blaue Samtdecke, riesengroß, mit einer roten Borte. Und ganz viele Kissen, Seidenkissen, indische Muster. Und ein weißer Fernseher. Und ein Teppich mitten im Zimmer, ein blauer Elefant auf einem orangefarbenen Hintergrund. Nina hat noch nie so einen Teppich gesehen. Der ist eine richtige Schau. Unwillkürlich denkt sie: Wenn Kim den sehen könnte!
Die Frau öffnet die schmale Tür. »Du hast ein eigenes Bad«, sagt sie, »klein, aber fein, finde ich. Ich weiß noch, als ich so alt war wie du, hab ich das Bad stundenlang blockiert. Meine Eltern waren dann immer wütend auf mich. Und ich will ja nicht wütend auf dich sein.« Sie lacht schon wieder.
Nina blinzelt. Sie geht einen Schritt vor und schaut sich das Bad an. Es ist schneeweiß, keine Schnörkel, weiße Handtücher. Auf der Badewanne eine gelbe Quietschente. Sie muss lächeln. »So eine habe ich auch«, sagt sie, als sie die Ente nimmt, und dreht sich zu der Frau um.
Die beiden schauen sich an. Nina möchte etwas sagen, aber ihr fällt nichts ein. Der Frau auch nicht. Das Lächeln wirkt jetzt wie eingemeißelt. Irgendwie merkwürdig.
»Ich glaube, ich brauch noch einen kleinen Schluck. Mir ist ganz schlecht. Ich hab noch nicht gefrühstückt. Und dann so eine Aufregung.«

Sie gehen zurück ins Wohnzimmer. Nina schaut zu, wie die Frau sich erneut das Glas zu einem Viertel vollgießt und trinkt. Wie ihr Gesicht dabei zuckt, wie das Kinn zittert und wie sie dann lächelt, ganz befreit, als sie das Glas absetzt.
»Sonst trinke ich nie. Schon gar nicht am Vormittag«, sagt sie. »Aber heute ist ja ein besonderer Tag. Wie findest du das Wohnzimmer?«
»Schön«, sagt Nina. Das stimmt wirklich, ganz schlicht, so leer.
Ihre Mutter stopft immer alles so voll, will nichts wegwerfen, hängt so viel Kitsch an die Wand. Und stellt überall Strohblumensträuße auf. Nina findet das scheußlich. Hier gibt es nur eine einzelne Rose, in einer Weinflasche aus dunkelgrünem Glas. Das sieht auch schön aus.
»Freut mich, dass es dir gefällt.«
Sie nimmt einen Keks. »Ich hab jetzt ziemlichen Hunger. Willst du nicht mit mir essen? Wir könnten Croissants holen, da unten ist ein guter Bäcker. Ich kann auch sehr guten Cappuccino machen, mit geschäumter Milch. Magst du das?«
»Ich liebe Cappuccino«, sagt Nina.
Die Frau klatscht in die Hände. »Also, worauf warten wir noch?«
»Ich muss wieder in die Schule.«
Ihre Mutter sieht enttäuscht aus.
»Ich will nicht sitzen bleiben.« Ninas Stimme ist fest. »Ich möchte die Schule zu Ende machen und dann auf eine Fotoschule gehen. Das geht nur mit einem Realschulabschluss. Ich will Fotografin werden. Ich hab einen Freund, Patrick,

er hat die Schule einfach geschmissen. Er jobbt jetzt. Es ist okay für Patrick, weil er schon irgendwie klarkommt. Aber für mich wäre das nicht okay. Ich muss jetzt gehen.«

Das war eine lange Rede. Ninas Herz rast. Die Frau sagt nichts. Sie folgt Nina stumm zur Wohnungstür. Nina öffnet die Tür und dreht sich um. »Trotzdem vielen Dank«, sagt sie.

Die Frau hält sie zurück. »Warte eine Sekunde!« Sie läuft noch mal ins Wohnzimmer.

Nina fragt sich, was sie da macht. Kurze Zeit später ist sie wieder da, hat etwas in der Hand. Steckt es in Ninas Tasche und lächelt. »Schenk ich dir«, sagt sie und schiebt Nina zur Tür.

»Was ist das?«, fragt Nina. Sie wagt nicht nachzusehen.

»Schau es dir an, wenn du draußen bist«, sagt die Frau. »Es wäre sonst so peinlich, aber du weißt ja sowieso, dass ich es ernst meine: jederzeit.«

Sie schlägt schnell die Tür zu. Nina läuft die Treppen hinunter, läuft den ganzen Weg bis zur U-Bahn. Sie wird wohl zu spät kommen. In der fünften Stunde haben sie Physik. Sie ist ohnehin sehr schlecht in Physik, aber das hier wird ihr wieder einen Tadel einbringen. Wenn die U-Bahn nicht gleich kommt, kann sie es nicht rechtzeitig schaffen. Da kommt der Zug.

Erst in der Bahn nimmt Nina das Ding heraus, das Monika Richter ihr in die Jackentasche gesteckt hat: Es ist ein Schlüssel mit einem kleinen Anhänger. Auf dem steht nur: Schrammsweg Nr. 5.

19

»Willst du was sehen?«
Nina geht mit Kim über den Schulhof. Sie hat es doch noch rechtzeitig geschafft; die große Pause ist noch nicht einmal vorbei. Kim trinkt Buttermilch mit dem Strohhalm aus dem Plastikbecher. Sie hat in MÄDCHEN gelesen, dass man davon eine schöne Haut bekommt. Kim glaubt alles, was sie liest. Sie macht auch Diäten: Sie hat schon eine Eierdiät ausprobiert, eine Apfeldiät und eine Joghurtdiät. Vier Wochen danach hat sie immer wieder genauso viel gewogen wie vorher. Trotzdem kauft sie jede Illustrierte, in der eine neue Diät angepriesen wird.
»Dieses Zeug schmeckt eklig.« Kim sucht mit den Augen nach einem Abfallkorb. »Ich wette, da ist das Verfallsdatum schon überschritten. So eine Gemeinheit. Aber mit uns können sie's ja machen, Kinder können sich ja nicht wehren.«
»Seit wann sind wir denn wieder Kinder?« Nina streckt Kim die Hand hin. Sie hat eine Faust gemacht. »Willst du's nun sehen oder nicht?«
Kim wirft den Buttermilchbecher weg und öffnet Ninas Hand. Da liegt der Schlüssel. Sie dreht den kleinen Schlüsselanhänger herum und liest. Sie runzelt die Stirn. Plötzlich schreit sie: »Ist das von ihr?«
Nina nickt. Sie lächelt. Ihre Finger schließen sich wieder um den Schlüssel.
»Von deiner Mutter?«, kreischt Kim.

»Schrei doch nicht gleich die ganze Schule zusammen.«
Schnell lässt Nina den Schlüssel in ihrer Jackentasche verschwinden. »Sie hat ihn mir geschenkt. Ich kann jederzeit kommen. Ich hab mir mein Zimmer angesehen.«
Kim starrt sie an. »Dein Zimmer? Wieso denn dein Zimmer?«
»Sie hat ein Zimmer für mich eingerichtet, das hat einen Balkon, und ich hab ein eigenes Bad und einen Fernseher und einen Teppich mit einem Elefanten aus Indien. Und die Kissen sind auch alle aus Indien.«
Kim starrt Nina an. »Sie muss verrückt sein«, flüstert sie.
Nina lächelt. »Das Zimmer ist viel größer als das in der Körnerstraße.«
»Das Zimmer in der Körnerstraße! Wie das klingt! Oh Mann, ich hab eine Freundin, die hat ein Zimmer im Schrammsweg und ein Zimmer in der Körnerstraße.«
Ninas Gesicht wird ernst. Sie findet es blöd, wie Kim darüber redet. Kim hat keine Ahnung. Kim weiß überhaupt nicht, was in ihr vorgeht. Sie kann irgendwie nicht ernsthaft mit Nina über das Problem reden. Alles bekommt sie in den falschen Hals. Vielleicht denkt sie, dass Nina angeben will. Aber das ist nicht wahr. Nina ist nur ratlos.
Was soll sie von einer fremden Frau halten, die auf einmal auftaucht, sagt: »Du bist meine Tochter«, und ihr ein Zimmer mit einem eigenen Fernseher zeigt und ein Bad, wo auf dem Badewannenrand eine gelbe Quietschente sitzt? Was erwartet diese Frau von ihr?
Sie gehen stumm nebeneinander her. Kim mustert Nina verstohlen von der Seite. Sie nimmt Ninas Hand. Aber Nina ent-

zieht sich ihr. Nina hat eine steile Falte auf der Stirn, sie ist wütend. Aber sie weiß nicht, auf wen. Kim kann ja nichts dafür. Kim hat eine Mutter und einen Vater. Kim weiß, wo sie hingehört. Kim wird von ihrer Mutter geliebt und das ist ganz natürlich. Denn Kim ist im Bauch der Mutter aufgewachsen, die heute noch für sie sorgt. Alles ist so, wie es sein muss. Kim kann sich nicht vorstellen, was in Nina vorgeht.

»Denkst du etwa im Ernst daran, zu ihr zu ziehen?«, flüstert Kim. Nina schnaubt. Sie schüttelt den Kopf, heftig. Sie kickt einen Stein mit der Fußspitze weg.

»Nina!«, ruft Kim. »Guck mich an!«

Nina schaut auf. Kims Gesicht ist gerötet, ihre Augen glänzen, als würde sie gleich in Tränen ausbrechen. »Nina, ich versteh dich nicht. Du bist so . . . komisch.«

»Wundert dich das?«

Sie gehen auf die Glastür zu. Nina stößt die Tür auf. In der Schule ist es warm. Eine Luft, die nach Schweiß, Putzmitteln und nassen Schülerklamotten riecht. Sie hat das Gefühl, dass ihr gleich übel wird.

»Ich bin nicht komisch. Ich bin genau wie immer.« Sie schaut Kim an, als sie die Treppen nach oben steigen. »Aber alles andere ist komisch, verstehst du? Mein Leben ist so komisch, total verrückt. Ich weiß auch nicht. Ich könnte immerzu heulen.« Sie sucht nach einem Taschentuch, aber das ist nur noch ein Fetzen.

Kim legt den Arm um Ninas Schulter, legt den Kopf an ihren Kopf. »Was sagt Patrick denn dazu?«, fragt Kim.

»Der weiß ja noch von nichts, ich bin doch gleich wieder zur Schule gefahren.«

»Willst du es ihm denn nicht erzählen?«
»Doch, heute Nachmittag. Er will heute Nachmittag vorbeikommen. Falls Mami nicht ausrastet, wenn er schon wieder auftaucht.«

20

Kathrin Reinhard sitzt am Esszimmertisch und klebt Fotos ein, die Fotos vom letzten Weihnachtsfest. Das wollte sie schon all die letzten Wochen erledigen und hat es immer wieder rausgeschoben. Sie haben ein Fotoalbum für jedes Jahr. Klaus Reinhard ist Hobbyfotograf, das sagt er jedenfalls immer. Er macht wirklich gute Fotos. Von Nina gibt es Abzüge, die sind so toll, sagt Kim, dass sie glatt für ein Titelbild von BRAVO-GIRL taugen. Aber die nehmen keine unbekannten Mädchen auf den Titel und außerdem findet Nina sich überhaupt nicht schön. Ihre Nase ist zu lang und das Kinn steht vor.
Kathrin Reinhard schaut jedes Foto lange an, bevor sie es einklebt. Nina, wie sie sich über die Geschenke freut, wie sie strahlt. Nina mit der Blockflöte. Eigentlich ist sie schon zu alt für die Blockflöte, aber an Heiligabend spielt sie trotzdem immer das Liederbuch einmal durch, weil es so schön ist, so romantisch und harmonisch. Kathrin Reinhard und Nina sitzen auf dem Sofa und schauen in die Kerzen. Ein schönes Bild: Mutter und Tochter, aneinander geschmiegt, beide in ihren schönsten Sachen, Nina trägt Strumpfhosen und Pumps und ihr Konfirmationsoutfit, Kathrin Reinhard ein rotes Samtkleid. Rot steht ihr.
Mit dem silbernen Filzstift schreibt Kathrin Reinhard unter jedes Foto einen kleinen Satz. Das macht sie, seit sie das erste Fotoalbum angelegt haben. Es beginnt mit einem Foto von Nina, als sie fünf Monate alt ist. Nina kennt das Album

und Kathrin Reinhard erinnert sich plötzlich an den Tag, als Nina gefragt hat: »Wieso habt ihr gar keine Fotos von mir gemacht, als ich ganz klein war?«

»Hier bist du doch ganz klein«, hat Kathrin Reinhard gesagt. »Guck mal, kannst gerade den Kopf heben! Kannst noch nicht krabbeln. Und noch nicht im Babystühlchen sitzen.«

»Ich mein ganz, ganz klein. Vier Wochen oder so.«

»Da hatte Papi noch keine Kamera.« Das war nicht einmal gelogen und Kathrin Reinhard war später froh gewesen, dass ihr das eingefallen war. Sie hatten den Fotoapparat erst gekauft, als Nina zu ihnen kam, da begann Klaus' Leidenschaft fürs Fotografieren. Er hat Hunderte von Filmen verknipst, nur mit dem Baby oder mit Kathrin und dem Baby. Und Kathrin Reinhard hat Klaus und das Baby fotografiert: auf der Krabbeldecke, im Krabbelstall, im Kinderwagen, in der Karre, einmal mit Anorak und Kapuze und im Sommer ganz nackt, im Schwimmbad oder mit dem Rüschen-Bikinihöschen, einen Film nach dem anderen haben sie vollgeknipst. Kathrin Reinhard schreibt unter das Foto vom letzten Weihnachtsfest, wo sie mit Nina auf dem Sofa sitzt: Mutter und Tochter, glücklich vereint.

Aus Ninas Zimmer dringt kein Geräusch. Nina geht jetzt immer sofort dahinein, kommt nur zu den Mahlzeiten raus, isst schnell, ohne ein Wort zu reden, und geht wieder.

Es wird sich einrenken, denkt Kathrin Reinhard, das Kind braucht Zeit, um den Schock zu überwinden, wir müssen ihr einfach Zeit geben, wir müssen da sein, wenn sie uns braucht, und uns zurückhalten, wenn sie allein sein will. Wenn sie fragt, werden wir antworten, von jetzt an immer ganz offen und ehrlich, nichts beschönigen, nichts auslassen, gar nichts. Aber sie muss von sich aus kommen und fragen.

Es klingelt. Kathrin Reinhard steht schnell auf und klappt das Fotoalbum zu. Sie möchte nicht dabei ertappt werden, dass sie in diesem Augenblick so etwas Sentimentales tut. Auch Nina soll das nicht sehen, sie könnte es falsch verstehen. Sie ist so empfindlich.

Vor der Tür steht Patrick. Schwarze Jeans, Schnürstiefel, Norwegerpulli, mit Gel geformte Haare.

Er grinst. »Hallo.«

»Hallo«, sagt Kathrin Reinhard. Sie überlegt, wie sie reagieren soll, wenn Patrick fragt, ob er mit Nina weggehen darf. Sie hat immer noch Hausarrest. Darauf haben Klaus und sie sich geeinigt.

»Nina da?«, fragt Patrick.

Sie nickt, aber weicht nicht von der Tür.

»Also?«, fragt Patrick. Er schiebt Kathrin Reinhard sanft ein Stück zur Seite. »Wohl immer noch Hausarrest, was?«

Er geht in den Flur. Sie dreht sich nach ihm um, räuspert sich.

»Ganz genau«, ruft sie, »und eigentlich hatten wir uns geeinigt, dass sie in dieser Woche keinen Besuch bekommen soll.«

Patrick bleibt stehen, hebt die Arme hoch, wendet nur den Kopf ein bisschen. »Und Sie finden das nicht irgendwie ein bisschen bescheuert?«

Kathrin Reinhard wird blass. Sie kennt viele von Ninas Schulkameraden, aber kein einziger würde auf die Idee

kommen so mit ihr zu reden, so respektlos. Sie schnappt nach Luft. Sie will antworten, aber sie will nicht noch mehr kaputtmachen, als ohnehin schon kaputtgegangen ist.
»Ich finde es jedenfalls megapeinlich«, sagt Patrick. »Ich meine, Hausarrest, den bekommen achtjährige Kinder, die kleinen Jungen, Dreikäsehochs, die ihrem Freund in der Sandkiste den Eimer an den Kopf geworfen haben, aber Nina ist fünfzehn!«
»Vierzehn«, sagt Kathrin Reinhard. Sie ärgert sich. Das war dumm. Bis zum Geburtstag sind es nur noch sieben Wochen. Was machen die schon für einen Unterschied?
»Aber jetzt, wo Nina so durcheinander ist, können Sie doch einfach sagen, okay, Mädel, vergiss alles, was wir gesagt haben, kein Hausarrest mehr für dich.«
Die Tür springt auf, Nina erscheint, starrt erst ihre Mutter und dann Patrick an, bekommt einen feuerroten Kopf.
»Was macht ihr denn hier? Redet ihr etwa über mich?«
»Sozusagen.« Patrick grinst. Er geht zu Nina und gibt ihr einen Kuss. Vor den Augen ihrer Mutter! Nina hält die Luft an.
»Was ist?«, lacht Patrick. »Meinst du, sie denkt, wir spielen nur Mensch-ärgere-dich-nicht?«
»Patrick!«, zischt Nina. »Sei still!«
Sie schaut ihre Mutter an, flehend. Sie möchte ihre Mutter um Entschuldigung bitten, aber Kathrin Reinhard hat sich schon umgedreht, ist ins Wohnzimmer gegangen und hat die Tür sanft hinter sich geschlossen.
»Oh Mann«, stöhnt Nina. »Was war das denn? Wieso redest du so mit ihr?«

Patrick legt ihr den Daumen auf den Mund. »Psssst«, flüstert er, »ganz cool, Baby, ganz ruhig, ja? Ich hab bloß versucht, für dich was rauszuschinden. Kapierst du nicht, dass ich dir helfen will?«
»So hilfst du überhaupt nicht. Du machst alles nur noch schlimmer. Hat sie gesagt, dass du mich besuchen darfst?«
»Ich hab sie gar nicht gefragt, ich bin einfach reingekommen.«
Nina zieht Patrick in ihr Zimmer, schließt die Tür zu. Patrick nimmt sie in den Arm, küsst sie, auf die Lippen, schiebt seine Zunge zwischen ihre Zähne. Ninas Lider flackern. Sie will sich losmachen, aber Patrick zieht sie fest an sich. Als sie fast keine Luft mehr bekommen, lässt er sie plötzlich los.
Nina wendet sich ab. Sie fährt sich mit der Hand über den Mund.
»Das war extra für deine Mutter«, sagt Patrick. »Sonst denkt sie womöglich, das mit dem Kondom war wirklich ein Silvesterscherz.«
»Es war ein Silvesterscherz!«, faucht Nina. »Frag Kim!«
Patrick hebt den Kopf, schaut sie an, lächelt, streckt die Arme nach ihr aus. »Was ist? Was hast du? Sauer?«
Nina schüttelt den Kopf.
»Okay, dann komm her!«
Nina lässt sich neben ihn auf das Bett fallen. Er wälzt sich zu ihr herum, bis sein Oberkörper auf ihrem Oberkörper liegt. Ihre Gesichter sind ganz nah. Sie spürt seinen Atem, sein Gewicht. Sie kann fast seinen Wimpernschlag spüren. Sie sieht, wie seine dünne Lippenhaut sich kräuselt. Sie sieht,

dass er einen winzigen Leberfleck über dem rechten Mundwinkel hat. Sie lächelt.
»Was ist? Wieso lachst du?«
»Du hast einen Leberfleck«, flüstert sie.
»Wo? Wo hab ich einen Leberfleck?«
Nina tippt mit dem Zeigefinger auf den Fleck. Er schnappt nach ihrem Finger, hält ihn zwischen den Lippen, schaut sie an, lässt den Finger wieder los. »Das ist ein Klassebett«, murmelt er, ohne sie aus den Augen zu lassen. Nina wird rot. Sie windet sich, um etwas freier atmen zu können.
»Mami ist im Wohnzimmer«, sagt sie.
Er lässt sich auf den Rücken fallen. »Weiß ich doch, glaubst du, ich bin bescheuert? Denkst du, ich hatte vor, gleich über dich herzufallen?« Er lacht. Er schaut sie an. »Hast du das gedacht?«
Nina schüttelt den Kopf. Sie muss lachen. Patrick ist süß. Er hat den ganzen Tag gearbeitet, von morgens sieben bis nachmittags um drei hat er in der Videothek geschuftet. Dann ist er nach Hause, hat geduscht, sich etwas zu essen gemacht, irgendwelche Sachen im Haushalt erledigt, weil er ja niemanden hat, der das für ihn tut, und dann ist er gekommen, nur um sich ihren Mist anzuhören. Sie küsst ihn ganz leicht auf das Ohr. Er verzieht das Gesicht. »Das kitzelt.«
Nina dreht sich um, schiebt sich zum Kopfende und zieht die Nachttischschublade auf. Sie lässt über Patricks Gesicht einen Schlüssel baumeln, immer hin und her, wie ein Pendel. Patrick folgt mit den Augen. Der Schlüssel hängt jetzt an einer roten Kordel. Nina kann ihn um den Hals tragen, wie ein Schmuckstück, oder unter ihren Pulli stecken, ganz

wie sie Lust hat. Ihre Eltern wissen nichts davon. Wenn Nina aus dem Haus geht, nimmt sie ihn immer mit, für den Fall, dass ihre Mami in ihren Sachen schnüffelt. Aber sie glaubt nicht, dass sie das tut, sie vertraut ihr. Das heißt, sie hat ihrer Mami immer vertraut.
»Was ist das?«, fragt Patrick. Seine Augen folgen immer noch den Pendelbewegungen.
»Ein Sicherheitsschlüssel«, sagt Nina triumphierend. Sie genießt den Augenblick. Es ist ein besonderer Augenblick. Patrick kommt nie drauf.
»Und weiter?«, fragt Patrick.
»Schrammsweg Nr. 5«, sagt Nina. »Sagt dir das was?«
»Muss mir das was sagen?«
Nina lässt den Schlüssel in ihre Hand zurückschnellen. Sie beugt sich vor. Sie gibt Patrick einen Kuss. »Da wohnt meine Mutter. Meine andere Mutter.«
Patrick schnellt hoch, die Augen weit aufgerissen. »Nein!«, sagt er fassungslos.
Nina lacht. »Doch, du kannst es mir glauben. Ich schwöre.«
Und dann erzählt sie die Geschichte.
Patrick hört atemlos zu.
Als sie geendet hat, sitzt Patrick mit offenem Mund da, reibt sich den Nacken und schüttelt immer wieder den Kopf.
»Mann«, stöhnt er, »ich weiß ja, dass das alles viel komplizierter ist und auch ziemlich scheiße, aber manchmal glaub ich doch, du hast es gut. Du hast zwei Mütter! Du kannst deine Klamotten überall fallen lassen und es wird immer jemand da sein, der sie hinter dir aufhebt, in die Waschmaschine stopft und bügelt. Jemand knallt für dich den Kühl-

schrank voll und stellt die Mikrowelle an. Jemand stopft dich zu mit Taschengeld und schenkt dir alle Sachen, die du dir bloß wünschen kannst! Oh Mann! Alles doppelt! Immer gleich mal zwei. Zwei Frauen, die sich für dich ein Bein ausreißen! Und ich habe nicht mal eine Mutter, die so was für mich tun würde.« Er schaut Nina an, ganz ernst. »Ist das gerecht?«
»Ein Bein ausreißen? Hast du eine Ahnung. Die eine sperrt mich in der Wohnung ein und die andere nennt mich Rosemarie!«

21

M̲urmelchen«, sagt Ninas Mutter beim Abendbrot, »ich möchte mich nicht einmischen in deine Liebesgeschichten, aber...«
Nina hört auf zu kauen. Das Brot ist sowieso zu hart. Sie wälzt es nur noch im Mund hin und her.
»Wenn du dich nicht einmischen willst«, sagt sie, »dann lass es doch!«
Ein strafender Blick von ihrem Vater. Er schaut über den Rand der Sportzeitung. »Na, na«, sagt er mit sanftem Vorwurf, »wie sprichst du denn mit deiner Mutter?«
Nina sagt nichts. Kathrin Reinhard sagt auch nichts. Klaus Reinhard merkt, dass er einen Fehler gemacht hat. In den letzten Tagen haben sie immer das Wort »Mutter« vermieden.
»Also was hast du gegen Patrick?«, fragt Nina.
»Stimmt es, dass er nicht bei seinen Eltern wohnt?«, fragt Kathrin Reinhard.
Nina dreht immer noch den Brotknust im Mund herum, versucht, ihn mit Apfelsaft aufzuweichen. Sie nickt.
»Und warum nicht?«
»Mami«, sagt Nina, »ist das nicht seine Sache? Es ist Patricks Leben, nicht deins.«
Klaus Reinhard lässt endgültig die Zeitung sinken. Nina hatte ihn sowieso im Verdacht, dass er sie nur zur Tarnung vors Gesicht gehalten hat. Feigling, das denkt sie jetzt immer, wenn sie ihrem Vater begegnet. Sie waren zu feige, mir

die Wahrheit zu sagen. Vierzehneinhalb Jahre lang Feigheit. Das ist bestimmt Rekord.

»Also noch einmal von vorn«, lenkt Klaus Reinhard ein. Er faltet die Zeitung zusammen, legt sie neben seinen Teller, schenkt sich ein Bier ein. »Du bist also verliebt.« Er lächelt ihr zu, zwinkert kumpelhaft. »Das ist doch schon mal eine nette Neuigkeit.«

»Mami findet das nicht«, sagt Nina.

»Murmelchen! Ich hab doch nichts gegen deine Freunde! Ich hab doch Verständnis dafür, wenn du dich verliebst. Das ist doch normal.«

Nina schaut von einem zum anderen. Beide sind so verständnisvoll, so lieb. Jedenfalls tun sie so. Also, was soll das Ganze?

Sie würgt den Brotknust hinunter, verzieht dabei ihr Gesicht. Ihre Mami denkt, dass sie sich verschluckt hat, und klopft ihr auf den Rücken. Nina wehrt ab, ihr Vater ruft: »Kathrin, nicht so doll!«

Als Nina wieder richtig atmen kann, fragt Klaus Reinhard: »Wieso wohnt dieser Patrick nicht bei seinen Eltern?«

»Ich weiß es nicht!«, schreit Nina. Sie will aufspringen, aber ihr Vater legt eine Hand auf ihren Arm und zwingt sie, sich wieder hinzusetzen.

»Nina«, sagt er, »wir reden ganz ruhig miteinander. Es gibt keinen Grund, so zu schreien, nur weil wir eine Frage zu deinen Freunden haben, okay?« Er schaut in ihre Augen, ganz intensiv. Nina wird rot. Sie nickt. Sie sackt wieder in sich zusammen.

»Er hatte Probleme zu Hause«, sagt sie. »Sein Vater ist

gestorben und seine Mutter hat das irgendwie nicht verkraftet und da hat es immer Stunk gegeben, kann auch sein, dass er es irgendwie nicht gut fand, dass seine Mutter als Putzfrau –« Sie verstummt plötzlich, wird wieder rot, hebt die Schultern. »Ich weiß auch nicht. Es ist mir egal. Ich frage nicht, also braucht ihr ihn erst recht nicht zu fragen.«

»Es wäre halt einfacher«, sagt Kathrin Reinhard sanft, »wenn du dich in einen Jungen aus deiner Klasse verlieben würdest. Es ist irgendwie normaler.«

Nina starrt ihre Mutter an. Sie kann nicht fassen, was sie da hört. Ihre Eltern wollen ihr sagen, was normal ist? Ihre Eltern kriegen das Wichtigste im Leben nicht auf die Reihe – und wollen so tun, als wenn sie wüssten, was normal ist?

»Ich muss noch Schularbeiten machen. Wir schreiben morgen Bio.« Nina steht auf. Sie nimmt das Glas mit dem Apfelsaft und die Flasche, in der noch ein kleiner Rest ist.

Ihre Eltern sagen nichts, sitzen schweigend am Tisch, als Nina weggeht. In der Tür fällt Nina ein, dass sie gleich noch den einen Punkt klären könnte. »Und was ist eigentlich mit morgen?«, fragt sie.

»Morgen? Was ist denn morgen?« Ihr Vater hat sich schon wieder die Zeitung geschnappt.

»Morgen ist Freitag«, sagt Nina.

»Und?«

»Freitag hat Kim Geburtstag. Und Kim ist meine beste Freundin – falls ihr das vergessen habt.«

»Murmelchen, wir haben nichts vergessen. Ich wollte dir schon sagen, dass du morgen ruhig eine Stunde weggehen kannst, um ein Geschenk für Kim auszusuchen.« Kathrin Reinhard lächelt.

Nina traut dem Lächeln nicht. Misstrauisch fragt sie: »Was heißt das genau?«

»Was ich gerade gesagt habe: eine Stunde Ausgang für Shopping.«

»Ihr wisst genau, dass ich von was anderem rede. Ein Geschenk für Kim hab ich doch längst. Glaubt ihr, ich mach so was in der letzten Minute? Ich hab die Geburtstagsgeschenke für euch doch auch nicht an eurem Geburtstag gesucht. Eine Stunde Shopping! Wie das klingt!«

»Wie klingt es denn?«, fragt Klaus Reinhard scharf.

»Es klingt lieblos und total bescheuert, aber das ist ja auch egal. Wenn ich einer Freundin ein Geburtstagsgeschenk mache, dann renne ich nicht in den Supermarkt, zerre irgendwas aus dem Regal und bezahle. Dann mach ich mir Gedanken. Und zwar tage- und wochenlang vorher.«

Ihre Mutter lächelt und nickt bekräftigend. »Ich weiß, du machst immer wunderschöne Geschenke. Was bekommt Kim denn?«

»Was Selbstgemachtes«, knurrt Nina. Sie hat keine Lust, ihren Eltern zu erzählen, was sie sich für Kim ausgedacht hat.

»Oh«, sagt ihre Mami, »das ist schön. Darüber freut man sich wirklich viel mehr als über etwas Gekauftes.«

Jetzt tut sie so, als wenn ich ihr noch nie was Selbstgemachtes geschenkt hab, denkt Nina und plötzlich wird sie zornig. Was war denn Weihnachten mit der Orangenmarmelade nach dem französischen Rezept? Und der Lampenschirm für die Lampe in ihrer Kramecke? Eine Heidenarbeit hatte das gemacht, diese spezielle Pappe zu finden, sie zu bemalen und dann zu falten. Jetzt gibt es einen super Effekt in der Ecke in ihrem Schlafzimmer. Aber dass Nina sich stundenlang damit rumgeplagt hat, das ist natürlich vergessen...

Oder die selbst geklebten Lammfellhausschuhe für ihren Vater. Okay, Kim hat ihrem Vater die gleichen gemacht und Sissi und Olivia auch. Die Anleitung war aus einer Frauenzeitschrift, die Sissis Mutter abonniert hat und nicht wieder abbestellen kann, weil der Typ, bei dem sie den Vertrag unterschrieben hatte, sie irgendwie übers Ohr gehauen hat mit dem Kleingedruckten. Aber egal, die Lammfellhausschuhe waren vor einem Jahr ein Superhit gewesen zu Weihnachten. Dass der Kleber in der trockenen Heizungsluft nicht lange gehalten hat, dafür kann sie schließlich nichts. Den teuren Tierhautkleber, von dem sie in der Zeitschrift geschrieben haben, konnten sie jedenfalls nirgendwo bekommen. Und außerdem hätten sie sich ihn auch nicht leisten können.

»Ich warte immer noch darauf, dass du mir meine Hausschuhe wieder zusammennähst«, sagt ihr Vater. »Das waren die schönsten und wärmsten Hausschuhe meines Lebens. Schade, dass sie nur so kurz gehalten haben.«

Was soll das jetzt?, denkt Nina. Wollen die mich fertigmachen? Wieso redet der meinen Text? Wieso kann er meine Gedanken erraten? Sie schluckt. Sie presst die Apfelsaftflasche und das Glas gegen ihren Körper und sagt laut und trotzig, auch wenn es in diesem Zusammenhang überhaupt nicht passt: »Eigentlich geht es um die Party, um Kims Geburtstagsparty.«

Schweigen. Ich hab's gewusst, denkt Nina, ich hab's gespürt. Die Antwort ist Nein.

Kathrin Reinhard steht auf und räumt das Geschirr zusammen. Klaus räuspert sich, streicht mit der Hand über die blöde Sportzeitung. »Wann... wann ist denn diese Party?«, fragt er schließlich mit rauer Stimme.

Ninas Mutter verschwindet in der Küche und klappert mit dem Geschirr. Immer ist sie feige, denkt Nina, sie überlässt es Papi. Sie kann mir dabei nicht einmal ins Gesicht sehen. Sie weiß, wie ich mich auf die Party gefreut habe. Seit Wochen rede ich davon. Wofür haben sie mir dann das neue Kleid gekauft? Ich wollte es an Kims Geburtstag anziehen, Mami weiß das genau, haargenau, supergenau. Und jetzt steht sie in der Küche und knallt mit den Schranktüren.

»Die Party ist natürlich morgen, weil Kim morgen Geburtstag hat«, sagt Nina genervt und fügt hinzu: »Außerdem ist morgen Freitag und Samstag haben wir bloß zwei Stunden Kunst, weil Englisch ausfällt.«

»Ach«, sagt Klaus erstaunt, »und wieso fällt Englisch aus?«

Nina verdreht die Augen. »Papi, ist das jetzt wichtig?«

»Ja«, sagt ihr Vater aufgebracht, »sehr wichtig. In dieser Schule fallen immerzu Stunden aus. Viel zu viele Stunden fallen aus. Wie sollt ihr denn was lernen, wenn...« Er schaut seine Tochter an. »Du bist in Englisch sowieso schlecht. Das hat mir deine Lehrerin auf dem letzten Elternabend gesagt.«

»Papi, ich habe echt keine Lust, jetzt mit dir über meine Leistungen in Englisch zu reden«, sagt Nina. »Ich habe bloß eine Frage und dann muss ich mich auf die Bioarbeit vorbe-

reiten. Wieso könnt ihr mir keine klare Antwort geben? Wieso erst das ganze blöde Gerede über Selbstgebasteltes und Englischstunden, die ausfallen, wenn ich bloß wissen will, ob ich zu Kims Party darf?«
Nina hat einen heißen Kopf. Sie holt tief Luft. Der Apfelsaft in der Flasche vor ihrem Bauch ist bestimmt ganz warm. Wenn er warm ist, mag sie ihn nicht. Ihre Mutter kommt aus der Küche, trocknet die Hände am Geschirrtuch ab. Sie schaut Klaus an. »Hast du es ihr gesagt?«
Ninas Papi schüttelt den Kopf.
Nina starrt von einem zum anderen. Feige, denkt sie zornig, feige, feige, feige. Ich weiß doch, dass ihr Nein sagen wollt, dann sagt es doch endlich, verdammt!
Kathrin Reinhard kommt zu ihr, lässt dabei im Gehen das Geschirrtuch auf Ninas Stuhl fallen, streckt die Hände aus.
»Murmelchen«, sagt sie flehend, »du weißt, dass wir dir jeden Spaß gönnen, jede Freude. Wirklich. Das weißt du doch, oder? Dass wir immerzu daran denken, dass es dir gut gehen soll. Und was wir tun können, um dir das Leben so schön und fröhlich wie möglich zu machen.«
Sie bleibt vor Nina stehen, vielleicht hat sie auf einmal Angst vor Ninas kaltem, fast feindseligem Blick.
»Ja oder nein?«, fragt Nina ungeduldig.
Ihre Mutter lässt die Arme sinken und dreht sich Hilfe suchend zu ihrem Mann um. »Sag du es, Klaus!«
Nina denkt: Das darf nicht wahr sein, was ist das hier? Ein Zirkus? Ein Melodram im Fernsehen?
Klaus Reinhard räuspert sich. Dann sagt er mit fester Stimme: »Die Antwort ist Nein. Du hast Hausarrest, das weißt

du. Eine Woche lang. Das verträgt sich nicht mit Geburtstagspartys. Absolut nicht.«
»Dass du uns überhaupt noch mal fragst, Murmelchen«, sagt Kathrin Reinhard sanft, aber vorwurfsvoll. »Die Antwort war doch schon am Sonntag Nein. Es war doch klar, dass diese Woche Hausarrest auch bedeutet, dass du nicht zu Kims Feier darfst.«
Nina sagt nichts, aber sie denkt: So klar war das nicht. Ihr ändert doch sonst alle zehn Minuten eure Meinung. Ihr habt doch auch sonst erst Nein und dann Ja gesagt, oder umgekehrt. Hätte dieses Mal doch auch klappen können. Alles hat sich in dieser Woche verändert, ich habe erfahren, dass ihr gar nicht meine richtigen Eltern seid, dass ich eine Mutter habe, die nur fünf U-Bahn-Stationen von mir entfernt ein Zimmer für mich eingerichtet hat, ich habe jetzt einen Schlüssel für eine andere Wohnung. Alles hat sich geändert, aber an diesem saublöden, verdammten, lächerlichen Hausarrest haltet ihr euch fest, als wenn ... als wenn ...
»Murmelchen.« Ihre Mami will sie in den Arm nehmen. »Tu nicht so, als wenn dein Herz an dieser Party hängt.«
»Hängt es aber«, murmelt Nina.
Ihre Mutter zieht sie an sich. Nina bleibt ganz steif.
»Es kommen noch so viele Partys. Du wirst noch zu so vielen Geburtstagspartys gehen – weinst du etwa?«
Sie schiebt Nina von sich weg. Nina starrt ihre Mutter mit glitzernden Augen an. Sie wirft den Kopf zurück.
»Nein«, sagt sie, »ich weine nicht, nicht wegen so was.«
Und stürmt aus dem Zimmer, wirft die Türen hinter sich zu und lässt sich auf das Bett fallen. Die Apfelsaftflasche rollt

unter den Schreibtisch. Nina presst die Lider zusammen, weil sie nicht will, dass die Tränen kommen. Sie will nicht weinen, will nie wieder weinen.
Verdammter Geburtstag, verdammte Party, verdammte Eltern. Scheiße, alles Scheiße.
Sie nimmt das Kopfkissen und schleudert es gegen die Wand. Das macht wenigstens keinen Krach.
Ihre Eltern sitzen am Esstisch und lauschen. Sie hören nichts. In Ninas Zimmer ist es vollkommen still. Sie stehen auf und umarmen sich. Klaus küsst die Stirn seiner Frau, dann die Nase, dann die Wangen, dann das Kinn. Kathrin Reinhard sagt nichts, hat die Augen geschlossen.
»Siehst du«, sagt Klaus Reinhard eindringlich, »war doch gar nicht so schlimm, war doch ganz leicht. Einmal muss man auch streng sein können, muss man konsequent sein. Liebe bedeutet auch, dass man konsequent ist, Kathrin.«
Kathrin Reinhard schaut ihren Mann an. Er lächelt traurig. Er trocknet ihre Tränen mit seinem Taschentuch ab. Sie hat gar nicht gehört, was er gesagt hat, sie hat einfach nur noch Angst. Aber sie kann über diese Angst nicht sprechen.

22

Wir hatten uns so sehr ein Kind gewünscht.« Kathrin Reinhard sitzt auf Ninas Schreibtischstuhl. »Aber ich wurde einfach nicht schwanger.«

Nina liegt im Bett, wie ein Baby zusammengerollt, wie im Mutterleib, die Knie angezogen, die Arme vor die Magengrube gedrückt. Sie hat die Augen geschlossen, die Ohren eigentlich auch, sie will gar nicht zuhören, was ihre Mutter da sagt. Alles, was sie jetzt sagt, soll doch nur eine Ausrede sein, alles, was sie zu sagen hat, kommt zehn Jahre zu spät.

»Zuerst haben wir gedacht, es ist der Stress, weil ich studiert habe und neben dem Studium arbeiten ging, um Geld zu verdienen, und dein Vater auch noch nicht mit der Ausbildung fertig war.«

Mein Vater!, denkt Nina. Sie sagt immer noch mein Vater, dabei ist er es nicht. Er ist nicht mein Vater, verdammt! Aber Nina sagt es nicht laut, hält nur die Augen geschlossen und atmet ganz flach, stellt sich tot.

»Deshalb hab ich mein Studium aufgegeben. Und eine Stelle in der Bank angenommen. Ich hatte weniger Stress, aber schwanger bin ich doch nicht geworden. Der Frauenarzt, bei dem ich in Behandlung war, konnte nichts finden. Dann hat Papi sich untersuchen lassen und dann ist herausgekommen, dass er keine Kinder zeugen kann. Er ist unfruchtbar, verstehst du?«

Kathrin Reinhard dreht sich zu Nina um. Bisher hat sie gegen die Wand gesprochen, gegen die Fotos, die Nina da an die Pinnwand geheftet hat. Jetzt spricht sie zu dem Daunenberg in hellblauem Bettbezug, zu dem kleinen Haarschopf, der oben rausguckt.

»Verstehst du, was das für zwei Menschen bedeutet, die sich so sehnlichst ein Baby wünschen? Als wir geheiratet haben, war unser größter Wunsch, einmal ganz viele Kinder zu haben. ›Eine halbe Fußballmannschaft möchte ich‹, hat dein Vater immer gesagt. Er war so verzweifelt, als er gehört hat, dass es an ihm liegt und dass wir niemals Kinder bekommen können. So traurig...« Kathrin Reinhard macht eine Pause. Sie steht auf, geht zum Bett und streicht über den Daunenberg. »Hörst du mir überhaupt zu, Nina? Murmelchen? Hörst du mir zu?«

Sie zieht die Decke behutsam weg.

Nina schaut ihre Mutter an, blinzelt. »Ich bin müde«, murmelt Nina.

»Ja, ich weiß, ich lass dich gleich schlafen, aber ich muss es dir erzählen, damit du verstehst, wie sehr wir dich lieben. Drei Jahre lang hat es gedauert, bis sie unseren Antrag für eine Adoption genehmigt haben! Du glaubst gar nicht, wie viele Besuche bei Ämtern das bedeutet, wie viele Leute kommen und sich alles anschauen, die Wohnung und das zukünftige Kinderzimmer, und Fragen stellen, und Psychologen, die einem das Innerste nach außen krempeln, als wären wir nicht in der Lage, ein Kind großzuziehen. Wenn jemand einfach schwanger wird und ein Baby bekommt, dann fragt auch kein Psychologe, ob diese Frau überhaupt in der Lage ist, ihr Kind richtig zu erziehen. Ich hätte das nie übers Herz bringen können, was diese Frau – Monika Richter –, was deine Mutter gemacht hat, Murmelchen. Ich hätte dich niemals weggegeben, eher wäre ich gestorben.«

Nina hat die Augen wieder geschlossen. Sie sagt nichts. Es ist schon nach zwölf, nach Mitternacht. Morgen muss sie zur ersten Stunde aufstehen. Morgen Abend ist Kims Geburtstagsparty. Und sie darf nicht hin.

Kathrin Reinhard steht auf, stellt sich neben Ninas Bett, streicht zärtlich die Decke glatt, wie früher, als sie noch klein war. Nina will ihre Mutter nicht ansehen. Sie weiß nicht mehr, was für ein Gesicht sie dabei machen soll. Ihr ist wieder schlecht. Immer so ein saurer Geschmack im Mund, als hätte sie ihren Rachen mit Essigwasser gespült. Einfach eklig.

»Ich hab Bauchschmerzen«, murmelt Nina mit geschlossenen Augen.

»Hast du deine Tage?«

»Nein, andere Bauchschmerzen.«

»Ich mach dir eine Wärmflasche.«

»Nein, lass, nicht nötig! Mach dir keinen Stress!«

»Aber das ist doch kein Stress, wenn ich dir eine Wärmflasche mache«, sagt Kathrin Reinhard. »Das tu ich doch gern. Mein Gott, wie oft hab ich dir wohl in unserem Leben schon eine Wärmflasche gemacht...«

»Hör auf!«, murmelt Nina. »Bitte, Mami, lass mich allein, ja?«

Die Bettdecke ist schon zehnmal glatt, aber Ninas Mutter streicht immer noch darüber. Sie kann einfach nicht aufhören, sie macht das ganz mechanisch.

»Sag doch was, Murmelchen«, bittet sie.

Nina hebt die Schultern. »Mir fällt nichts ein.«
»Sag irgendwas. Irgendwas Liebes. Verstehst du uns denn wenigstens ein ganz kleines bisschen? Kannst du denn jetzt ein bisschen besser begreifen, warum wir dir nichts erzählt haben? Wieso wir es einfach nicht übers Herz gebracht haben?«
Nina öffnet langsam die Augen. Sie sieht die Haare, die ihrer Mutter ins Gesicht fallen. Sie denkt plötzlich: Kein Wunder, dass ich andere Haare habe. Ich konnte sie ja gar nicht erben. Ich konnte ja überhaupt nichts von ihr erben. Wir sind ja nicht einmal entfernte Verwandte.
»Sag, hast du mich trotzdem lieb?« Kathrin Reinhard beugt sich zu Nina herunter. Ihr ganzes Gesicht ist ein einziges hilfloses Lächeln, ein Flehen, ein Betteln.
Nina schluckt. Sie nickt. Sie schließt die Augen. »Ich versuch's«, murmelt sie. »Aber ich bin müde, Mami.«
Kathrin Reinhard gibt ihr einen Kuss. »Ich liebe dich, Murmelchen«, sagt sie zärtlich. »Wir haben dich adoptiert, weil wir ein Kind haben wollten, das wir wie ein eigenes lieben können, verstehst du? Mehr als ein eigenes, mehr als eines, das aus meinem Bauch gekommen wär. Mehr als eine richtige Mutter lieb ich dich, Nina. Ich würde einfach verrückt werden, wenn ich dir das nicht sagen dürfte, heute noch, verstehst du? Und auch dein Vater liebt dich sehr. Du musst begreifen, warum wir manche Sachen tun. Warum wir auch mal streng sein müssen. Wir wollen dich, so gut es irgend möglich ist, erziehen. Wir wollen aus dir einen Menschen machen, auf den wir immer stolz sein können. Das ist unser Kind, wollen wir sagen, wenn wir dich anschauen, verstehst

du?« Sie hat die letzten Sätze ganz leise gesprochen, vielleicht denkt sie, dass Nina schon schläft.
Aber Nina schläft nicht. Sie liegt mit aufgerissenen Augen im Bett, zusammengekrümmt, und kaut am Zipfel ihrer Bettdecke. Sie wünscht sich plötzlich, dass sie nie erfahren hätte, wer sie eigentlich ist, dann wäre ihre Welt noch in Ordnung.

23

Kim strahlt wie ein Filmstar. Sie hat eine neue Frisur. Und neue Klamotten. Sie läuft herum wie ein Model, das gerade von einem Fotografen entdeckt wurde.
Alle umarmen und küssen sie. Sie springt auf den Stuhl im Klassenzimmer und stößt lauter Juchzer aus. »Hey, Leute«, ruft sie, »wollt ihr wissen, wie man sich fühlt, wenn man fünfzehn geworden ist?« Sie greift in die Hosentaschen und wirft Reiskörner in die Luft. Das hat sie mal in einem Film gesehen, das soll Glück bringen. »Man fühlt sich megagut! Einfach super! Ich sage euch was, Leute, mit fünfzehn geht es richtig los!«
An der Tafel steht: HERZLICHEN GLÜCKWUNSCH ZUM GEBURTSTAG, KIM! Und dann die Unterschrift von allen Leuten aus der Klasse mit verschiedenfarbiger Kreide. Das machen sie in der 8b für alle, aber für den, der Geburtstag hat, ist es immer etwas Besonderes. Manche haben noch HAPPY BIRTHDAY dazugeschrieben und auf dem »i« in ihrem Namen ein Herzchen gemalt oder lauter Kreuze an den Namen gehängt wie die Amerikaner, das bedeutet: Kiss, Kiss, Kiss.
Kim hat fast die Hälfte ihrer Klasse zur Party eingeladen. Natürlich wird sie besonders von denen umringt, die am Abend kommen, es herrscht große Aufregung. Partys sind immer was Tolles. Was soll man anziehen? Was soll man mitbringen? Soll man vorher helfen? Wann ist die Party zu Ende? Hat sie genug gute CDs? Und so weiter. Eine Stim-

mung wie im Karneval, wie am letzten Tag vor den Sommerferien. Alle sind gut drauf.
Nina sitzt an ihrem Platz und malt Männchen auf ihr Heft. Sie hat noch nicht mit Kim gesprochen, hat ihr nur gratuliert, ihr ein Küsschen gegeben und so. Kein Wort über die Party. Kim hat nicht gefragt. Vielleicht hat sie im Moment nicht daran gedacht. Nina nimmt ihr das nicht übel. Am Geburtstag kann man nicht auch noch an die anderen denken. Der Geburtstag ist der Tag, wo man im Mittelpunkt steht, wo man nur gute Nachrichten bekommen will. Deshalb ist es ganz furchtbar, wenn am Geburtstag gerade eine Arbeit geschrieben wird oder wenn man korrigierte Arbeiten zurückbekommt. Noch schlimmer: ein Zeugnis.
Am Geburtstag muss alles perfekt sein. Nina versteht das, war bei ihr genauso. An ihrem Geburtstag haben auch alle an die Tafel geschrieben: HERZLICHEN GLÜCKWUNSCH, NINA! Und alle haben mit bunter Kreide unterschrieben.
Nina schreibt HERZLICHEN GLÜCKWUNSCH in ihr Heft, HERZLICHEN GLÜCKWUNSCH, KIM! Dann schreibt sie: HERZLICHEN GLÜCKWUNSCH, NINA! Und dann: HERZLICHEN GLÜCKWUNSCH, ROSEMARIE!
Vor Schreck fällt ihr fast der Kugelschreiber aus der Hand. Nina schaut auf, wie ertappt. Niemand beachtet sie.
Kim hockt auf ihrem Pult, umringt von den anderen, und zählt ihre Geschenke auf. Es ist wie im Paradies. Kim strahlt wie eine Glücksfee.
Nina hat noch nie den Namen Rosemarie irgendwohin ge-

schrieben. Nina kennt überhaupt kein Mädchen, das Rosemarie heißt. Ein komischer Name, so altmodisch. Irgendwie erinnert der an eine Blume, Heideröslein oder so. Oder an ein Altarbild. An irgendetwas Altmodisches jedenfalls. Etwas Christliches. Aber auch an Blumen. Eine Rose ist eine schöne Blume, vielleicht die schönste Blume überhaupt. Es gibt sie in so vielen Farben und sie duftet herrlich. Aber sie haben Dornen. An den Dornen kann man sich stechen. Rosemarie. Nina schreibt den Namen immer häufiger, immer schneller, sie probiert, wie schnell sie den Namen schreiben kann, wie eine Unterschrift, Rosemarie Reinhard, schreibt sie jetzt. Und hält inne. Nein, das ist nicht der richtige Name. Der richtige Name ist Rosemarie Richter.
Sie schließt die Augen. Ihr Herz klopft. Sie zählt bis fünf. Sie öffnet die Augen wieder und schaut auf die Unterschrift in der Heft. Rosemarie Richter. Sie macht ein Komma hinter Richter und schreibt 14 Jahre.
Der Lehrer kommt ins Klassenzimmer.
»Guten Morgen«, sagt Barbarossa. Er dreht sich zur Tafel um und liest, was dransteht. Doch Kim achtet nicht auf ihn, sie fragt Nina gerade: »Was ist mit der Party?«
Nina schüttelt den Kopf und macht mit der Hand ein Zeichen, das heißt: Nein.
Kim reißt die Augen auf: »Echt? Das ist nicht dein Ernst!«
Jetzt steht Barbarossa plötzlich genau vor ihr. Er tippt ihr sanft mit dem Finger auf die Schultern. »Herzlichen Glückwunsch zum Geburtstag, Kim«, sagt er.
Sie fährt herum, wird rot, strahlt, lacht. »Danke, Herr Barbert.«

»Und?«, fragt Barbarossa. »Was ist das für ein Gefühl, wenn man auf einmal nicht mehr vierzehn ist?«
»Ein Supergefühl«, ruft Kim.
Nina denkt: Allen geht es gut, bloß mir nicht. Und sie malt weiter in ihr Heft die Unterschrift eines Mädchens, das Rosemarie Richter heißt und 14 Jahre alt ist. Vielleicht, denkt Nina, geht es dieser Rosemarie besser, wenn sie auch fünfzehn ist. Sie zählt nach. Noch 45 Tage bis zu ihrem Geburtstag. Nina überlegt sich, was sie sich zum Geburtstag wünschen soll. Ihr fällt nichts ein. Früher sind ihr immer viele Dinge eingefallen.
Mit den Fingern holt sie die Schnur unter dem Pulli heraus. Sie betrachtet den Schlüssel zur Wohnung im Schrammsweg Nr. 5. Sie denkt an den Teppich mit dem blauen Elefanten. Sie denkt an die Frau, die am Fenster steht und auf die Straße schaut und immer darauf wartet, dass ein Mädchen vorbeikommt. Ein Mädchen, das so aussieht wie Nina, das so alt ist wie Nina, das so angezogen ist wie Nina. Aber die heißt nicht Nina. Die heißt Rosemarie...

24

Am Nachmittag klingelt das Telefon. Nina sitzt vor dem Fernseher. Eine Talkshow. Sie weiß nicht einmal, worum es geht. Aber in ihrem Zimmer hält sie es nicht aus. Und bei ihrer Mutter auch nicht. Sie näht gerade neue Gardinen für die Küche, mit Gänsen. Gänse sind jetzt sehr in Mode. Nina findet das kitschig. Immer diese Gänse mit Schleifen um den Hals. Als wenn irgendein Bauer der Gans eine Schleife um den Hals binden würde. Nicht mal zum Geburtstag würde er das tun. Weil eine Gans ja ihren ersten Geburtstag überhaupt nicht erlebt, dann ist sie längst geschlachtet, gebraten und verspeist. Aber daran denken die Leute nicht, das verdrängen sie, dass Gänse nur gezüchtet werden, weil man ihre Daunen braucht und ihr Fleisch.

Nina hat eine Stinkwut auf alles. Es ist vier Uhr. Um acht steigt die Party bei Kim. Wenn sie daran denkt, dass Patrick allein zu Kims Party geht, wird ihr ganz schlecht. Patrick geht bestimmt ohne sie, er denkt vielleicht, dass sie es doch noch schafft, sich irgendwie davonzustehlen. Und wenn nicht – sind ja genug andere Mädchen da. So denkt er, das weiß Nina. Alle Jungen denken so. Hauptsache, es gibt umsonst genug zu essen und genug Bier, gute Musik und alles andere regelt sich von selbst.

Nina überlegt sich, welches von den anderen Mädchen wohl auf Patrick fliegen würde. Trixi mit Sicherheit. Trixi hat schon immer für ältere Jungen geschwärmt, für coole Typen, die nicht wie Muttersöhnchen aussehen. Ihr gefallen

Jungs, die aussehen, als hätten sie schon ein paar Sachen erlebt, von denen andere nur träumen ... Henriette ebenso. Henriette würde schon dahinschmelzen, wenn Patrick einmal seinen Shake mit ihr tanzt. Vielleicht macht er ja auch den DJ, weil er sich langweilt oder weil er weiß, dass er das einfach besser kann als alle anderen. Svetlana wird sich vor ihm auf den Fußboden werfen und kreischen, genauso, wie sie es auf dem Konzert der TOOTSIES gemacht hat. Megapeinlich war das.
Nina muss unbedingt mit Patrick telefonieren. Aber solange ihre Mutter in der Küche ist, geht es nicht, dann hört sie jedes Wort. Nina hasst es, wenn man ihre Telefongespräche belauscht. Sie hat keine großen Geheimnisse, aber es ärgert sie schon, wenn jeder weiß, dass sie keine großen Geheimnisse hat.
Es klingelt. Nina springt auf wie elektrisiert. Das ist Patrick, denkt sie und ihr Herz beginnt zu flattern. Sie bekommt einen heißen Kopf, sie kann ihr Strahlen kaum unterdrücken. Sie rennt auf die Wohnungstür zu.
»Ich geh schon!«, schreit sie, als ihre Mutter aus der Küche kommt. Sie reißt die Tür auf, immer noch mit diesem überglücklichen Strahlen ...
Frau Meier, die Nachbarin, steht vor ihr. Sie ist blass und hat Tränen in den Augen. »Ist deine Mami da, Nina?«, fragt sie.
Nina nickt. Sie macht die Tür weit auf. Frau Meier kommt in die Wohnung.
»In der Küche«, sagt Nina. Sie ruft: »Mami! Für dich! Frau Meier!«, und verschwindet wieder im Wohnzimmer.

Jetzt wäre vielleicht eine gute Gelegenheit, mit Patrick zu telefonieren, aber auch das geht nicht. Frau Meier und ihre Mami bleiben im Flur stehen.
Eine Minute später kommt Kathrin Reinhard ins Wohnzimmer. »Nina?«
Nina hebt den Kopf.
»Ist das interessant?« Ihre Mami deutet auf den Fernseher.
Nina hebt nur gleichmütig die Schultern.
»Frau Meiers Baby ist krank. Hat ganz hohes Fieber. Sie hat mich gefragt, ob ich sie eben mit dem Auto zum Arzt fahren kann.«
Nina hebt wieder die Schultern.
»Die Taxifahrer benehmen sich oft so blöd, du weißt schon, wegen Chris«, sagt sie.
Nina weiß Bescheid. Meiers haben einen behinderten Sohn. Chris ist mongoloid und kann nicht richtig sprechen und auch nicht richtig gehen. Er zieht komische Grimassen. Wer daran nicht gewöhnt ist, der erschrickt, wenn er ihn sieht. Die Taxifahrer regen sich immer auf, wenn sie einen Moment auf Chris aufpassen müssen, weil Frau Meier mit dem Baby beschäftigt ist. Deshalb bittet sie manchmal Ninas Mami, sie zu fahren. Kathrin Reinhard mag Chris gern. Wenn er sie sieht, lacht er immer, wirft sich ihr an den Hals und redet irgendwas Lustiges. Ninas Mami tut dann immer so, als könne sie alles verstehen.
»In Ordnung, Nina?«, fragt sie jetzt.
»Klar ist das in Ordnung«, sagt Nina. »Chris kann auch hierbleiben, dann ist es einfacher.«
»Danke, Murmelchen, ganz lieb, aber Frau Meier sagt, dann

kann Chris bei der Gelegenheit auch gleich seine Spritze bekommen.« Chris ist außerdem Diabetiker.
Kathrin Reinhard zieht sich den Mantel an und nimmt die Autoschlüssel.
Fahr schon, denkt Nina ungeduldig, fahr endlich, damit ich bei Patrick anrufen kann! Wie ein Wink des Schicksals kommt es ihr vor, dass ihre Mutter sie mal für eine Stunde allein lässt. Das erste Mal seit sie Hausarrest hat.
Das Telefon klingelt. Nina springt auf.
»Hier geht es ja zu«, sagt Kathrin Reinhard.
»Ich geh schon!« Nina schiebt ihre Mutter zur Seite und spurtet zum Telefon. »Ja, hallo«, ruft sie atemlos, »hier spricht Nina Reinhard!«
»Hallo Nina, hier ist Veronika Wolff.«
Kims Mutter. Nina schluckt aufgeregt. »Hallo, Frau Wolff.«
»Kim hat mir eben gesagt, dass du nicht zu ihrer Party kommst? Ist das wirklich wahr?«
»Ja, ich hab Hausarrest.«
Kathrin Reinhard bleibt beim letzten Wort stehen und schaut Nina an. Nina legt die Hand über die Muschel und flüstert: »Kims Mami. Sie will dich sprechen.«
Nina streckt die Hand mit dem Hörer zu ihr hin. Kathrin Reinhard runzelt die Stirn, schaut auf die Uhr. »Jetzt nicht, du weißt, ich muss ... Frau Meier wartet ...«
»Bitte! Mami! Bitte!« Ninas Stimme fleht, ihr Gesicht ist verzweifelt. Die letzte Chance, denkt sie, dass Mami doch noch Ja sagt. Die letzte Möglichkeit. »Bitte! Nur ganz kurz! Ich sag Frau Meier Bescheid, dass du gleich kommst.«

»Nein, lass nur!« Ninas Mutter nimmt den Hörer. »Ja, hallo, Frau Wolff, das ist ja eine Überraschung. Wir haben lange nichts mehr voneinander gehört.«
Wenn Kathrin Reinhard mit Kims Mutter spricht, ist ihre Stimme irgendwie verändert, das ist Nina schon oft aufgefallen, aber sie kann sich den Grund nicht erklären. Ein bisschen zu freundlich irgendwie, ein bisschen unecht, die Freundlichkeit. Sie kann zwar nicht verstehen, was Kims Mutter sagt, aber sie hört ja die Worte ihrer Mutter. »Tut mir wirklich leid für Kim, Frau Wolff. Sie wissen, wie sehr wir Ihre Tochter mögen. Sie ist ja fast wie eine eigene Tochter bei uns im Haus.«
Nina verdreht die Augen. Kein Wort wahr!
»Wirklich«, sagt Kathrin Reinhard, »wir möchten Kim nicht den Geburtstag verderben...«
Nina stellt sich vor ihre Mutter und legt die Hände zusammen und bettelt mit den Augen. Aber ihre Mutter schüttelt den Kopf und schiebt Ninas gefaltete Hände zur Seite.
»Ich denke mal, Kim wird so viele Freunde um sich versammeln heute Abend, da fällt es gar nicht auf, wenn Nina einmal nicht dabei ist. Die Kinder haben so viel Spaß im Leben. Wir erlauben Nina fast immer alles, aber dieses Mal müssen wir streng bleiben. Es geht auch ums Prinzip.«
Prinzip!, denkt Nina. Ihr Herz pocht. Scheiß Prinzip.
»Bitte, Mami!«, flüstert sie. »Sag Ja! Sag bitte Ja! Nur bis zehn! Nur zwei Stunden! Bitte! Ich bin auch bestimmt ganz pünktlich!«
Kathrin Reinhard wendet sich ab, damit sie Ninas flehendes

Gesicht nicht sieht. Ihre Stimme ist hart, ganz eisern. Sie will sich nicht überreden lassen.

»Bestellen Sie Kim einen schönen Gruß und sagen Sie, wir hoffen, dass sie nicht lange böse auf uns ist. Wir machen das irgendwann wieder gut, ja? Vielen Dank, Frau Wolff, ich wusste, dass Sie mich verstehen. Und viel Spaß heute Abend.« Sie legt auf.

Nina dreht sich wütend zu ihrer Mutter herum. »Ihr macht das wieder gut, ja?«, schreit sie. »Und wie wollt ihr das machen, bitte schön? Ihr versaut Kims Geburtstagsparty. Das ist eine superwichtige Geburtstagsparty. Man wird nur einmal im Leben fünfzehn!«

»Man wird auch nur einmal im Leben sechzehn, mein Schatz, oder siebzehn oder achtzehn. Mein Gott, warum hängt dein Herz so an diesem einen Geburtstag?« Sie schaut Nina an. Sie sieht, dass sie Tränen in den Augen hat, Tränen der Wut.

»Ist es wegen Patrick? Nur weil du ihn heute Abend nicht sehen kannst? Dann will ich dir Folgendes sagen, mein Schätzchen.« Immer wenn Kathrin Reinhard »mein Schätzchen« sagt, wird es ernst. Das kennt Nina schon. Und sie ist auf alles gefasst. Aber nicht auf das, was jetzt kommt: »Was diesen Patrick betrifft, sind dein Vater und ich einer Meinung: Er ist nicht der richtige Umgang für dich. Ich hab mich ein bisschen erkundigt und weißt du, was wir erfahren haben?«

Nina schweigt. Sie schaut ihre Mutter feindselig an. Woher soll sie wissen, was ihre Mutter erfahren hat?

»In diesem Haus, in dem dein Freund Patrick wohnt, hat es

schon zweimal Drogenrazzien gegeben. Da wird mit Hasch gedealt!«
»Patrick dealt doch nicht mit Hasch!«, schreit Nina außer sich. »Bist du verrückt? Wer erzählt denn solchen Scheiß?«
»Sag nicht noch einmal, dass ich verrückt bin!« Der Ton ihrer Mutter ist jetzt ganz leise, aber scharf. »Und sag nicht noch einmal, dass ich Scheiß rede! Zufällig weiß ich genau, wovon ich rede. Ich habe es von einem Kollegen in der Bank gehört.«
»Aber Patrick doch nicht!«, erwidert Nina.
»Der Kollege ist befreundet mit einem Drogenfahnder.« Kathrin Reinhard geht zur Tür. »Und wie es der Zufall so will, hat dieser Drogenfahnder uns einen Vortrag über Krisensituationen mit Abhängigen in Bankfilialen gehalten, gerade vorgestern... Und da sind auch ein paar Namen gefallen...«
Von außen klopft es gegen die Tür. Es ist Chris, das hört Nina schon an dem komischen Geräusch. Er macht das nämlich mit dem Kopf, das findet er lustiger als mit den Fäusten gegen die Tür zu ballern.
»Ich komme schon, Chris!«, ruft Kathrin Reinhard. Sie schaut Nina noch einmal an. Sie ist jetzt in Eile, hat nicht einmal mehr Zeit für ein versöhnliches Lächeln. »Also, du weißt Bescheid. Besser ein Ende mit Schrecken als ein Schrecken ohne Ende.« Sie geht.
Noch hört Nina, wie ihre Mutter draußen mit Chris redet und Frau Meier etwas durch das Treppenhaus zuruft. Ihre Schritte hallen auf den Stufen.
Nina lehnt an der Wand, die Augen geschlossen. Sie zittert wie Espenlaub.

Besser ein Ende mit Schrecken als ein Schrecken ohne Ende, hat Mami gesagt. Das hat sie doch gesagt, oder?, denkt Nina.

Sie rennt ins Wohnzimmer und schaut aus dem Fenster. Unten öffnet Kathrin Reinhard gerade die Türen des Opel Vectra. Chris krabbelt hinein, Frau Meier setzt sich auf den Rücksitz, neben sich das Baby im Kindersitz. Kathrin Reinhard hilft ihr, das Baby anzuschnallen. Und dann kümmert sie sich um Chris. Chris liebt es, in dem Opel hinten zu sitzen und den nachfahrenden Autos Grimassen zu schneiden. Dann steigt sie ein.

Nina sieht, wie der Wagen aus der Parklücke fährt und sich in den Verkehr einfädelt. Sofort rennt sie in den Flur und wählt Patricks Nummer. Ihr Herz klopft. Sie schaut auf die Uhr. »Komm schon«, flüstert sie, »komm schon, geh ran!«

Aber es ist Cora. Sie hat offenbar einen Kaugummi im Mund, der so groß wie eine Kartoffel ist. Sie sagt: »Patrick ist auf dem Klo.« Dann sagt sie: »Warte, ich klopf mal!«

Nina hört, wie sie gegen die Klotür knallt und ruft: »Telefon!« Dann kommt sie wieder zurück. »Gut, dass du anrufst«, sagt sie, »der Patrick liest nämlich auf dem Klo immer die ganze BILD-Zeitung, wahrscheinlich lernt er sie auswendig. Das nervt vielleicht. Da kommt er.«

»Hi«, sagt Patrick, »was gibt's?«

»Ich bin's, Nina.« Ninas Stimme zittert. »Patrick, gehst du heute Abend zu Kims Party?«

Patrick überlegt einen Augenblick, dann lacht er. »Ich bin doch eingeladen, oder?«

»Klar bist du eingeladen«, sagt Nina.

»Also, ich denk mal, dann darf ich sie nicht hängen lassen, oder?«

Nina antwortet nicht.

»Nina?«, fragt Patrick. »Alles okay?«

»Jaja, alles okay. Ich wollte nur wissen, ob du auch alleine gehst, wenn ich nicht darf. Du weißt schon, wegen Hausarrest.«

»Na ja«, sagt Patrick, »ob ich alleine gehe, das ist natürlich die Frage. Ich hab schon gedacht, ich kenn so wenig Leute aus deiner Schule. Wird vielleicht ein bisschen langweilig ohne dich. Ich dachte, ich frag vielleicht die Cora, ob sie Bock auf eine Kiddie-Party hat.«

Ninas Kopf glüht. Das ist es. Das war ihre Angst. Er hat also doch was mit Cora. Immerhin lebt er mit ihr in einer Wohnung. Sie weiß nicht mal, wieso Cora nicht bei ihren Eltern lebt, was Cora macht, wie alt Cora ist, sie weiß gar nichts...

»Patrick?«, ruft sie.

»Hey, wieso schreist du so? Ich hab den Hörer am Ohr, nicht im anderen Zimmer.«

»Entschuldige!« Nina dämpft ihre Stimme. »Patrick, ich wollte nur sagen, wunder dich nicht, wenn ich heute Abend doch auftauche. Ich meine – es ist nicht sicher – aber vielleicht – also – ich wollte nur fragen – freust du dich, wenn ich doch komme?«

»Das ist vielleicht eine blöde Frage. Natürlich freu ich mich. Was glaubst du denn? Ich leide wie ein Hund wegen deinem beschissenen Hausarrest. Nicht gemerkt? Mann, ich war zweimal bei dir und hab sogar deinen Drachen ertragen –

bloß weil ich dich sehen wollte. Wieso fragst du, ob ich mich freue? Ist doch logisch.«
Nina lächelt. Sie atmet tief durch. »Okay«, sagt sie, »dann lass Cora zu Hause oder sonst wohin gehen! Dann komme ich.«
Schnell legt sie auf.
Sie schaut sich um, geht durch die Wohnung, schaut sich alles an und fragt sich, was sie vermissen würde, wenn sie das nie mehr sehen könnte. Das Sofa? Bestimmt nicht. Den Gläserschrank? Gott bewahre. Die Gänsesammlung ihrer Mutter? Die schon gar nicht.
Nina rennt in ihr Zimmer, sieht sich um, wie gehetzt. Sie sieht alles und nichts.
Was soll ich mitnehmen, falls sie mich nie wieder hier in die Wohnung lassen, falls ich nichts mehr abholen kann...?
Meine Schulsachen, denkt sie, die auf alle Fälle. Meine neuen Jeans, den Blazer, die Rollerblades, den Teddy, das Tagebuch. Das Tagebuch unbedingt, wegen all der Sachen, die drinstehen von der letzten Klassenfahrt. Und das über Patrick. Stimmt, dass Patrick mal Hasch geraucht hat. Aber sie kennt einen Haufen Leute aus ihrer Schule, die das auch tun.
Nina rennt in den Flur, reißt die Tür zur Rumpelkammer auf und zerrt ihren großen Campingsack aus dem vollgestopften Regal. Sie läuft wieder zurück, packt ein, alles wild durcheinander. Die CDs!, denkt sie, meine Musik-CDs!
Nachdem sie die verstaut hat, rast Nina ins Bad, öffnet die Waschmaschine und zieht ihre zwei Lieblings-T-Shirts heraus. Sie wollte nachher die Maschine anmachen, doch dazu

ist es jetzt zu spät. Im Schrammsweg gibt es bestimmt auch eine Waschmaschine. Wieso nicht? Gibt es überall. Die Fotos in dem Schuhkarton – ganz wichtig. All ihre Freunde. Sie will nicht ohne die Fotos ihrer Freunde hier ausziehen. Der Fahrradschlüssel, der Kellerschlüssel. Sie hat noch nicht überlegt, ob sie mit dem Fahrrad umziehen soll oder mit der U-Bahn. Sie hat sich eigentlich noch gar nichts überlegt. Sie nimmt zwei Handtücher aus dem Schrank, die beiden flauschigsten, und Wäsche. Und noch mehr Pullis.
Ach, und das Kleid, das sie zu Kims Party anziehen wollte, und die Sneaker. Alles in den Campingsack.
Als sie schon an der Haustür ist und unter dem Gewicht des Campingsacks fast zusammenbricht, fällt ihr Kims Geschenk ein. Mann, beinahe vergessen! Das wär peinlich gewesen!
Dann kommt ihr der Gedanke, dass sie eigentlich auch ein Geschenk braucht für ihre neue – für diese Frau – im Schrammsweg.
Nina schafft es nicht zu denken: meine Mutter. Irgendetwas sperrt sich noch. Aber das wird sich schon geben, wenn sie erst mal da ist. Vielleicht darf sie sich die restlichen Möbel für das Zimmer selbst aussuchen. Sie möchte einen Liegestuhl für den Balkon, gelb-weiß gestreift, wie in dem Urlaub in Italien in ihrer Pension. Das hat super ausgesehen.
Ihre Gedanken wirbeln durcheinander. Was kann sie mitnehmen?
Sie schaut sich in ihrem Zimmer um. Dann fällt ihr Blick auf die Babyschuhe, die am Bügel ihrer Schreibtischlampe hängen. Ihre ersten Babyschuhe. Hellblau und weiß, Nappale-

der. Sie weiß, dass sie da ein halbes Jahr gewesen ist. Das hat ihre Mami – Kathrin Reinhard – ihr erzählt.
Vielleicht ist das ein Geschenk, über das eine Mutter sich freut, die ihr Baby mit fünf Monaten weggegeben hat, vielleicht...
Nina stopft die Babyschuhe in die Tasche.
Dann kommt ihr noch ein Gedanke: Ich muss ihnen eine Nachricht dalassen, damit sie sich nicht wundern, damit sie nicht in Panik geraten und die Polizei anrufen!
Nina weiß nicht, ob auch ihre Eltern die Adresse von Monika Richter haben. Sie glaubt, eher nein. Wahrscheinlich steht sie auch noch nicht im Telefonbuch. Das wäre gut. Nina will nicht, dass ihre Eltern da auftauchen. Jetzt schon gleich gar nicht. Sie schaut sich in der Küche um.
Eine Nachricht, denkt sie.
Am Küchenschrank hängt eine Tafel, auf der ihre Mami immer einträgt, was eingekauft werden muss. Da steht: Pfefferkörner, Knuspermüsli, Schuhcreme.
Nina nimmt die Kreide und schreibt darunter:
Lieber ein Ende mit Schrecken als ein Schrecken ohne Ende. Tut mir leid. Ich hab euch lieb. Aber ich halt es nicht mehr aus. Bitte, sucht mich nicht. Ich melde mich. Okay? Nina!
Sie lässt die Tafel sinken. Dann setzt sie hinter Nina einen Bindestrich und schreibt: Rosemarie.

25

Als Nina das Haus verlässt, ist es Viertel nach fünf. In den Fenstern sind schon viele Lichter angegangen. Der Verkehr rollt wie üblich durch die Straße.
Herr Dosenhöfer kommt von der Arbeit. Er ist Busfahrer. Er grüßt sie freundlich.
Dann geht Nina am Fahrradgeschäft vorbei. Ole putzt die Fensterscheiben. Er erkennt sie sofort, rennt auf sie zu.
»Mann, was ist denn da drin? Deine Großmutter? Soll ich dir helfen?« Er nimmt ihr die Tasche ab. Nina lächelt. Sie reibt ihre Hand. Sie hat das Gefühl, dass ihr rechter Arm vom Tragen doppelt so lang ist.
»Wo musst du damit hin?«, fragt er.
»Ein paar Stationen«, sagt Nina.
»Und wieso nimmst du nicht dein Fahrrad?«, fragt Ole.
»Daran hebt man sich doch einen Bruch.«
»Mein Fahrrad hat einen Platten.«
Ole starrt sie an. »Mann, und das erfahre ich erst jetzt? Weißt du, was das hier ist?« Er macht eine weit ausladende Geste zu dem Geschäft.
Nina lächelt. »Ein Fahrradgeschäft.«
»Genau, und weißt du, was die Leute da ganz supergut können?«
»Reifen reparieren«, sagt Nina. Sie mag Ole. Er ist witzig. Er redet immer mit großen Gesten.
»Genau«, sagt Ole. »Und was kannst du zu deiner Entschuldigung vorbringen?«

»Ich hab kein Geld«, sagt Nina. »Pleite.«
Ole geht neben ihr her, schleppt ihren Campingsack. Einfach nett. »Ich würde es dir umsonst machen«, sagt Ole.
»Das ist lieb, aber das kann ich nicht annehmen. Ihr lebt doch davon.«
»Ich könnte es nach Feierabend machen«, sagt Ole.
Nina lächelt. »Du bist süß.«
»Klar, bin ich süß. Wie Zuckerwatte. Also was ist: morgen nach Feierabend?«
»Das geht nicht.«
»Übermorgen?«
Sie stehen jetzt vor dem Eingang zur S-Bahn-Station. Nina schaut Ole an. Sie nimmt ihm die schwere Tasche ab. »Ich wohne nicht mehr hier, Ole«, sagt sie, »ich ziehe gerade um.«
Ole starrt sie an. Sie lächelt.
»Ihr zieht um?«, schreit Ole. »Wieso weiß ich das nicht? Ich erfahr doch sonst immer alles, was hier passiert. Wie in der Lindenstraße. Echt alles.«
»Ich weiß es ja auch erst seit einer halben Stunde. Mach dir nichts draus!«
Ole steigt die Treppen hoch, rennt neben ihr her, greift sich noch einmal die Tasche. »Oh Mann, das macht mich fertig. Ich fand den Gedanken so klasse, dass wir in der Nähe wohnen. Wo zieht ihr denn hin?«
»Ich zieh alleine um«, sagt Nina. »Meine Eltern bleiben da.«
Ole begreift nichts. Das merkt man. Er schaut sie mit großen Augen an. »Und wohin ziehst du?«
Nina lächelt. Zum ersten Mal kann sie es sagen. »Zu meiner Mutter.«

Sie spürt noch Oles Blick, als sie schon oben auf dem Bahnsteig steht. Das war ein starker Abgang, denkt sie.
Als der Zug einfährt, hebt ein Typ mit einer Figur wie Arnold Schwarzenegger ihre Tasche hoch, so locker, als wären nur Daunenfedern drin.
»So was ist zu schwer für eine kleine Lady«, sagt er mit breitem amerikanischem Akzent, »lass mich das machen!« Mit Schwung stellt er die Tasche auf einer freien Bank ab und schon fährt die S-Bahn los.
Nina reibt sich die Augen. Was ist passiert?, denkt sie. Wieso sind auf einmal alle so freundlich? Wieso sind die Leute so nett zu mir?
Sie steht vor der Haustür Schrammsweg Nr. 5.
Den Schlüssel hat sie abgenommen und wiegt ihn in der Hand.
Ich hätte anrufen sollen, denkt Nina plötzlich. Ich kann doch nicht einfach so mit Sack und Pack bei ihr vor der Tür stehen.
Was ist, wenn sie gar nicht da ist? Wenn sie sich nicht freut? Vielleicht will sie gerade verreisen, vielleicht hat sie sich ja alles anders überlegt . . . ?
Nina könnte jetzt einfach die Haustür aufschließen und reingehen. Aber ihr fehlt der Mut. Klingeln ist besser. Wenn ich klingle, denkt sie, merke ich ja, wie sie reagiert. Über der Klingelleiste ist eine Gegensprechanlage. Sie drückt auf den Knopf, aber im gleichen Augenblick wird die Tür von innen geöffnet, ein Mädchen, vielleicht zehn oder elf, reißt die Tür weit auf.
»Hallo«, sagt sie.

»Hallo.« Nina lächelt unsicher. »Ich hab geklingelt.«
»Klar, komm rein. Zu wem willst du?«
Nina muss sich räuspern. »Monika Richter.«
»Ah«, sagt das Mädchen, »die Neue. Die wohnt im ersten Stock.«
»Ich weiß.« Nina schultert ihren Campingsack. Da ertönt unten neben der Haustür der Summer und sie hört, wie jemand ruft: »Hallo? Hallo?«
Aber sie ist schon auf der Treppe.
Nina klingelt an der Wohnungstür.
Der Campingsack lehnt an ihren Beinen. Sie starrt auf die Tür und schluckt dabei immerzu ganz heftig. Irgendetwas steckt ihr im Hals. Sie muss sich räuspern, muss husten, aber es geht nicht weg. Vielleicht ist es nur die Aufregung oder die Angst.
Sie hört Schritte. Sie lächelt. In ihrem Kopf rauscht es.
Die Tür wird aufgerissen.
»Hallo«, flüstert Nina.
Und dann erlischt das Lächeln. Vor ihr steht ein Mann, in Jeanshosen und Unterhemd, mit ganz kurz rasierten Haaren und einer Tätowierung auf dem rechten Arm. Er stützt ihn gegen die Türfüllung und schaut Nina an.
»Ja?«, fragt er nur. Er hat etwas im Mund. Einen Zahnstocher. Manchmal, wenn er den hin und her schiebt, sieht man die Spitze, eine abgekaute Spitze. »Was ist?«
Nina räuspert sich. Ihr wird ganz schwindlig. Sie weiß nicht, was sie sagen soll. Sie weiß nicht, wer dieser Mann ist. Monika Richter hat nichts von einem Mann gesagt.
»Ich hab gedacht –« Am liebsten würde sie sich umdrehen

und wieder weglaufen, aber sie denkt an zu Hause. Mami ist vielleicht schon da, hat die Nachricht gefunden... Ich kann nicht zurück.

Sie bückt sich nach ihrem Campingsack, nur um irgendetwas zu tun.

»Was hast du gedacht?«, fragt der Mann. Er ist nicht unfreundlich, nur ein bisschen ungeduldig vielleicht. Er sieht aus, als habe er gerade Mittagsschlaf gemacht. Vielleicht hat er sich auch nur das Oberhemd ausgezogen, weil er unter die Dusche will. Oder sich umziehen. Vielleicht ist er ihr Bruder. Oder ein Handwerker. Nina kann keinen klaren Gedanken fassen, solange der Mann sie so anstarrt.

»Heiner?« Das ist die Stimme von Monika Richter. Sie kommt aus einem der hinteren Räume, Nina kann sich nicht mehr genau erinnern, wie die Zimmer angeordnet waren. Sie ist auch zu aufgeregt. Ihr Gesicht ist nur noch eine einzige starre Maske. In ihrer Kehle brennt es, als habe sie Essig getrunken.

»Wer ist denn da?«, ruft Monika Richter. »Mit wem redest du?«

»Ein Mädchen«, sagt der Mann. Er wendet den Kopf und spricht in den Flur hinein. »Offenbar hat es ihr die Sprache verschlagen.« Er dreht sich wieder zu Nina um. »Also, entweder sagst du jetzt, was los ist, oder –«

Da taucht Monika Richter auf. Sie knotet sich den Morgenrock zu. Ein blauer, seidener Morgenrock mit Stickerei. Ihre Frisur ist ganz durcheinander. Sie hat nackte Beine. Ihre Füße stecken in kleinen Pantoffeln aus rosafarbenem Plüsch. Sie kommt näher, schaut an der Schulter des Mannes vorbei. Nina ist ganz schlecht.

»Rosemarie!«

Endlich, endlich hat Monika Richter sie erkannt. Nina fällt ein Stein vom Herzen. Ihre Mutter schiebt den Mann zur Seite und zieht sie an sich, drückt ihr Gesicht gegen ihren Morgenmantel. Der riecht nach ihrem Parfüm, stark und süß. Nina schließt die Augen.

»Was ist passiert?«, flüstert Monika Richter. »Was ist los?«

Sie lässt Nina los. Nina schaut Monika Richter an. Das Gesicht ist ungeschminkt, keine getuschten Wimpern, keine roten Lippen. Sie sieht jetzt ein bisschen älter aus. Der Morgenmantel ist auseinandergerutscht, man sieht ihren Büstenhalter, weiße Spitze, und ein kleines dünnes Goldkettchen, an dem irgendetwas hängt, aber das kann Nina nicht sehen, das liegt in der Falte zwischen ihren Brüsten.

»Wer ist das?«, fragt der Mann, der Heiner heißt. »Vielleicht klärst du mich mal auf? Was will sie?«

Nina versucht, an dem Mann vorbeizusehen. Mit dem will sie nicht sprechen. Sie will mit Monika Richter sprechen. Monika Richter ist ihre Mutter. Monika Richter hat ihr den Schlüssel gegeben und hat ihr das Zimmer gezeigt. Das Zimmer mit dem Elefantenteppich, Balkon und Fernseher, hinten links. Ihr Zimmer.

»Das ist mein Vetter«, sagt Monika Richter jetzt, »er hat den Abfluss im Bad repariert. Seit zwei Wochen bitte ich ihn und dann erscheint er ausgerechnet, wenn ich mich umziehen will.«

Nina weiß nicht, was sie darauf sagen soll.

Monika Richter strahlt Nina an, streicht ihr über die Haare,

über die Wangen, die Schulter. »Ich kann's nicht glauben«, flüstert sie, »ich kann's nicht glauben.«
Nina lächelt wie befreit. Es ist alles gut. Sie freut sich. Sie schickt den Mann weg. Er war nur kurz hier. Er ist nicht wichtig, sonst würde sie ihn ja nicht wegschicken. Nina bückt sich nach ihrem Campingsack, hält aber auf halbem Weg inne.
»Da bin ich«, sagt sie und holt ganz tief Luft. Sie wartet, während ihr Herz so gegen die Rippen pocht, dass es wehtut.
Jetzt erst hat Monika Richter ihre Tasche bemerkt. Eine dicke, schwere Tasche, in der man viele Sachen unterbringen kann. Etwas in ihrer Miene verändert sich, aber Nina weiß nicht genau, was es ist. Gleich lacht sie wieder. »Für immer?«, fragt Monika Richter.
Nina nickt ängstlich, vorsichtig. Sie wartet ab. Sie will nichts überstürzen. »Wenn es nicht passt«, sagt sie, »dann – dann ist es auch nicht schlimm.« Aber das stimmt nicht. Wenn es nicht passt, ist es eine Katastrophe, müsste sie sagen. Dann bring ich mich um. Wenn du mich jetzt nicht haben willst, wieder nicht haben willst, dann . . .
Monika Richter spürt das. Sie schaut in Ninas Gesicht, sie liest hinter ihrer Stirn, jedes Wort, jeden Gedanken. Wortlos nimmt sie Nina in ihre Arme und ruft nach hinten in die Wohnung hinein: »Beeil dich, Heiner, lass uns allein, ja? Das hier ist wichtig. Das Rohr kannst du ein anderes Mal auswechseln. Es läuft ja wieder ab.«
Heiner hat verstanden. Er kommt aus dem Bad, zieht sein Hemd über, stopft es in den Gürtel. Er schaut Nina neugie-

rig an, aber er stellt keine Fragen. Vielleicht weiß er ja Bescheid. Vielleicht ahnt er was.

Monika Richter schiebt Nina durch den Flur, an Heiner vorbei, an dem Bad vorbei.

»Dein Zimmer«, sagt sie sanft. »Ich bring deine Sachen.«
Nina nickt. Sie bleibt stehen wie eine Gipsfigur, mit hängenden Armen. Monika Richter lässt sie vorsichtig los, streicht über ihre Schultern, ihr Haar, geht den Flur zurück. Nina hört, wie sie mit Heiner flüstert, wie sie etwas wispert, scharf, streng. Vielleicht sagt sie, mach endlich, geh schon, hau schon ab! Meine Tochter ist da, merkst du das nicht? Das ist das Einzige, was mich interessiert. Meine Tochter, mein Kind.

Nina hört ihre Schritte. Sie kommt zurück. Sie bringt den Campingsack. Sie lacht, als sie ihn neben Nina auf den Elefantenteppich fallen lässt. »Mann, ist der schwer. Was ist denn da drin? Steine?«

»Meine Sachen bloß«, flüstert Nina. Sie muss sich wieder räuspern, kriegt keinen richtigen Ton heraus. Als wäre ihre Stimme auf einmal weg. Das hatte sie schon mal, als sie Grippe hatte und Fieber. Da konnte sie nur flüstern, tonlos, und alle Leute haben immer gefragt: »Was sagst du? Kannst du nicht lauter reden?«

Monika Richter schaut ihr in die Augen, legt ihre Hände an Ninas Gesicht. »Hat es dir die Sprache verschlagen?«, fragt sie sanft.

Nina nickt. Tränen schießen ihr in die Augen. Sie ist kurz vor einem Zusammenbruch. Sie hält sich nur mit Mühe aufrecht.

Heiner ruft: »Also, tschüss dann!«, und knallt die Tür hinter sich zu.

Nina sinkt in die Arme der Frau, von der sie bis vor ein paar Tagen noch nichts wusste. Es sind schöne, weiche Arme. Sanfte, zärtliche Arme. Sie spürt die Lippen auf ihrem Haar, ihrer Stirn, ihren Wangen.

»Du bist gekommen«, flüstert Monika Richter, »du bist wirklich gekommen. Lieber Gott, ich danke dir.«

Nina hält ganz still. Heiße Tränen laufen über ihr Gesicht, sie presst die Augen fest zusammen. Sie hält ganz still. Sie spürt den Herzschlag ihrer Mutter. Er ist fast genauso schnell, genauso heftig wie ihr eigener Herzschlag. Sie riecht die Haut ihrer Mutter. Die riecht gut. Die Haare kitzeln ihren Hals. Ein schönes Gefühl.

Draußen scheint die Sonne und wirft einen Lichtstrahl auf den blauen Elefanten. Es ist ganz still. In ihrem Haus hört man immer etwas von den Nachbarn. Schritte, Türen, Stimmen, Musik, und dann von draußen den Autolärm. Hier ist es still. Hier fühlt man sich geborgen.

Sie bleiben ganz lange so stehen, bis Nina sagt: »Hast du ein Taschentuch? Meine Nase läuft.«

Da müssen beide lachen. Monika Richter läuft aus dem Zimmer, kommt zurück und hält Nina eine Packung Kleenex hin. Nina zieht ein Tuch heraus, schnäuzt sich, nimmt ein zweites Tuch und wischt sich die Tränen vom Gesicht. »Tut mir leid«, flüstert sie, immer noch fast ohne Stimme.

»Was tut dir leid?«, fragt Monika Richter freundlich.

»Ich weiß nicht. Alles.« Nina muss sich noch einmal

schnäuzen. Die Sonne ist hinter dem nächsten Wolkenturm verschwunden.

»Ich hätte wahrscheinlich anrufen sollen. Aber das hab ich erst gemerkt, als ich schon vor der Tür stand.«

»Unsinn«, sagt Monika Richter sanft. »Das hier ist doch kein Höflichkeitsbesuch, oder? Für uns gelten andere Regeln. Du bist gekommen, das ist das Wichtigste. Egal wann, egal wie. Du bist da! Hast du Hunger? Willst du was trinken?«

Nina schüttelt den Kopf. Sie lächelt verlegen, schaut sich um, setzt sich ganz vorsichtig auf den Bettrand.

»Es ist nicht bezogen«, sagt Monika Richter, »ich konnte ja nicht ahnen...«

»Macht nichts.« Nina schaut auf. »Ist doch egal.«

»Ich hab genug Bettwäsche.«

»Klar«, sagt Nina, »klar.«

Ich muss es ihr erklären, denkt Nina, ich muss es ihr jetzt sagen, jetzt gleich, damit sie nachher nicht enttäuscht ist, damit es nicht die gleichen Probleme gibt wie zu Hause – sie stockt.

Zu Hause, das darf sie nicht mehr denken. Sie schließt die Augen, schluckt. Sie senkt den Kopf und schiebt die kalten Finger zwischen die Knie.

»Was ist los?«, fragt Monika Richter leise und setzt sich neben sie. »Was ist passiert?«

Nina schüttelt den Kopf. Sie kann nichts sagen. Sie weiß nicht, wie sie es sagen soll, sie hat es ja selbst noch nicht begriffen.

»Warum bist du auf einmal gekommen?«, fragt Monika Richter, legt sanft ihre Hand um Ninas Schulter.

Nina schluckt, räuspert sich, schaut Monika Richter nicht an. »Ich – ich weiß es ja selbst nicht«, murmelt sie hilflos. »Ich bin so durcheinander. Es ist alles – so –«
»Du musst nichts erklären, wenn du nicht willst.« Monika Richter streichelt sie, küsst sie, vorsichtig.
Sie will nur nett sein, denkt Nina, obgleich es ihr irgendwie doch unangenehm ist, von Monika Richter geküsst zu werden. Diese Frau ist meine Mutter, hat mich im Bauch getragen, also darf sie mich doch küssen. Es ist ihr Recht, oder . . .?
»Hat es Ärger gegeben meinetwegen?«, fragt Monika Richter vorsichtig. »Hattet ihr Streit?«
Nina schüttelt den Kopf.
»Was ist denn? Irgendetwas ist doch passiert, sonst wärst du jetzt nicht hier.«
Nina hebt den Kopf, schaut ihre Mutter an. Ich hab die gleichen Augen, denkt sie, es ist, als wenn ich in meine Augen im Spiegel sähe. Das ist komisch. Die gleichen Augen.
»Wir haben die gleichen Augen«, sagt Nina.
Monika Richter lächelt. »Das hab ich schon gesehen. Und so kleine Füße hast du. Genau wie ich.«
Sie schauen auf ihre Füße, stellen ihre Beine nebeneinander.
»Wie groß bist du?«, fragt Monika Richter.
»Ein Meter vierundsechzig.«
»Dann wächst du noch.«
»Ja? Oh, gut, ich dachte schon, ich bleib so.«
»Ich bin ein Meter zweiundsiebzig«, sagt Monika Richter. »Als ich als Stewardess gearbeitet habe bei DELTA, da war das die Mindestgröße.«

»Du warst Stewardess?«

»Ja«, Monika Richter nimmt Ninas Finger und legt sie auf ihre Handfläche. »Aber nicht lange. Es gab da Probleme.«

»Was für Probleme?«, fragt Nina.

Monika Richter weicht aus. »Wir haben auch die gleichen Fingernägel. So viereckig. Siehst du?« Sie legt ihre Finger gegen Ninas Finger.

»Ja, genau.« Nina lächelt. »Das ist komisch.«

»Schön ist das«, sagt Monika Richter. Sie schauen sich an, vorsichtig, alles ist so schwierig.

»Wir hatten Streit wegen Patrick«, sagt Nina.

»Ach, erzähl, wer ist Patrick?«

»Mein Freund.«

Monika Richter sagt nichts, wartet. Nina räuspert sich, überlegt. Ich darf jetzt keinen Fehler machen. Ich bin hergekommen, weil ich sehen wollte, wie es sich lebt bei einer richtigen Mutter, das ist wahr. Aber ich wollte auch zu Kims Party. Ich muss unbedingt dahin. Es ist total wichtig, weil ich sonst durchdrehe aus Angst, dass Patrick sich womöglich in eine andere verguckt. Ob sie das versteht? Nina schaut ihre Mutter an.

»Patrick ist ein schöner Name«, sagt Monika Richter lächelnd. »Wie lange kennt ihr euch schon?«

»Ach, ein paar Monate. Aber richtig zusammen sind wir erst seit einem Monat.« Nina lächelt. »Wir haben Samstag unser Einmonatiges gefeiert. Damit fing alles an.«

»Was?«

»Na, der Stress. Patrick hat mich ins LOGO eingeladen, das ist eine Disco und da ist um Mitternacht immer eine Light-

show, die wollte er natürlich sehen. Schließlich hat er eine Menge Eintritt bezahlt. Aber meine Eltern –« Nina stockt. Sie schaut scheu zu ihrer Mutter hoch. Die blinzelt ein bisschen, lächelt aber sofort wieder.
»Erzähl weiter!«, sagt sie.
Und Nina erzählt, wie das war, als sie zu spät nach Hause gekommen ist, und von dem Kondom und dass Patrick mit irgendwelchen Freunden nachts die blöde Idee hatte, bei ihr anzurufen, und dass ihre Eltern da ausgerastet sind ...
»Richtig ausgerastet?«, fragt Monika. »Wie ist das, wenn sie ausrasten? Was machen sie da?«
»Ach«, sagt Nina, »eigentlich ...«
»Schlägt er dich?«, fragt Monika Richter.
Nina starrt ihre Mutter an. »Wer?«
»Dein Adoptivvater, Klaus Reinhard. Schlägt er dich? Ist er grob?«
Nina lächelt, sie muss an ihren Papi denken, der ist so sanft, so lieb, der käme in hundert Jahren nicht auf die Idee, sie zu verprügeln. Er hat das nie getan. Vielleicht hat er ihr mal einen Klaps gegeben, als Nina ganz klein war, aber daran kann sie sich nicht erinnern.
»Nein, aber sie brummen mir Hausarrest und so was auf. Das ist viel gemeiner. Ein anderes Mal haben sie nicht mit mir geredet, vier Tage lang. Immer nur Schweigen. Wir haben uns Zettel geschrieben. Das war furchtbar. Am Ende waren wir alle drei ganz fertig.«
Sie spürt den Blick ihrer Mutter, einen aufmerksamen, prüfenden Blick. Sie schluckt, sie weiß nicht, was sie weiter sagen soll. Es ist alles gesagt, oder? Sie will ihre Eltern nicht

schlechtmachen. Aber einen Grund muss es doch geben, dass sie plötzlich hier ist, oder? Ihr ist schwindlig. Sie hat Angst, dass sie sich gleich übergeben muss.
Da steht Monika Richter auf. Nina springt auch auf, aber ihre Mutter drückt sie wieder aufs Bett. »Schon gut, alles in Ordnung. Ich hol nur was zu trinken.« Sie lächelt, dreht sich in der Tür noch einmal um. »Das ist alles ein bisschen aufregend, weißt du, da brauch ich einfach einen Schluck.«
Nina schaut sie an, nickt und sagt nichts. Sie hört, wie Monika Richter im Wohnzimmer ein Glas hin und her rückt, oder eine Flasche, wie sie hustet und irgendetwas murmelt, und dann ist sie schon wieder zurück. Sie hält zwei Gläser in der Hand. »Du auch irgendwas?«, fragt sie. »Wollen wir anstoßen? Auf uns? Auf die Zukunft?«
Nina lächelt verlegen. »Ich weiß nicht. Was ist das?«
»Ein guter schottischer Whisky, ganz weich, kratzt nicht im Hals.«
»Ich trinke keinen Alkohol«, sagt Nina entschuldigend. »Mir wird davon schlecht.«
Monika Richter lacht. Sie trinkt. Sie schließt beim Trinken die Augen und Nina kann sehen, wie sie schluckt. Ihr Gesicht wird auf einmal wieder ruhig und sanft. Sie öffnet die Augen und schaut Nina an.
»Ich bin keine Alkoholikerin«, sagt sie plötzlich, »du musst keine Angst haben. Ich trinke nur in Gesellschaft. Ich kann das kontrollieren.«
Nina fällt nichts ein, was sie darauf sagen kann. Monika Richter nimmt das zweite Glas, das sie für Nina mitgebracht hat, und hebt es hoch. »Du willst wirklich nicht?«

»Nein, wirklich.«

»Also, dann trink ich es für dich aus, ja?« Sie prostet Nina zu und Nina lächelt. »Auf uns, ja? Ich trinke auf uns.«

Sie kippt den Inhalt hinunter. Ihre Wimpern zucken, das Kinn zittert. Dann öffnet Monika Richter die Augen, stellt das Glas weg und lächelt. Sie stellt das Glas neben das erste und nimmt Ninas Hand.

»Erzähl mir mehr von deinem Freund! Ich möchte alles wissen. Ist er so alt wie du?«

»Er wird siebzehn«, sagt Nina.

Monika Richter lächelt. »Oh, er ist älter, also bestimmt auch erfahrener.«

Nina wird rot, sie nickt und schaut zum Fenster.

»Schlaft ihr zusammen?«, fragt Monika Richter.

Nina erschrickt. Sie verschluckt sich, reißt die Augen auf. »Was?«, flüstert sie.

»Ob du schon mal mit ihm geschlafen hast. Was ist an der Frage so komisch?«

»Ich bin vierzehn«, flüstert Nina. »Ich dachte – ich meine, also, es ist – meine Eltern würden –«

Schon wieder die Eltern, denkt Nina. Oh Gott, ich werde verrückt. Was hat sie gefragt? Ob wir zusammen schlafen? Sie denkt also, Patrick und ich schlafen zusammen? Ob sie das ernst meint?

»Wenn du es nicht sagen willst, musst du es nicht sagen. Ich habe solche Sachen auch immer für mich behalten. Meine Eltern haben nie etwas gewusst. Nicht einmal, als ich schwanger war –« Monikas Gesicht zieht sich zusammen, wird ganz ernst. Sie bückt sich noch einmal nach

dem Glas, ein kleiner Rest ist noch da, sie schüttet ihn hinunter.
»Du kannst dir nicht vorstellen, was bei uns los war.«
Sie stellt das Glas wieder neben das andere hin. Fasziniert beobachtet Nina, wie sie immer die Gläser hin und her schiebt, sie aufhebt, gegen das Licht hält und wieder hinstellt. Dabei redet sie, ohne Nina anzuschauen.
»Meine Eltern haben mir eine Szene gemacht, die haben das ganze Haus zusammengebrüllt. Unsere Nachbarn haben alle vor der Tür gestanden, schließlich haben sie Sturm geklingelt, weil ich so geschrien hab und sie dachten, die tun mir was an. Mein Vater konnte das, weißt du, richtig fest zuschlagen. Für den Zweck hatte er einen Stock im Regenschirmständer zwischen den Regenschirmen. Fiel gar nicht auf. Aber den hatte er da schon lange nicht mehr benutzt. Er hat gesagt, bei mir ist Hopfen und Malz verloren. Ich bin eine Katastrophe, haben meine Eltern immer gesagt. Damals hab ich mir geschworen, dass ich mein Kind anders erziehen würde. Alles besprechen, weißt du, über alles reden.«
Sie schaut Nina plötzlich an. Ihre Lippen sind ganz schmal. Sie zieht den Morgenrock über der Brust zusammen, zerrt das Kopfkissen, das noch keinen Bezug hat, unter der Überdecke heraus und legt es auf ihre Füße.
»Ich hab immer kalte Füße«, sagt sie lächelnd. »Denk dir nichts dabei, was ich eben gesagt habe! Vergiss es einfach, ja? Erzähl mir lieber von Patrick! Wie oft seht ihr euch? Was macht er?«
Und Nina erzählt. Je länger sie redet, desto sicherer fühlt sie sich, desto besser geht es ihr.

Monika Richter hört zu, schiebt mit den nackten Zehen die beiden Gläser hin und her, presst das Kissen mal gegen den Bauch, dann schiebt sie es unter die Knie, aber sie hört immer zu.

Es macht Nina gar nichts aus, über ihre Liebe zu Patrick zu reden. Es ist ganz leicht, ganz einfach, all die Dinge, die sie ihren Eltern nie erzählen würde, gehen ganz leicht von ihren Lippen. Dass sie vor Patrick erst einen einzigen Freund hatte. Holger. Dass es mit dem aber nichts Ernstes war, bloß so eine Schülerliebe. Kim sagt immer, bloß so eine Schülerliebe, wenn man sich in einen Jungen verliebt, der in die gleiche Klasse oder Schule geht.

Mit Patrick ist das anders. Den hat sie auf dem Weihnachtsmarkt kennengelernt. Der war anders, ernster, erwachsener. Sie hat gespürt, dass Patrick ein paar Probleme hat, über die er nicht reden will. Er hatte so was Cooles, so was Zurückhaltendes. Er spricht nicht gerne über sich, will alles für sich behalten, als wär sein Leben ein großes dunkles Geheimnis. Das gefällt ihr, erzählt sie Monika Richter, dass er irgendwie geheimnisvoll ist. Und dass er jetzt versucht, sein Leben in den Griff zu kriegen, eben anders, nicht mit Schule und Ausbildung oder so, sondern mit jobben. Er zahlt seine Miete, sein Essen, seine Kleidung. Er ist nicht von seiner Mutter abhängig. Nina kennt sonst nur Leute, die von ihren Eltern abhängig sind, und zwar total. Kim ja auch. Kim bekommt fünfzig Euro Taschengeld, von so was kann sie nur träumen. Und was Kim sonst zwischendurch immer alles bekommt. Sie hat megagroßzügige Eltern. Ihre Mutter hat für alles Verständnis. Hausarrest, so was Altmodisches

würde Kims Mutter im Traum nicht einfallen. Nina erzählt, dass sie sich schon manchmal, für Sekunden nur, aber immerhin, gewünscht hatte, dass Kim und sie Schwestern wären, und dann hätten sie beide die gleiche Mutter, Kims Mutter...
Monika Richter lächelt, als Nina das sagt, und Nina bekommt plötzlich einen Schreck. »Ich hab meine Eltern aber immer geliebt«, sagt sie. »Keine Frage.«
»Natürlich«, sagt Monika Richter. »Aber erzähl von Patrick. Das ist spannender.«
Kathrin Reinhard hat es nie spannend gefunden, wenn Nina von Patrick oder von ihrer Schülerliebe erzählt hat, im Gegenteil, sie war immer nur besorgt. Monika Richter aber findet das alles spannend. Also erzählt Nina, dass sie manchmal ein bisschen Angst hat wegen dieser Liebe, dass sie manchmal Bauchschmerzen bekommt, wenn sie an ihn denkt, weil sie vielleicht zu jung ist, nicht richtig zu ihm passt.
»Wieso nicht zu ihm passt?«, fragt Monika Richter.
Nina kann es nicht erklären. »Das ist mehr so ein Gefühl. Er macht sich immer lustig über Leute wie mich. Die so leben wie ich.«
»Wie denn?«, fragt Monika Richter.
»Na ja, in den Sommerferien waren wir in Italien und im März fang ich mit Klavierunterricht an und mittwochs geh ich zum Jazztanz. So was findet der Patrick alles total beknackt.«
»Sagt er das?«
Nein, sagt Nina, er sagt es nicht, aber sie hat es gemerkt.

Und deshalb redet sie nicht mehr mit ihm darüber. Aber andere Themen haben sie auch nicht richtig. Außer Musik. Und Tanzen eben. Und dass sie so gern mit ihm zusammen ist. Und – sie stockt.
Monika Richter lächelt. »Und er küsst gut, oder?«
Nina wird rot. Aber sie nickt. Sie hat einen heißen Kopf. Sie findet es irre, dass Monika Richter so was sagt. Dass man über so was reden kann. Vielleicht redet Kim so mit ihrer Mutter. Vielleicht auch nicht. Über das Küssen reden sie vielleicht nicht. Ich muss das Kim erzählen, denkt Nina, morgen muss ich das sofort Kim erzählen . . . Sie versteht mich, denkt sie, sie versteht mich, weil sie eben meine richtige Mutter ist.
»Heute Abend«, flüstert Nina, »ist eine Party bei meiner besten Freundin. Sie heißt Kim. Sie wird heute fünfzehn. Ihre Eltern schmeißen eine richtig große Party für sie. Und meine Eltern haben verboten, dass ich da hingehe!«
»Aber warum das denn?«, ruft Monika Richter aus.
»Weil ich doch Hausarrest habe.«
»Ach! Der blöde Hausarrest!«
Monika Richter steht auf. Sie nimmt Ninas Hände und zieht sie vom Bett hoch, schließt sie in ihre Arme. »Ich erlaube dir, auf diese Party zu gehen, hörst du? Ich erlaube es dir. Du bist jetzt hier, dieses ist dein Zimmer, ich bin deine Mutter und ich sage: Geh auf diese Party von deiner Freundin Kim!« Sie streicht die Haare aus Ninas Gesicht. »In Ordnung?«
Nina nickt.
»Kommt Patrick denn auch?«

»Klar«, flüstert Nina, »das ist es doch.«
Monika Richter lächelt. »Klar«, murmelt sie. »Natürlich. War eine dumme Frage. Willst du jetzt vielleicht etwas essen? Oder etwas trinken? Ich hab natürlich auch Sachen ohne Alkohol. Steht alles in der Küche, im Kühlschrank.«
Monika Richter will ihr die Küche zeigen, aber Nina sagt, sie weiß schon, wo das ist. Es ist ihr wieder eingefallen. In ihren Gedanken ist sie ja schon ganz oft in dieser Wohnung gewesen, seit sie den Schlüssel hat.
»Du trägst den Schlüssel um den Hals?«, fragt ihre Mutter begeistert, während Nina den Inhalt des Kühlschranks inspiziert. »Wie eine Kette? Wie ein Schmuckstück?«
»Ganz genau so.« Nina holt eine Milchtüte heraus. »Kann ich einen Becher Milch trinken?«
Ihre Mutter lacht. »Also doch noch ein Baby!«, ruft sie fröhlich. »Pass auf, dass das niemand sieht!«
»Du siehst es doch.« Nina öffnet die Schranktüren auf der Suche nach einer Tasse oder einem Becher.
»Oben rechts«, sagt ihre Mutter.
Sie setzen sich an den Küchentisch, trinken und schauen sich an.
»Darf ich Patrick anrufen?«, fragt Nina.
Eigentlich müsste sie gar nicht fragen, eigentlich weiß sie, was ihre Mutter sagen wird. »Klar«, wird sie sagen, »ruf ihn an! Ist doch wichtig, dass er Bescheid weiß.« So einfach ist das.
Sie geht zum Telefon, wählt seine Nummer und einen winzigen Augenblick hat sie Panik, dass er nicht da ist. Aber er nimmt selbst ab. »Hallo?« Seine Stimme ist ganz dunkel, ganz rauchig.

»Ich bin's, Nina.«

Nina nimmt das Telefon mit in die Küche. Ihre Mutter lächelt ihr entgegen. »Grüß ihn schön!«, sagt sie und prostet Nina zu.

»Schöne Grüße, übrigens«, sagt Nina. »Rate mal, wo ich bin.«

»Woher soll ich das wissen? Bei Kim etwa? Sag bloß, deine Eltern sind zur Vernunft gekommen.«

»Nein«, sagt Nina, »sind sie nicht.«

Sie setzt sich Monika Richter gegenüber und trinkt ihre Milch in ganz kleinen Schlucken. Sie genießt es, am Küchentisch ihrer richtigen Mutter einen Becher Milch zu trinken und dabei ganz ungeniert und laut mit Patrick zu telefonieren.

»Ich bin bei meiner Mutter.« Sie macht eine kleine Pause. Als Patrick nicht reagiert, sagt sie: »Monika Richter, Schrammsweg Nr. 5.«

Patrick sagt immer noch nichts. Sie spürt förmlich, wie er die Luft anhält. Dann prustet er los. »Nein! Nicht wirklich, oder? In echt? Du bist bei deiner Mutter?«

»Genau.«

»Und? Wie ist es?«

»Total cool.« Nina stellt den Becher ab. Sie zwinkert ihrer Mutter zu. »Richtig cool ist es hier. Und besser, du bringst Cora nicht mit zu Kim. Ich bin nämlich auch da.«

»Wahnsinn!«, ruft Patrick. Und Ninas Herz hüpft, als sie merkt, dass Patrick sich richtig ehrlich freut. Sie legt den Hörer auf und schaut ihre Mutter an.

»Na?«, fragt die.

Nina lacht. »Er freut sich.«

26

Kims Party läuft schon auf Hochtouren, als Nina endlich eintrifft. Sie wollte ihre neue Mutter nicht gleich wieder im Stich lassen. Es hätte sonst so ausgesehen, als ob sie nur zu ihr gezogen wäre, um mit Patrick feiern zu können. So, als wenn sie ganz egoistisch nur an sich denken würde. Auch wenn das vielleicht stimmt, wäre es Nina peinlich, wenn Monika Richter das sofort bemerken würde.
Das ist Nina eine ganze Weile durch den Kopf gegangen. Aber Monika Richter hat nicht gefragt: »Wann kommst du nach Hause?« Sie hat auch nicht irgend so etwas gesagt wie: »Schade, dass du mich schon wieder alleine lässt.« Sie hat auch nicht gesagt: »Wir haben uns ja noch gar nicht richtig kennengelernt.« Sie hat Nina nur übers Haar gestrichen, flüchtig gelächelt und gemurmelt: »Amüsier dich schön!« Dann hat sie sich umgedreht und ist ins Schlafzimmer zurückgegangen.
Nina hat einen Augenblick unschlüssig an der Wohnungstür gestanden. Plötzlich ist das schlechte Gewissen gekommen, einfach so wegzugehen, nachdem sie gerade in das Leben ihrer richtigen Mutter getreten ist. Getrampelt ist, müsste es wohl eher heißen, ohne um Erlaubnis zu fragen, ohne sich darum zu kümmern, ob das für Monika Richter wohl der geeignete Augenblick ist.
Nina ist noch einmal zurückgeschlichen und hat ins Schlafzimmer gespäht. Monika Richter lag auf dem Bett, bäuchlings, auf all den Klamotten, die sie zusammen aus dem

Schrank gerissen haben, um für Nina eine Partyklamotten-Modenschau zu machen. Ihr Gesicht war in einen Plisseerock vergraben.
Sie rührte sich nicht.
»Alles in Ordnung?«, hat Nina geflüstert.
Keine Antwort.
Nina ist näher gekommen, hat aber nicht gewagt, die Hand auszustrecken. Sie hat sich nur geräuspert. »Ist wirklich alles in Ordnung?«
Monika Richter hat den Kopf gehoben und Nina angeschaut. Nina hatte schon fast damit gerechnet, dass sie Tränen in den Augen haben würde. Aber das Gesicht war ganz ruhig. Blass, aber ruhig. »Natürlich ist alles in Ordnung. Ich dachte, du bist schon weg.«
»Dann geh ich jetzt wirklich.«
»Ja, geh nur! Viel Spaß.«
Und dann hat sie ihr Gesicht wieder in den Stoff gegraben und Nina ist auf Zehenspitzen aus der Wohnung gegangen...
»Hi.« Kim kommt mit ausgebreiteten Armen auf sie zu. »Ich glaub, ich träume! Du bist tatsächlich gekommen!«
Sie hat lauter neue Sachen an, orangefarbene und grüne. Einen ganz engen Pulli, bestimmt auch einen neuen BH. Ihr Busen sieht anders aus.
Nina späht in den schummrigen Partyraum, um zu sehen, ob Patrick schon da ist.
»Gratuliert hab ich ja schon. Hier für dich.« Sie drückt Kim ihr raffiniert verpacktes Geschenk in die Hand. Kim juchzt. Sie ist aufgedreht. Ihr Gesicht ist ganz rot und ihre Augen leuchten.

Die Party findet in dem Büro ihres Vaters statt. Er hat einfach alles ausgeräumt. Kims Vater ist Computerfachmann. Er hat drei große Räume im Erdgeschoss und sogar eine kleine Küche, in der Kims Mutter gerade die Zwiebelkuchenbleche aus dem Ofen holt.
»Hallo, Nina!«, ruft sie. »Wie schön, dass deine Eltern es dir doch noch erlaubt haben.«
Nina lächelt, sie sagt nichts. Sie kann das jetzt nicht erklären. Auch Kim ist viel zu aufgeregt, um sich ihre Geschichte anzuhören.
»Hoffentlich musst du nicht um elf schon wieder zu Hause sein«, sagt Kim, während sie das Päckchen auswickelt. »Das wär echt schade. Ich darf nämlich bis zwölf feiern.«
»Mach dir keine Gedanken«, sagt Nina, »ich bleibe so lange, wie alle bleiben!«
Kim schaut auf. »Echt?«
Nina nickt.
»Toll«, sagt Kim. Da klingelt es schon wieder. Kim legt das Geschenk hin und öffnet die Tür.
Es ist Patrick. Neben ihm steht ein Mädchen, das Nina noch nie gesehen hat. Ein Mädchen mit streichholzkurzen nachtschwarzen Haaren und Piercings in der Nase und an der Lippe. Sie trägt nur schwarze Sachen: eine schwarze Weste über einer Bluse aus Nylonspitze, einen breiten Ledergürtel und schwarze Satinhosen, die unten ganz weit um ihre Sneaker schlabbern.
Patrick hält Kim eine langstielige Rose hin. »Herzlichen Glückwunsch«, sagt er.
Das Mädchen neben ihm hat die Arme auf dem Rücken,

holt sie jetzt vor, in der Hand eine Weinflasche in einer schönen Form, aus schwarzem Glas. »Von mir die Vase«, sagt sie.
»Oh«, sagt Kim, immer noch ein bisschen überrascht, »danke.« Sie schaut sich zu Nina um. Nina ist ganz blass, aber sie lächelt tapfer. Das Mädchen neben Patrick kann nur Cora sein, denn dass sie zusammengehören, ist klar, sonst hätte nicht einer die Rose gebracht und der andere die passende Vase dazu.
»Äh – ich –«, stottert Kim, »ich glaub, wir kennen uns nicht, oder? Ich bin Kim, ich hab heute Geburtstag.«
»Weiß ich doch.« Das Mädchen grinst. »Ich bin Cora.«
»Wir wohnen zusammen«, sagt Patrick.
Kim lächelt wieder und wirft Nina einen hilflosen Blick zu. Nina hebt die Schultern. Sie dreht sich um.
Da ruft Patrick: »Hey! Nina! Was ist los? Sagst du nicht Hallo?«
Nina reagiert nicht. Sie schließt die Augen und öffnet sie wieder. Sie erkennt unter den Tanzenden Ole. Wie kommt der auf Kims Party, fragt sie sich, aber bevor sie weiterdenken kann, ist Patrick neben ihr, umschlingt sie von hinten mit den Armen und haucht ihr einen Kuss aufs Ohr. Das kitzelt. Es ist schön und unangenehm zugleich. Nina macht sich los.
»Ich konnte Cora nicht wieder ausladen«, flüstert Patrick. »Ich hatte ihr schon gesagt, dass ich sie mitnehme auf die Party, verstehst du? Und dann rufst du plötzlich an und sagst, du kommst doch, da war sie sauer.«
»Verstehe«, murmelt Nina, obgleich sie überhaupt nichts

versteht. Aus den Augenwinkeln beobachtet sie Cora. Sie hat einen Gang wie ein Panther. Einen langen, geschmeidigen Oberkörper, der jeden Schritt, jeden Hüftschwung noch verstärkt. Hinten ringelt sich ein langes pechschwarzes Schwänzchen in ihrem Nacken.

»Kümmer dich nicht um sie«, murmelt Patrick, »sie kommt zurecht! Ihr macht es nichts aus, dass sie niemanden kennt, hat sie gesagt. Komm!«

Er zieht Nina in den Nebenraum. Da brennen nur drei Kerzen auf einem Blechtablett. Die Leute tanzen eng umschlungen. Kims Mutter stellt ein Tablett mit Zwiebelkuchen auf dem Schreibtisch ab und ruft fröhlich: »Essen fassen! Aber Vorsicht, der Kuchen ist noch heiß! Teller sind nebenan!« Sie geht wieder. Im Vorbeigehen lächelt sie Nina zu und Nina lächelt zurück. Sie fragt sich, was Kims Mutter wohl denkt. Aber vielleicht denkt sie gar nichts. Vielleicht kann sie sich noch erinnern an die Zeit, als sie fünfzehn war. Engtanz ist immer angesagt in dem Alter. Und Küsse im Dunkeln und ein bisschen Schmusen und Fummeln. Vielleicht weiß sie das noch. Vielleicht ist sie die große Ausnahme unter den Müttern.

Für einen flüchtigen Moment denkt Nina an ihre Eltern. Jetzt haben sie die Nachricht schon lange gefunden. Jetzt sitzen sie im Wohnzimmer und machen sich Sorgen. Oder geben sich gegenseitig die Schuld, dass sie etwas falsch gemacht haben. Vielleicht versuchen sie auch, Nina zu erreichen. Den Namen von Monika Richter herauszufinden, die Adresse. Vielleicht sind sie in diesem Augenblick schon im Schrammsweg und klingeln an der Haustür Nr. 5 . . .

»Und?«, fragt Patrick, nachdem er zwei Bier organisiert hat und Nina eine Flasche in die Hand drückt. »Wie ist sie?«
»Wer?«, fragt Nina. Sie sieht, wie Cora in den Raum kommt und sich suchend umguckt.
»Deine Mutter, die echte, meine ich. Wie ist sie?«
»Ich weiß noch nicht«, sagt Nina. Cora schlendert an einem Pärchen vorbei, das sich gerade innig küsst, dreht sich um und beobachtet eine Weile amüsiert das Pärchen, dann geht sie weiter, nimmt ein Stück Zwiebelkuchen, riecht daran. Als sie den Kopf hebt, begegnet sie Ninas Blick.
»Ich finde es blöd«, sagt Nina, »dass sie da ist.«
»Wer? Deine Mutter?« Patrick kapiert nichts.
»Nein, Cora. Ich find's blöd. Sie steht da und schaut uns an.«
Patrick blickt zu Cora rüber. Cora hebt die Hand mit dem Zwiebelkuchen und grinst. Patrick grinst zurück. Er nimmt Nina in den Arm. »Sie ist doch okay. Sie wird schon jemanden finden. Sie ist eine scharfe Nummer, weißt du, sie findet immer jemanden, der sich in sie verknallt.«
»Ach ja?« Ninas Laune wird immer schlechter. Sie spürt, wie Coras Gegenwart an ihrer Stimmung nagt. Wie hypnotisiert starrt Nina sie an, verfolgt jede ihrer Bewegungen.
»Ich hab ganz schön gebraucht, bis sie die Ratte zu Hause gelassen hat«, sagt Patrick. »Ohne sie geht Cora eigentlich nie irgendwohin.«
Das passt, denkt Nina, eine Ratte zu diesem kurz geschorenen schwarzen Haar. Das passt irgendwie. Zu dem Piercing, zu dem ganzen Auftritt. Zu all den schwarzen Klamotten. Cora hat einen Knall. Aber das sagt sie nicht laut.

»Hey«, sagt Patrick sanft, »mach ein anderes Gesicht!«
Nina schaut ihn an, versucht zu lächeln. Irgendwie hat sie das Gefühl, dass Cora sich in seiner Pupille spiegelt. Es macht sie ganz verrückt. Sie muss an etwas anderes denken, Cora einfach vergessen. Sie lächelt.
»Na, schon besser.« Patrick nimmt ihr die Bierflasche aus der Hand, stellt sie ab und zieht Nina an sich, ganz fest. Nina spürt seinen warmen Körper. Sie lehnt ihren Kopf an seinen Hals. Langsam drehen sie sich zu einer sehr schnellen Musik.
»Weißt du, was sie mich gefragt hat?«, flüstert Nina.
»Nee? Wer denn überhaupt? Woher soll ich das wissen?«
»Meine Mutter.«
»Die neue oder die alte?«
»Die richtige, die echte, Monika Richter. Weißt du, was sie mich gefragt hat?«
Patrick bleibt stehen, schaut Nina abwartend an. Nina lacht, ein bisschen verlegen. »Ob wir zusammen schlafen.«
»Was?«
»Ja, ob wir schon mal zusammen geschlafen haben.«
»Oh«, sagt Patrick. Er pfeift durch die Zähne, blickt einmal an der Zimmerdecke entlang, schaut Nina wieder an und nimmt sie noch ein bisschen fester in die Arme. »Oh.«
Nina sieht, dass Ole auf Cora zugeht und mit ihr redet. Ole, der lange Lulatsch, beugt sich ein bisschen vor, redet wie immer mit Armen und Beinen in schlenkernden, ausufernden Bewegungen, ganz komisch. Und Cora, klein und sehnig, steht vor ihm und schaut ihn nur an, während sie ihren Zwiebelkuchen isst. Er wird sich in sie verknallen, denkt Nina und sie spürt, dass es ihr einen Stich gibt.

Sie hat nichts gegen Cora, sie kennt sie ja nicht einmal, aber sie ist trotzdem eifersüchtig.

Ich bin verrückt, denkt Nina. Patrick kümmert sich doch gar nicht um sie. Er tanzt mit mir. Er redet mit mir. Er flirtet mit mir. Wieso stört es mich, dass Cora mit Ole redet? Und dass Ole sie so anmacht?

Er scheint zu merken, dass sie ihn beobachtet, schaut zu Nina rüber. Es ist schummrig im Raum. Vielleicht hat er sie noch gar nicht richtig erkannt.

Plötzlich schreit er laut: »Nina!« Er lässt Cora stehen und kommt zu ihr. »Ich denke, du bist umgezogen?« Er starrt sie überrascht an.

Patrick schiebt ihn weg. »Hey, hau ab, ja? Du verwechselst sie.«

»Unsinn, ich hab doch ihre Tasche zum Bahnhof getragen!«

Nina lächelt, ein bisschen hilflos. Patrick starrt Ole an. »Sag mal«, sagt er gedehnt, »ich kenn dich, oder?«

»Klar.« Ole strahlt. »Aus dem LOGO. Du warst das Arschloch, das mich so saublöd angemacht hat, bloß weil ich mit Nina geredet hab.«

»Ole«, sagt Nina, »hör auf, red keinen Scheiß!«

»Wieso hat er deine Sachen zum Bahnhof getragen?«, fragt Patrick sie sauer.

»Wir haben uns zufällig getroffen«, sagt Nina. »Hör auf, ist doch egal.«

»Weiß ich doch nicht, ob es egal ist.« Patrick lässt Nina los und betrachtet Ole. Er mustert ihn, wie man einen stinkenden Fisch mustert.

Plötzlich taucht Cora aus dem Hintergrund auf, in der Hand das Tablett mit dem Zwiebelkuchen. »Will jemand vielleicht ein Stück?«, fragt sie mit dem unschuldigsten Lächeln der Welt.
Patrick sieht sie zunächst verwirrt an, doch dann platzt er heraus: »Cora, du bist spitze, echt, Zwiebelkuchen. Hoffentlich mit schön viel Kümmel.«
»Kümmel schmeckt scheiße«, sagt Ole.
Cora schaut Patrick an und zwinkert ihm zu. »Aber Kümmel macht scharf, oder?«
Patrick und sie grinsen. Ninas Herz klopft. Die beiden kennen sich zu gut, denkt sie, sie wissen zu viel voneinander. Vielleicht lügt Patrick ja. Vielleicht hat er doch was mit Cora. Oder er hat mal was mit ihr gehabt.
Nina lässt die drei einfach stehen und geht in den Nebenraum. Kims Mutter stellt gerade leere Bierflaschen in die Kiste zurück, die unter dem Schreibtisch steht. Sie wehrt ab, als sie merkt, dass Nina ihr helfen will. »Geh lieber tanzen, Nina. Genieß doch die Party.«
»Ach«, sagt Nina, »nicht so richtig.«
Kims Mutter schaut sie aufmerksam an. »Ist irgendetwas nicht in Ordnung?«
Die Musik ist sehr laut. Dröhnende Bässe. Jemand hat sich eine selbst gedrehte Zigarette angezündet und sofort wabert Qualm von billigem Kraut durch den Raum. Ninas Augen tränen.
»Was ist denn passiert?«, hakt Kims Mutter sanft nach.
Nina kann nichts sagen. Sie schüttelt den Kopf. Sie sieht nur, dass Patrick mit Cora tanzt. Aber sie fassen sich dabei

nicht an. Sie schauen sich bloß an und bewegen ihre Körper im gleichen Rhythmus. Das hat was sehr Intimes.
»Ich bin nur ein bisschen durcheinander«, flüstert Nina.
Kims Mutter kann sie nicht verstehen. »Was sagst du?«
Nina lächelt traurig. »Nichts, nichts, schon gut.«
»Komm mit raus, Nina!« Energisch schiebt Kims Mutter Nina vor sich her in den Flur und schließt hinter sich die Tür.
Im Flur ist das Licht so hell, dass Nina blinzeln muss. So nüchtern irgendwie. Sie denkt daran, dass Patrick und Cora jetzt machen können, was sie wollen, niemand beobachtet sie. Sie will wieder zurück in den Raum, aber Kims Mutter hält sie fest.
»Du siehst ja aus, als würdest du gleich tot umfallen«, sagt sie behutsam und streift Nina eine Haarsträhne aus der Stirn. »So blass und ganz zittrig.«
Nina versucht zu lächeln, aber es funktioniert nicht richtig. Ihr ist zum Heulen zumute und dabei weiß sie nicht einmal genau, warum.
»Was hast du für einen Kummer?« Kims Mutter lässt nicht locker.
Nina hebt die Schultern.
»Ist es wegen diesem blöden Hausarrest?«
Nina lächelt, schüttelt den Kopf.
»Du musst das nicht so ernst nehmen«, sagt Kims Mutter, »Eltern wissen manchmal einfach nicht, was das Richtige ist, um ihre Kinder zu erziehen. Ich weiß das auch nicht immer. Niemand weiß das.«
Nina schließt die Augen, ihr ist schwindlig. Sie möchte sich

irgendwo festhalten. Sie streckt die Hand aus und Kims Mutter fängt sie auf. »Kind!«, ruft sie entsetzt. »Was ist denn nur los?!« Sie führt Nina zur Treppe und hilft ihr, sich hinzusetzen. Nina lehnt sich ans Geländer, ihre Augen sind geschlossen. Ihr Herz schlägt wie verrückt und sie kann das Zittern in ihrem Körper überhaupt nicht mehr unter Kontrolle halten.

Von oben kommt Bobo, der Bobtail, und leckt Nina einmal freudig über das Gesicht. Sie muss lachen, trotz ihres Elends, und krault sein Fell. Plötzlich fällt ihr Momo ein, der Kater. Sie hat sich nicht einmal von Momo verabschiedet. Sie hat in den letzten Tagen überhaupt nicht an ihn gedacht. Dabei hat sie sich früher immer bei ihm ausgeheult. Hat ihn auf den Schoß genommen und gestreichelt, bis sein Fell ganz nass von ihren Tränen war...

»Ich bin abgehauen«, sagt Nina. Ihre Stimme ist ganz heiser und undeutlich. Kims Mutter beugt sich vor.

»Was?«

Nina räuspert sich. »Ich lebe nicht mehr bei meinen Eltern. Momo ist dageblieben. Ich hab nur ein paar Sachen mitgenommen. Jedenfalls erst mal.«

Kims Mutter starrt sie an. »Aber wo bist du hingegangen? Zu Patrick etwa?«

Nina schüttelt den Kopf. »Zu meiner Mutter. Meiner richtigen Mutter, meine ich. Ich bin nämlich adoptiert. Das hab ich erst vor ein paar Tagen erfahren.«

Einen Augenblick ist es ganz still. Jemand hat offenbar die Kabel aus der Musikanlage gezogen. Dann großes, empörtes Gekreische aus den Räumen. Eine Tür wird aufgestoßen

und Kim erscheint, gefolgt von Jakob, der sich offenbar den ganzen Tomatenketchup über seinen Pulli gekippt hat ...
»Wir müssen mal ins Badezimmer«, sagt Kim. »Ich hab Jakobs schönste Klamotten versaut, es tut mir so leid, aber der Teppich hat nichts abgekriegt ...«
»Schon gut«, sagt Kims Mutter, die die Augen nicht von Nina lässt. Sie und Nina machen Platz und die beiden können nach oben.
Als die Badezimmertür zufällt und sie wieder allein sind, hat Nina für einen Augenblick das Gefühl, dass dies alles gar nicht wahr ist. Dass sie nur träumt. Gleich wird sie aufwachen und in ihrem gewohnten Bett liegen und ihre Mami kommt rein und sagt: »Na, du kleine Schlafmütze, willst du nicht aufstehen? Zeit für die Schule.«
Ninas Zähne beginnen zu klappern. Sie schaut Kims Mutter flehend an und presst die Kiefer fest aufeinander.
»Mein Gott, Nina«, sagt Kims Mutter sanft. »Was hast du mitgemacht, du Arme! Aber warum hat Kim mir davon nichts erzählt? Ich wusste nur vom Hausarrest.«
Nina schüttelt tapfer den Kopf. »Weiß ich auch nicht. Ist ja jetzt auch egal. Es geht schon wieder. Ich bin nur irgendwie total durcheinander. Ich glaube, ich hab einen Filmriss.«
»Wenn du willst, können wir zu mir raufgehen, da ist es ruhig, da können wir reden.« Sie fasst Ninas Hand.
Nina schluckt. Und plötzlich platzt es aus ihr heraus: »Sie hatten vergessen, mir zu erzählen, dass ich nur adoptiert bin. Oder sie wollten es nicht sagen. Meine richtige Mutter hat mich weggegeben, als ich fünf Monate alt war. Ein Baby. Ich – ich kann mich natürlich an nichts erinnern – aber es ist

so komisch – mein ganzes Leben – alles irgendwie nicht wahr – das heißt, ich hab gedacht, es ist wahr, es ist alles irgendwie wirklich, irgendwie richtig – und dabei war alles Lüge –« Nina schließt die Augen. Sie drückt ihre Fäuste in den Bauch, weil sie da wieder diesen Schmerz spürt, dieses Brennen, das nicht mehr weggeht. »Ich kann überhaupt keinen klaren Gedanken mehr fassen – aber meine Mutter – meine richtige Mutter –«

Nina merkt, dass Kims Mutter sich plötzlich aufrichtet und zur Tür dreht.

Aus den Partyräumen kommt laute Musik, ganz schrill, und eine Wolke von Zigarettenqualm. Und in dieser Wolke steht Patrick und schaut die beiden an.

»Ah«, sagt er, »hier bist du. Und ich such dich überall.«

»Nina und ich unterhalten uns gerade«, sagt Kims Mutter.

»In Ordnung.« Patrick betrachtet den Kristallleuchter in der Diele, als hätte er so was in seinem Leben noch nie gesehen. »Ich warte.«

Nina zieht die Nase hoch. Sie lächelt gequält. Sie macht sich von Kims Mutter los. »Schon gut. Ich geh jetzt wieder rein.«

»Nein«, sagt Kims Mutter, »jetzt nicht. Jetzt reden wir erst einmal, Nina. Ich glaube, das ist wirklich wichtiger.«

»Aber Patrick und ich...«, beginnt Nina. Sie schaut zu Patrick rüber. Patrick hebt nur den Daumen, ganz cool, was immer das heißen soll, und dreht sich wieder um.

»Ich komme gleich!«, ruft Nina ihm nach. Aber die Tür ist schon zu.

Kims Mutter legt den Arm um Ninas Schultern. »Wir gehen in mein Zimmer, ja?«

Nina wehrt sich nicht. Sie weiß, Kims Mutter meint es gut.
Alle meinen es gut. Aber vielleicht, denkt sie, habe ich
schon genug Mütter. Vielleicht sollte ich jetzt wieder zu den
anderen gehen, einfach feiern, tanzen, vergessen ...
Kim kommt aus dem Bad. »Ihr steht ja immer noch da.«
Nina lächelt gequält. »Deine Mutter hat gesagt ...«
Kim gibt ihrer Mutter einen Kuss. »Hör nicht auf sie! Sie
will immer reden. Aber wir haben heute Party, klar? Es ist
mein Geburtstag.« Sie zieht Nina. »Komm wieder runter!
Wir organisieren jetzt das Apfelsinenspiel.«
Nina kennt das Spiel. Zwei Leute müssen eine Orange zwischen ihren Körpern balancieren und dabei zu Hip-Hop-Musik tanzen. Sie beginnen, indem sie die Orange zwischen den Stirnen festhalten. Aber dann hört die Musik plötzlich auf und die Orange rutscht runter, vielleicht zum Kinn. Oder zum Busen. Und der Partner muss den anderen Partner so an sich drücken, dass die Orange nicht runterfallen kann. Sie haben schon einen Superspaß dabei gehabt.
Aber jetzt sagt Nina: »Gleich, fangt schon mal ohne mich an! Ich red nur noch kurz mit deiner Mutter.«
»Okay, aber wenn dein Patrick dann mit Cora ...«
»Kim«, sagt Kims Mutter, »Nina hat jetzt ein paar andere Dinge im Kopf. Merkst du das nicht? Dir entgeht doch sonst nichts.«
»Schon gut«, sagt Kim. Vielleicht fällt ihr jetzt erst wieder ein, dass Nina wirklich ein großes Problem hat, was nichts mit Kims Geburtstag oder der Party oder einem Orangentanz zu tun hat. Sie lächelt Nina zu.
»Ich bin schon weg.«

27

Nina sitzt in dem Arbeitszimmer, in dem Kims Mutter ihre wissenschaftlichen Kommentare für Psychozeitschriften verfasst. An den Wänden steht überall Fachliteratur, auf dem Schreibtisch ein Computer. Und zwei Dutzend angespitzte Buntstifte in einem schönen, bunt schillernden Glas, das die Form einer antiken Vase hat. Nina erzählt. Und Kims Mutter hört zu.
Schließlich, als Nina fertig ist, sagt Kims Mutter: »Weißt du, wie das für mich klingt, Nina?«
Nina hat immer nur das Glas mit den Buntstiften angeschaut. Jetzt blickt sie hoch. Kims Mutter hat sich vorgebeugt, die Hände zwischen den Knien. Sie hat ein sehr ernstes, konzentriertes Gesicht.
Nina hebt die Schultern. »Wie denn?«
»Das klingt für mich, als wenn du nur zu deiner leiblichen Mutter gezogen wärst, weil du unbedingt heute Abend diese Party mitmachen wolltest.«
Nina wird rot. Sie wendet den Blick ab, schaut zum Fenster. Da steht eine Sammlung von Eulen, aus Holz, aus Stein, aus Pappmaschee und Federn. Lauter Eulen mit kleinen, spitzen Ohren und großen, weit auseinanderstehenden Augen, die alle Nina anschauen. Die alle gehört haben, was Nina zu sagen hatte.
»Das hat mit der Party doch nichts zu tun«, murmelt Nina, aber sie ist sich plötzlich selbst nicht mehr so sicher.
»Ich glaube schon. Es hat jedenfalls etwas mit Patrick zu

tun. Du wolltest Patrick treffen, du wolltest mit ihm weggehen und deine Eltern haben es verboten, weil du Hausarrest hast. Das hat dich wütend gemacht und genau in der Situation tritt auf einmal eine Frau auf, von der du bisher noch nie etwas gehört hast. Und du erfährst, das ist deine Mutter. Und dir ist, als habe man dir den Boden unter den Füßen weggezogen, als schwebtest du in einem luftleeren Raum. So muss sich ein Fallschirmspringer fühlen, wenn der Fallschirm sich nicht öffnet.«

Nina lächelt gequält. »Ja, ungefähr so.«

»Deine Eltern sind nicht deine Eltern. Eine fremde Frau ist deine leibliche Mutter. Deine ganze Welt geht kaputt. Und da ist Patrick die einzige zuverlässige Größe. Patrick ist Patrick und niemand anderes. Deshalb klammerst du dich so an ihn.« Kims Mutter legt die Hände auf Ninas Knie. »Aber er kann dir nicht helfen, Nina!«, sagt sie leise und eindringlich.

Nina runzelt die Stirn. Das Gespräch wird ihr zu kompliziert. »Wer dann?«, fragt sie.

»Du selbst, dein Inneres. Du hast deine Eltern, Klaus und Kathrin Reinhard, geliebt wie jeder Mensch seine Eltern liebt, nicht?«

Nina nickt.

»Siehst du. Du hast in deinem Innern nie daran gezweifelt, dass sie deine richtigen Eltern sind.«

Nina runzelt die Stirn. Sie ist da nicht so sicher. Schon öfter mal hat sie gedacht, wenn sie unglücklich war oder so, dass alles vielleicht ganz anders ist. Dass sie vielleicht als Säugling im Krankenhaus vertauscht wurde. Oder denken andere so was auch manchmal?

»Deine Eltern haben dir alle Liebe gegeben, alle Fürsorge. Sie haben dich gepflegt, wenn du krank warst, haben deine Schularbeiten kontrolliert und dich getröstet, wenn du schlechte Noten geschrieben hast. Sie haben deinetwegen sicher schon ein paar schlaflose Nächte gehabt.«
»Weiß ich doch«, knurrt Nina.
Kims Mutter lächelt. Sie steht auf. Sie nimmt Ninas Hände und zieht sie zu sich hoch, schaut ihr in die Augen. »Es geht hier nicht um Patrick«, sagt sie leise. »Es wird noch viele Jungen in deinem Leben geben, auch wenn du mir jetzt nicht glauben willst, viel Liebeskummer, viele aufregende, leidenschaftliche Momente. Aber es gibt nur zwei Menschen, die deine Kindheit mit dir geteilt haben, Tag und Nacht, einfach immer, und das sind Klaus und Kathrin Reinhard. Und sie sitzen jetzt in ihrer Wohnung und sind völlig verzweifelt.«
»Und was ist mit meiner richtigen Mutter? Ist die nicht auch völlig verzweifelt?«
Kims Mutter nickt. Sie holt tief Luft und Nina hat plötzlich das Gefühl, dass sie ihr gar nicht in die Augen schauen mag.
»Es tut mir unendlich leid für deine richtige Mutter«, sagt Kims Mutter schließlich. »Unendlich leid. Wir wissen ja nicht, was sie damals durchgemacht hat, als sie mit dir schwanger war, und wie schlimm es für sie gewesen ist, dich weggeben zu müssen.«
»Hätte sie mich sonst gesucht?«, fragt Nina. »Sie hat mich vielleicht nicht einen einzigen Tag vergessen.« Sie schluchzt auf. »Ach, ich weiß auch nicht, was ich denken soll. Am

liebsten würde ich tot umfallen, dann können sich meine Mütter von mir aus um mich streiten.«
Kims Mutter steht auf und zieht Nina an sich. »Ach, Schätzchen«, murmelt sie mitfühlend, »ach, Schätzchen.«
»Warum haben sie mir das angetan?«, schreit Nina. »Warum haben sie mich immerzu belogen? Alles Lügen und Geheimnisse, oh, ich hasse das.«
»Sie haben es aus Liebe getan, Nina. Und aus Angst.«
»Was denn für eine Angst?«
»Ahnst du das nicht? Sie haben sich vor einem Augenblick wie diesem gefürchtet. Sie haben das einfach verdrängt. Vielleicht haben sie gedacht, du musst es nie erfahren. Und alles ist gut.«
»Alles ist gut!« Mit tränenverschmiertem Gesicht schaut Nina Kims Mutter an. »Nichts ist gut. Nichts wird mehr gut.«
Nina schließt die Augen. Kims Mutter gibt ihr einen flüchtigen Kuss. »Bestimmt wird es das. Und jetzt geh wieder runter zu Kim! Sie hat heute Geburtstag. Sie wird es mir nie verzeihen, wenn ich dich hier so lange aufgehalten habe.«

28

Cora und Ole stehen im Vorraum, als Kim mit einem Korb voller Orangen aus der Küche kommt.
Cora zeigt Ole gerade, wie gut sie Zigaretten drehen kann. Sie trägt an jedem Finger einen silbernen Ring, manche mit riesengroßen Steinen.
»Hey«, sagt Ole, »sind die etwa echt?«
»Auf dem Jahrmarkt geschossen«, sagt Cora. »Und einer ist aus einem Überraschungsei.«
Ole lacht. Er hält Kim fest, die an ihnen vorbei will. »Hast du Coras Ringe gesehen? So was gibt es in Überraschungseiern.«
»Toll«, sagt Kim, ohne einen einzigen Blick auf Cora zu werfen.
»Oh.« Ole nimmt eine Orange. »Kann ich eine haben?«
»Die sind nicht zum Essen, sondern für unseren Tanz«, giftet Kim. »Kommt ihr wieder rein oder macht ihr hier eure eigene Party?«
»Was denn für ein Tanz?«, fragt Cora. Sie steckt Ole eine selbst gedrehte Zigarette in den Mund.
»Rauchen dürfen wir nur da drinnen«, sagt Kim. »Meine Mutter hasst es, wenn es überall nach Qualm stinkt.«
»Okay, ich zünde sie mir erst drinnen an.« Ole lässt die Zigarette trotzdem zwischen den Lippen hängen.
»Partnertanz mit Orangen«, sagt Kim jetzt zu Cora, »kennst du das nicht?«
Cora verdreht die Augen. »Das kann nicht wahr sein. Ist das

hier eine Kinderparty oder was? Das haben wir gespielt, als ich zehn war!«

Kim wird rot. Sie wendet sich wütend ab. Ole schaut Kim etwas verlegen hinterher. »Das war gemein«, sagt er.

»Wieso gemein? Ich hab nur gesagt, was ich denke.« Cora entzündet ein Streichholz, aber Ole bläst es aus.

»Nicht hier«, sagt er, »drinnen.«

»Oh Mann, was seid ihr alles für Weicheier! Was ist das für eine lausige Party? Woher kennst du diese Typen überhaupt? Das sind doch alles Milchgesichter.«

»Ich kenn Kim aus dem Handballklub.«

»Oh«, sagt Cora mit einem kleinen ironischen Lächeln, »Handballklub. Klingt toll.«

Ole wird rot. »Ich bin letztes Jahr ausgetreten.«

»Mhm.« Das interessiert Cora schon nicht mehr. Sie dreht die Zigarette zwischen ihren Fingern, schaut nach oben.

»Was macht Nina da oben so lange?«

»Kim sagt, sie redet mit ihrer Mutter.«

»Klasse, auf einer Party mit der Mutter reden. Muss ja echt spannend sein, so was.«

»Sie hat Probleme«, sagt Ole.

»Ach ja?« Cora beugt sich vor und beißt Ole ins Ohrläppchen. »Ich hab auch Probleme. Aber das interessiert keinen Arsch.«

Sie lässt Ole stehen und geht wieder in den Partyraum zurück. Sie macht sich auf die Suche nach Patrick.

Die Luft wird immer stickiger, je weiter man sich in das Labyrinth der Büroräume vorwagt. Ziemlich viele Glühbirnen sind schon rausgeschraubt, die anderen so weit runter-

gedimmt, dass man kaum noch etwas erkennt. Auf den Schreibtischen, die mit Folie abgedeckt sind, tropfen Kerzen im Luftzug still vor sich hin. Die Musik ist laut, aber schlecht. Nicht Coras Geschmack. Cora steht mehr auf Rave, auf den richtigen Rave. Davon haben die hier keine Ahnung, denkt sie, während sie sich zwischen den Tanzenden im Mittelraum einen Weg bahnt. Pärchen, die tanzen und dabei schmusen, die kriegen einfach gar nichts mit, nicht einmal, dass jemand an ihnen vorbei will.
Patrick studiert die Getränkelage. Er hebt die Rumflasche hoch, sieht, dass nur ein winziger Rest übrig ist, stellt sie wieder hin.
»Hey«, sagt Cora, »bist du der Barmixer? Ich hätte gern was ganz Abgefahrenes.«
Patrick dreht sich nur halb zu ihr um. Er verzieht das Gesicht. »Was ganz Abgefahrenes? Kannst ja mal versuchen, aus leeren Flaschen was zu mixen.«
Cora nimmt die Whiskyflasche. Leer.
Sie grinst. »Nur noch Limo und Cola. Ziemliche Kinderparty, was?«
Patrick sagt nichts. Er sucht den Raum mit den Augen nach Nina ab. Er hat sie schon mindestens eine halbe Stunde nicht mehr gesehen. Sie kann doch nicht immer noch mit Kims Mutter über ihre Probleme quatschen, denkt er sauer. Dann fällt ihm ein, dass Nina sich mit diesem Ole in einen anderen Raum verzogen haben könnte. Aber Ole ist da. Er hockt in der Ecke und redet auf ein Mädchen ein, das ihm jedes Wort von den Lippen abliest. Offenbar eine gute Geschichte.

»Wir könnten auch woanders hingehen, wenn es hier nichts mehr zu trinken gibt«, schlägt Cora vor. »Ich weiß von einer Party im Coralinenviertel, der Angelo hat was gesagt. Ich könnte versuchen, die Adresse rauszufinden.«
»Mann«, sagt Patrick, »wir können da doch nicht einfach so auftauchen.« Er denkt immer noch, dass Nina jeden Augenblick wieder erscheinen muss. Er hat keine Lust, mit Cora wegzugehen. Er versteht nicht, wieso Cora sich immer wieder an ihn ranmacht. Gibt doch so viele Typen hier. Er hat sie schließlich nicht mitgenommen, weil sie hier als Paar auftauchen wollten, sondern nur, weil er es ihr erst versprochen hatte und sie sauer reagiert hat, als Nina dann doch sagte, sie kommt. Eine verfahrene Kiste. Patrick hasst so was. Er ärgert sich, dass er überhaupt gekommen ist.
Kims Vater kommt in den Raum, schaut sich um, lächelt ein bisschen krampfig und dreht das Dimmerlicht höher. »Ihr könnt doch gar nichts sehen, bei der Beleuchtung«, ruft er. In der Ecke fahren die Pärchen auseinander, die sich ziemlich ineinander verhakt haben. Blinzeln verlegen.
Kims Vater tut, als hätte er nichts gesehen. Aber natürlich hat er alles gesehen.
Patrick hat die Nase voll von der Party. Die Aschenbecher quellen über, auf dem Teppich sind jede Menge Flecken, ein Stück Zwiebelkuchen ist von einem Stiefel platt gemacht worden. Kim hat zwar versucht, es wieder aus dem Teppich herauszuklauben, aber der Rest hängt immer noch da und die Hälfte der Partygäste hat das Zeug jetzt unter den Schuhen.
»Morgen hängt hier der Haussegen schief«, sagt Patrick. Er

lässt eine Coladose aufzischen und setzt sie an den Mund. Er trinkt.

Cora sieht, wie Kims Vater im Flur mit seiner Tochter zu reden versucht. Wie die ihn abwehrt, er sie aber an der Schulter festhält, wie er eine Kopfbewegung in Richtung Partyraum macht.

Patrick sieht es auch. Er fährt sich mit dem Handrücken über die Lippen. »Deshalb bin ich von zu Hause weg«, sagt er, »weil ich so was nicht ausgehalten hab. Kims Vater dreht doch gleich durch. Als würden wir ihm jeden Augenblick die Bude abfackeln.«

Cora lacht. »Lass ihn doch, ist doch sein Haus. Wenn er sauer ist, ist er sauer.«

»Das sagst du so. Du weißt nicht, wie das ist, wenn Eltern richtig sauer sind.«

»Stimmt«, sagt Cora, »ich weiß nicht, wie das ist.«

Cora ist im Heim aufgewachsen und hat dann in betreuten WGs gelebt, die das Jugendamt eingerichtet hat. Sie kann sich überhaupt nicht vorstellen, wie das ist, mit Eltern zusammenzuleben. »Ich hätte schon gern eine Mutter«, sagt Cora, während sie Kim zulächelt, die jetzt etwas verlegen wieder reinkommt und als Erstes die vollen Aschenbecher nimmt und sie rausträgt.

»Frag doch Nina, ob sie dir eine abgibt«, knurrt Patrick.

»Was?« Cora versteht nicht. Sie sieht, wie Kim mit dem Liebespärchen spricht, das schon wieder ganz ungeniert schmust. Na also, hat der Vater ihr doch eine Standpauke gehalten.

»Wieso soll Nina mir eine abgeben?«, fragt Cora.

»Weil sie zwei hat.«
»Zwei Mütter?«, fragt Cora ungläubig. »Das gibt's doch gar nicht.«
»Bei Nina gibt es das. Sie hat es bis vor ein paar Tagen auch nicht gewusst, aber jetzt hat sie zwei.«
»Oh Mann«, sagt Cora, »deshalb ist die so komisch drauf.«
»Ist sie das?«, fragt Patrick.
»Na klar, ich hab sie gesehen, mit Kims Mutter. Die ist bloß noch am Schluchzen. Ich hab schon gedacht, sie ärgert sich, dass ich hier aufgekreuzt bin.«
»Unsinn«, sagt Patrick, »das ist ihr vollkommen schnurz.«
Cora schaut ihn von der Seite an. Sie glaubt ihm nicht. Keinem Mädchen ist es schnurz, wenn der Freund mit einer anderen auftaucht. So ein Mädchen gibt es überhaupt nicht, dem das schnurz wäre.
»Was ist, willst du nicht hin und sie trösten?«
Patrick zuckt die Schultern. Frauen, die immer gleich in Tränen ausbrechen, findet er anstrengend. Nina ist sonst eigentlich nicht so. Sie hat auf ihn immer einen ziemlich zähen Eindruck gemacht. Bis auf die letzten Tage. Das war echt schwierig. Doch er hat gedacht, das gibt sich wieder. Hausarrest ist ja wirklich nicht lustig. Aber wenn plötzlich die leibhaftige Mutter auftaucht und sagt: »Hallo Schätzchen, ich bin's. Du kennst mich nicht? Ich bin doch deine Mutter...«, dann muss das einen ziemlich mitnehmen.
Cora nimmt Patrick die Coladose aus der Hand und trinkt.
»Du hast einen Zug«, staunt Patrick, »wie ein Kanalarbeiter.«
Cora setzt die Dose ab und gibt sie zurück. »Ich hab dir noch einen Schluck dringelassen.«

»Einen Schluck Spucke wohl.« Patrick schüttelt die Dose. Er gibt sie ihr wieder zurück. »Das kannst du alleine austrinken.«
»Also, ich geh jetzt«, sagt Cora, »kommst du nun mit oder bleibst du hier?«
Patrick sieht sie an. Er schaut um sich, sieht, wie Ole den Raum betritt, die Augen halb geschlossen, wegen des Qualms. Er hat eine Zigarette zwischen den Lippen und eine Flasche in der Hand. Er sucht nach einem Öffner. Er redet mit jemandem, der an ihm vorbeitanzt. Patrick kann nicht hören, was Ole sagt. Muss was Lustiges sein, denn das Mädchen wirft den Kopf in den Nacken und lacht wie irre. Nur Frauen können so lachen, denkt Patrick, so hysterisch wie Hühner. Wenn Mädchen so kichern, als bekämen sie eine Dauerbekitzelung verpasst, dreht er immer durch. Er hasst so was. Cora jedenfalls wird nie hysterisch, kichert nie wie ein Huhn. Das ist immerhin schon was.
Er bahnt sich einen Weg zu Ole.
»Hey«, sagt er freundlich. »Feuer?«
Ole nimmt die Zigarette aus dem Mund. »Nee«, sagt Ole.
Patrick hat das Feuerzeug schon aufschnippen lassen. Er macht es wieder zu. Er geht einen Schritt zurück. Seine Zornader auf der Stirn schwillt an. Er kann solche Typen wie Ole nicht leiden. Macht immer so auf cool und witzig. Als wär das ganze Leben ein Wunschkonzert. Als wär alles ein Witz. Patrick hat noch nicht gemerkt, dass das Leben ein Witz ist.
»Und wieso hast du dann die Lulle im Maul?«, fragt Patrick.
»Weil deine Tussi sie mir geschenkt hat.« Ole deutet zu Co-

ra hinüber, die gerade ihre Ringe poliert und alles um sich herum vergessen hat.

»Ist nicht meine Tussi«, sagt Patrick, »ich bin mit Nina zusammen.«

Ole grinst. »Das denkst auch nur du.«

»Stimmt«, sagt Patrick drohend, »das denke ich. Und was denkst du?«

Ole lacht, hebt die Schultern, schaut sich um, reckt den Hals, als gäbe es dahinten in der Ecke irgendwas Tolles zu sehen. »Muss ich dir das auf den Hals binden, was ich denke? Bist du mein Beichtvater oder was?«

Patrick kann auch die Stimme von diesem Typen nicht ertragen. Der macht ihn irgendwie aggressiv.

Er packt Ole und schüttelt ihn. »Was bist du eigentlich für ein Arsch?«

Ole grinst. »Nicht so ein großer wie du jedenfalls.«

Patrick stößt Ole weg. Ole fällt gegen den Tisch mit den Bierflaschen. Die kullern durcheinander, rollen vom Tisch, fallen auf den Boden. Eine zerplatzt. Es schäumt. Dann eine zweite. Jemand kreischt auf.

»So eine Scheiße!«, schreit Kim. Sie boxt sich den Weg frei und schaut sich das an. »Wer hat das gemacht?«

Ole fischt die Zigarette aus der Bierlache und deutet damit auf Patrick. »Frag den mal! Der hat eine Klatsche, der hat sie nicht alle.«

Kim wirbelt herum, sie starrt Patrick an. »Was hast du? Was ist los?«

Patrick steckt die Hände in die Hosentaschen. Er kümmert sich nicht um die Bierflaschen auf dem Boden, da sind

schon andere, die sich nützlich machen, mit ihren Taschentüchern und Papierservietten, jetzt holt auch jemand einen Wischeimer aus der Küche.
Kim und Patrick starren sich an. Aus den Augenwinkeln sieht Patrick, dass Cora langsam näher kommt. Sie lächelt. Es gefällt ihr, dass endlich ein bisschen Zoff ist. Ende der Kinderparty. Patrick muss lachen, ihm gefällt das irgendwie auch.
Cora hat wahrscheinlich recht, denkt er, ist wirklich nicht meine Party. Eine Kinderparty. Alles Musterschüler. Alles verwöhnte Knallfrösche. Vielleicht wirklich nicht meine Preisklasse. Mit solchen Typen kann man eigentlich nicht wirklich gut feiern. Zum richtigen Feiern gehören nämlich ein paar wichtige Dinge: erstens, dass die Eltern einem dabei nicht zugucken; zweitens, dass genug zu trinken da ist; drittens, dass das Licht nicht ständig an und aus geht, sondern aus bleibt, wenn es einmal ausgeschaltet ist; viertens, ein Überschuss an Mädchen, das muss einfach sein; und fünftens gehört zu einer richtig scharfen Party auch ein Bettenlager, ein Raum, in dem man seinen Rausch auspennen kann; und sechstens ein Frühstück, Speck und Spiegeleier. Von einer richtig guten Party kommt man erst am Morgen nach Hause. Die hört nicht einfach um Mitternacht auf. Das ist Pipifax. Für Babys.
Patrick überlegt, ob er abhauen soll. Er könnte ja noch bei Fred im Kino vorbeischauen. Aber auf den ist er auch noch ganz schön sauer. Schließlich hat er alles verbockt, mit seinem blöden Telefonanruf.
Plötzlich steht Cora vor ihm. »Was denkst du?« Sie tippt gegen seine Stirn. »Was geht in deinem Holzkopf vor?«

»Nur so ein, zwei Dinge«, knurrt Patrick. Er holt tief Luft. Er steckt wieder die Hände in die Hosentaschen, fühlt das Tabakpäckchen und zieht es raus. Er geht zur Fensterbank, legt das Päckchen mit dem Zigarettenpapier hin, zieht eines raus, krümelt Tabak drauf.
Jemand wirft eine neue CD ein. Die Musik wird lauter. Am Biertisch ist wieder Ruhe eingekehrt.
»Was ist das?«, fragt Cora, auf seinen Tabak deutend. »Bloß Tabak?«
Patrick sieht sie an, grinst. »Klar ist das bloß Tabak. Ich bin pleite, Mann«, sagt er. »Für mehr reicht meine Kohle im Augenblick nicht.«
»Ich weiß, wo wir was kriegen«, sagt Cora, »fast für umsonst. Der Typ ist ein Freund von mir.«
Patrick hebt die Schultern. »Ich brauch das nicht unbedingt.«
»Komm«, sagt Cora, »ist doch Scheiße hier, die Party, nichts zu essen, nichts Richtiges zu rauchen, nichts zu trinken, komm, wir hauen ab!«
Sie wartet, bis er die Zigarette gedreht, das Papier angeleckt und festgeklebt und sich das Ding zwischen die Lippen gesteckt hat. Er zündet sie nicht an, sondern betrachtet Cora durch halb geschlossene Augen.
Cora macht Faxen, verdreht die Augen, zieht die Nase kraus, wackelt mit den Ohren. Cora kann gute Faxen machen. Das gefällt Patrick. Ihm gefällt auch ihr Piercing. Er findet es scharf, wenn Mädchen den Mut haben, sich die Oberlippe piercen zu lassen. Er hätte ihn nicht. Es ist auch mühsam zuerst und er hat keinen Bock auf die Schmerzen.

Er hätte gerne ein Piercing, aber ohne die Schmerzen. Also hat er keins.

»Wie lange leben wir jetzt zusammen in der WG?«, fragt Patrick.

Cora lacht. »Warte!« Sie rechnet. Sie nimmt dazu ihre Finger. Sie hat die Nägel schwarz lackiert und auf den schwarzen Lack kleine silberne Sterne gemalt. Sieht auch nicht schlecht aus. Cora will nicht schön sein, sondern auffallen. Das findet Patrick in Ordnung. Die meisten Mädchen wollen bloß schön sein. Aber das, findet er, reicht heutzutage nicht. Heute muss man auch Mut haben zur Hässlichkeit, zum Auffallen.

»Wir kennen uns exakt ein halbes Jahr«, sagt Cora, »echt.« Sie strahlt plötzlich. »Morgen ist der Erste. Am Ersten vor sechs Monaten bist du bei uns eingezogen. Weiß ich noch. Wie du dagestanden hast, mit deinen blöden Verstärkerboxen, stolz wie Oskar, weil du gedacht hast, dass wir so was Tolles noch nie gesehen haben.«

Patrick verzieht das Gesicht. Er kann sich auch ziemlich gut an den Tag erinnern. Hatte Herzklopfen, und wie. Und so einen Schwindel im Kopf. War alles ein bisschen sehr aufregend. Schule schmeißen, weg von Mutter, der Job in der Videothek, alles auf einmal. War nicht einfach. Wenn die ihn damals nicht genommen hätten, hätte er nicht gewusst, wohin. Das war die einzige Adresse, die er hatte, die für ihn in Frage kam. Eine WG mit jungen Leuten, die alle irgendwie so drauf waren wie er.

»Ein halbes Jahr!«, sagt Patrick nachdenklich. »Wahnsinn.«

»Echt. Wahnsinn. Wir sind schon ein steinaltes Paar.« Cora legt ihre Finger mit den schwarz lackierten Nägeln an sein

Gesicht und küsst ihn spontan auf die Wange. Küsst ihn noch mal. »Das müssen wir eigentlich feiern. Oder?«
»Stimmt!«, sagt Patrick. Er nimmt die Zigarette aus dem Mund, damit sie ihn auf die Lippen küssen kann. Ihren Lippenstift hat sie längst abgekaut. So, ohne Schminke, schmecken ihre Lippen gut.
Er wirft einen Blick durch den Raum. Von Nina immer noch keine Spur. Von Ole auch nicht. Die beiden haben sich verdrückt, denkt er. Ich hab das irgendwie nicht geschnallt, dass die längst was miteinander haben.
Cora und er tauschen einen Blick. Der sagt mehr als alle Worte. Cora stößt sich vom Fensterbrett ab und schlendert durch den Raum zwischen den Tanzenden hindurch. An der Tür dreht sie sich um. Patrick ist schon unterwegs, folgt ihr durch den Flur. Er schaut sich um. Alles leer. Kein Mensch zu sehen. Nina auch nicht.
Cora öffnet die Haustür. Kalte Luft weht herein. Klare, kalte Luft.
Sie winkt ihm. Er kommt. Sie ziehen die Tür hinter sich zu, ganz leise.
Cora und Patrick stehen auf der Straße, im Lichtkegel einer Straßenlampe, und schauen sich an.
»Und Nina?«, fragt Cora.
Sie kommt ganz dicht an Patrick heran. Ihre Augen suchen sein Gesicht ab, als müsse sie seine Reaktion ganz genau erforschen, ganz genau.
Patrick reckt den Hals, als wäre ihm sein Pulli zu eng. Er schaut in das Licht der Straßenlaterne, blinzelt. »Nina?«, sagt er cool. »Wer ist Nina?«

Als Nina wieder runterkommt, noch ganz benommen von dem Gespräch mit Kims Mutter, ist Patrick nicht mehr da. Nina sucht Kim, aber die tanzt gerade mit Ole. Nina bleibt neben den Tanzenden stehen, bis der Song zu Ende ist. Kim hat ihren Kopf an Oles Schulter gelehnt und die Augen geschlossen. Oles Hände liegen auf ihren Hüften. Er schaut Nina mit glasigen Augen an.
»Kim«, sagt Nina, »wo ist Patrick?«
Kim öffnet langsam die Augen. Sie schaut Nina an, dann Ole. Sie hat geträumt, aber Nina hat alles kaputt gemacht.
»Hör mal, lass mich in Ruhe!«, knurrt Kim. »Bin ich sein Kindermädchen?«
»Mann, ich frag dich doch nur, wo er ist!«
»Und ich sag dir, ich weiß es nicht!«, faucht Kim zurück.
Ole lächelt. Sanft gleitet seine Hand Kims Rücken hoch.
»Hey, Leute«, sagt er, »schreit euch nicht an, ja? Ist doch Geburtstag. Ist doch Party. Kein Stress.«
Nina schluckt. Sie schaut sich um, ihre Augen tränen. Aber dieses Mal vom Rauch.
In der Ecke sitzen die drei Grazien aus ihrer Klasse im Schneidersitz und spielen irgendetwas, Fingerhakeln oder so. Die drei Grazien spielen immer irgendwas zusammen und kümmern sich nicht um den Rest der Welt. Auch nicht um Jungs. Manchmal beneidet Nina sie darum. Diesmal macht es sie nur aggressiv.
»Und Cora?«, fragt sie plötzlich alarmiert. »Wo ist die?«
»Wer ist Cora?«, fragt Kim. Die Musik fängt wieder an, sie lehnt ihren Kopf an Oles Schulter und schließt die Augen. Noch so ein Schmusesong. Bald werden sie alle irgendwie

verschmolzen auf dem Fußboden liegen und keiner mehr ordentlich tanzen. Und wenn dann Kims Eltern reinkommen ...
»Cora ist die mit dem Piercing, mit dem Lippenpiercing!«, sagt Nina ungeduldig. Sie hält Kim fest, dass sie sich nicht wegdrehen kann mit Ole. »Sie ist mit Patrick gekommen.«
»Genau.« Kim schaut Nina an. »Und mit dem ist sie auch wieder gegangen. Ungefähr vor einer halben Stunde.«
Sie tanzen weg. Nina bleibt stehen, schaut die beiden an. Einmal zwinkert Ole ihr über Kims Haarschopf zu. Aber Nina reagiert nicht. Sie findet das alles zum Kotzen. Einfach alles.

29

Nina irrt durch die Straßen. Sie kommt sich vor wie eine Stubenfliege, die keine Richtung mehr kennt. Eine Straße nach rechts, dann nach links, dann wieder zurück. Manchmal bleibt sie stehen, sieht sich ein Schaufenster an oder legt die Hände um das Gesicht, wenn sie in das Innere einer Kneipe blickt. Da brennt Licht, Leute sitzen am Tresen und reden miteinander, manchmal lacht einer, dass man es bis draußen hört.
Wenn jemand sich umdreht und sie denkt, dass man sie von da drinnen sehen kann, weicht Nina ins Dunkle zurück.
Eine Kirchturmuhr schlägt. Sie weiß nicht, welche Kirche das ist. Sie hat sich verlaufen. Sie ist auf einmal in einem anderen Stadtteil. Ihre Kirche würde sie erkennen, die Johanniterkirche neben dem kleinen Park. Sie muss an den Jungen denken mit dem Hund, der nicht ihm gehörte. Sie weiß nicht, warum der ihr plötzlich einfällt.
Ihr ist kalt, sie hätte einen Schal umbinden sollen. Aber der Schal ist bei ihren Eltern. Sie hat keinen Schal eingepackt in ihren Campingsack.
Hat der Junge seinen Namen genannt? Und wie hieß der Hund? Was hat er sie noch gefragt? Hat sie ihm erzählt, dass ihre richtige Mutter auf einmal aufgetaucht ist?
Monika Richter.
Ich heiße Rosemarie, denkt sie.
Aber Rosemarie ist ein Name für eine Puppe oder ein Mäd-

chen aus einem Heidi-Comic. Man heißt doch nicht Rosemarie.
Ich heiße Nina, denkt sie.
Wind kommt auf. Die Tränen rollen aus den Wimpern und kullern wie kleine Eisperlen auf ihr heißes Gesicht, für einen Augenblick nur, aber das tut weh wie Nadelstiche. Sie wischt sie weg.
Nina steht vor einem U-Bahn-Eingang. Sie kann die Treppe hinunterschauen, bis zu den alten Türen. An den Wänden Graffiti und Schmierereien. Unten auf den Stufen liegt zusammengekauert ein Mann in einem Schlafsack.
Nina steigt vorsichtig über ihn hinweg, aber dann stolpert sie über eine Flasche, die die letzten Stufen nach unten rollt. Der Mann wacht auf. Er hebt seinen Kopf.
»Was willst du?«, brummt er, nicht unfreundlich, aber verschlafen. Eine versoffene Stimme.
»Nichts«, flüstert Nina. Sie will die Türen aufdrücken, aber sie geben nicht nach. Durch das Milchglas kann sie nichts erkennen, es ist dunkel dahinter.
»Fährt kein Zug mehr«, sagt der Mann und rollt sich wieder ein. »Musst bis morgen warten. Willst du was trinken? Da drüben ist noch eine Flasche.«
»Nein«, flüstert Nina, »danke.«
Sie schleicht die Treppe wieder hoch, schaut von oben noch einmal zu dem Mann hinunter. Er beachtet sie nicht.
Nina läuft weiter. Auf dem Schild über der Treppe steht zwar der Name der Station. Aber sie kennt die Gegend nicht. Nur eins ist sicher: Sie ist viel zu weit von zu Hause weg. Zu Hause?

Wie spät ist es?, denkt sie. Wieso fahren die Bahnen nicht mehr? Ist es denn schon nach eins? Aber die Bahnen fahren doch die ganze Nacht, oder?

Sie ist noch nie so spät allein in der Stadt unterwegs gewesen. Aber sie fürchtet sich nicht. Es ist alles so unwirklich. Alles nur ein Traum. Vielleicht gar nicht wahr. Vielleicht liegt sie daheim in ihrem Bett und träumt nur, dass sie durch die Straßen läuft...

Ein Auto fährt langsam neben ihr her. Nina hält den Kopf gesenkt, geht einfach weiter. Das Auto hält. Jemand steigt aus. Die Wagentür fällt zu. Nina hört Schritte. Ihr Herz klopft. Sie will sich nicht umschauen. Die Schritte folgen ihr. Sie läuft. Da laufen die Schritte auch. Und plötzlich hält sie jemand fest. Zitternd bleibt Nina stehen, schaut sich um. Ein Polizist steht da.

»Guten Morgen«, sagt er.

Wieso sagt er Guten Morgen? Wir haben doch Nacht? Es ist doch dunkel. Nina lächelt verwirrt. Sie will sich losmachen.

»Sollen wir dich nach Hause bringen?«, fragt der Polizist.

Nina schaut ihn an. Er hat ein freundliches Gesicht. Sie sieht den Polizeiwagen, sieht, dass ein anderer Polizist auf der Fahrerseite ausgestiegen ist und sich auf das Wagendach lehnt und zu ihnen rübersieht.

Nina schüttelt den Kopf.

»Nicht die richtige Gegend für ein Mädchen in deinem Alter«, sagt der Polizist. »Und nicht so ganz die richtige Tageszeit, würde ich sagen.«

Nina sagt nichts. Sie schluckt. Sie schaut an dem Polizisten vorbei. Ein Traum, denkt sie. Er redet nicht mit mir, er redet mit einer Person, von der ich träume. Gleich wache ich auf...

»Ist irgendwas passiert?«, fragt der Polizist.

Nina schüttelt den Kopf.

»Wo kommst du denn jetzt her?«, forscht er weiter.

Nina hebt die Schultern. Sie könnte sagen: Ich war auf einer Party. Aber das ist doch nicht wichtig. Das muss doch ein Polizist nicht wissen. Der hat andere Dinge zu tun.

»Frag sie, wohin sie will!«, ruft der andere, der auf das Wagendach gelehnt ist.

»Wohin gehst du denn jetzt?«, fragt der Polizist.

»Nach Hause«, sagt Nina.

»Also gut, dann bringen wir dich. Steig ins Auto!«

»Ich will aber nicht«, sagt Nina.

»Und warum nicht?«

Nina hebt die Schultern. Ihr fällt keine Erklärung ein. Sie möchte einfach nur weitergehen, immer weiter, eine Straße nach der anderen, bis sie so müde ist, dass sie nicht weitergehen kann. Irgendwohin, nur nicht nach Hause. Sie will sich nicht entscheiden müssen.

»Bring sie einfach her!«, ruft der Fahrer des Polizeiwagens. Der Polizist fasst sie jetzt stärker an. Nina wehrt sich, aber nicht wirklich. Sie lässt sich mitziehen. Vor dem Auto bleibt sie stehen. Der zweite Polizist ist älter, älter als ihr Vater. Er hat eine dunkle Stimme und einen kurzen silbernen Bart. Er lächelt. Der andere Polizist hat nicht gelächelt.

»Keine Angst«, sagt der Polizist. »Du musst keine Angst haben.«

»Ich hab keine Angst«, murmelt Nina.
Der Polizist kommt um das Auto herum. »Wir möchten nicht, dass dir was passiert. Laufen mehr Leute hier rum, als du denkst. Und sie haben nicht alle was Gutes im Sinn.«
Nina lächelt, sie hört nicht richtig zu. Sie denkt: Mein Zuhause, wo ist mein Zuhause?
»Also«, der bärtige Polizist nimmt ihre Hände und zwingt sie, zu ihm hochzuschauen. Er ist sehr groß.
»Du bist okay, ja?«
Nina nickt.
»Nichts passiert?«
»Nichts«, sagt Nina.
Der Mann lässt ihre Hände los. »Gut, dann sind wir froh. Wir haben nämlich auch keine Lust, hier nachts auf Streife Mädchen zu treffen, die von zu Hause weggelaufen sind.«
»Ich bin nicht weggelaufen.«
»Was ist es dann?«
»Was?«, fragt Nina.
»Na, was du hast.«
»Ich habe nichts.«
»Okay.« Der jüngere Polizist räuspert sich. Seine Stimme wird streng. »Dann werden wir deutlicher. Sag uns deinen Namen!«
Nina schließt die Augen. Sie hat gewusst, dass das kommen würde.
»Den weiß ich nicht«, sagt Nina. Sie merkt, dass die Polizisten sich vielsagende Blicke zuwerfen.
»Ach«, sagt der Bärtige gedehnt, »den weißt du nicht.«
»Nina oder Rosemarie.«

»Ah«, wiederholen beide, »Nina oder Rosemarie.«
Nina nickt, sie schluckt den Kloß in ihrem Hals. Sie holt tief Luft. »Noch was?«, fragt sie.
»Nachname«, sagt der jüngere Polizist.
»Reinhard oder Richter.«
»Denkst du, wir sind blöd?«, knurrt der bärtige Polizist jetzt. »Willst du uns verarschen? Mitten in der Nacht? Komm, Mädchen, jetzt mal im Ernst.« Er fasst ihre Schultern und dreht sie zu sich rum. »Wo wohnst du?«
Nina möchte, dass das endlich aufhört, dass die beiden sie wieder gehen lassen. Sie möchte weitergehen, die Nachtluft im Gesicht spüren, ihre Füße, ihre Beine, bis sie nicht mehr wollen. Und sich dann einfach irgendwo hinlegen und schlafen. Und am nächsten Morgen aufwachen und alles ist nur ein Traum ...
»Ich weiß nicht, wo ich wohne«, flüstert Nina. »Bitte, lassen Sie mich jetzt gehen, ja?«
Sie will sich losmachen, aber die Polizisten halten sie fest.
»Nicht, bevor wir deine Adresse haben. Wir müssen das prüfen. Zu viele Mädchen reißen heute von zu Hause aus und wir müssen sie suchen. Du bist nicht von zu Hause ausgerissen?«
Nina schüttelt den Kopf. Die beiden schauen sie misstrauisch an.
»Und wieso sagst du uns nicht, wo du wohnst?«
Nina überlegt. Aber sie kann nicht richtig überlegen. Sie stellt sich die Wohnung im Schrammsweg vor, ihre Mutter, Monika Richter. Vielleicht ist sie schon im Bett. Vielleicht sitzt sie im Wohnzimmer und trinkt oder ihr Freund ist

wieder da. Und sie sehen zusammen fern. Und wenn sie die Haustür hören, stehen beide auf und gehen in den Flur, und dann steht sie da und lächelt und – und was?

»Also?«, fragt der Polizist.

Nina zittert. Sie muss nachdenken. Aber es geht nicht. Sie denkt an ihr bisheriges Zuhause. Papi und Mami. Beide bestimmt ganz aufgelöst. Telefonieren überall herum. Waren vielleicht schon bei Kim. Oder bei Patrick. Oh Gott, Patrick. Patrick und Cora. Nicht daran denken.

»Bitte«, flüstert Nina, »bitte, ich möchte jetzt gehen. Ich finde allein nach Hause. Danke schön, danke. Ich kenn den Weg.«

Die beiden Polizisten schauen sich an. Dann nickt der ältere. Sie lassen Nina los. Sie steigen wieder ins Auto, setzen sich hin, schalten den Motor ein, dann die Scheinwerfer. Die Straße vor ihnen liegt plötzlich in gleißendem Licht. Alles ist still. Nina wartet, dass der Wagen wegfährt, aber er fährt nicht weg. Er steht einfach.

Also geht Nina los, die Kieler Straße immer geradeaus. Das ist das Beste, immer geradeaus.

Sie merkt, wie der Wagen langsam losfährt, hört das Knirschen der Reifen, als er auf das Granulat im Rinnstein trifft. Ganz langsam rollt der Polizeiwagen neben ihr her.

Nina geht, den Kopf gesenkt. Sie geht so schnell wie möglich. Immer geradeaus.

Und der Polizeiwagen neben ihr her. Er wird so lange bei ihr bleiben, bis sie sich entschieden hat. Bis sie entweder plötzlich im Schrammsweg vor der Hausnummer 5 steht oder in der Ludwigstraße.

Sie hat ja auch den Schlüssel noch. Den einen trägt sie um den Hals, der andere ist in ihrer Jackentasche. Sie kann ihn fühlen, sie kann ihn mit den Fingern umfassen.
Sie geht. Ein paar Leute kommen ihr entgegen, lachend, lärmend, Leute von einer Party. Nina macht einen Bogen um sie herum und geht weiter. Der Polizeiwagen rollt ruhig neben ihr her. Nina weiß, dass sie sich entscheiden muss. Aber sie kann nicht. Sie braucht Zeit. Zeit zum Nachdenken.
Im Polizeiwagen telefoniert der Jüngere: »Wir haben hier ein Mädchen«, sagt er, »Vorname Nina oder Rosemarie, Nachname Reinhard oder Richter. Alter fünfzehn bis siebzehn, schätze ich. Bekleidet mit einem Strickminirock, Stiefeln, roten Socken und so einer glänzenden roten Jacke. Lange Haare, braun. Habt ihr eine Suchmeldung, die auf so was passt?«
Der Bärtige hat sich weit nach vorn gebeugt und beobachtet Nina durch die Windschutzscheibe. Jetzt kommt ihr eine Frau mit einem Hund entgegen. Sie trägt einen Pyjama unter dem Regenmantel, der Hund ist vielleicht krank. Sie bleibt stehen und sieht Nina an, sagt etwas zu ihr, aber Nina reagiert nicht, sondern geht einfach weiter. Kopfschüttelnd schaut die Frau ihr nach.
Der jüngere Polizist hat immer noch den Hörer am Ohr. Plötzlich zuckt er. »Ja? Noch dran, klar. Was habt ihr?« Er wirft seinem Kollegen einen Blick zu. Dann sagt er: »Okay, danke. Wir kümmern uns drum.« Er legt seinem Kollegen die Hand auf den Arm. »Halt mal an. Wir nehmen sie mit. Ich hab die Adresse. Sie wird als vermisst gemeldet, seit heute um sechs.«

Der Polizeiwagen hält. Nina geht weiter. Die beiden Polizisten springen aus dem Wagen und holen Nina ein, packen sie rechts und links.
»Und du kommst einfach mit«, sagt der Bärtige sanft. »Wir wissen jetzt nämlich, wohin du gehörst.«
Nina schaut den Polizisten an. Sie zittert. Sie ist müde.
»Deine Eltern suchen dich seit Stunden«, sagt er.
Nina schaut zu dem anderen Polizisten. Der nickt.
Plötzlich lächelt Nina. »Sie suchen mich?«
»Genau.« Der Polizist schiebt sie zum Wagen, öffnet die hintere Tür. »Was hast du denn gedacht? Dass Eltern heute ihre Kinder einfach so laufen lassen? Und sich nicht mehr kümmern?«
»Ich weiß nicht«, murmelt Nina.
Die beiden Polizisten steigen ein. Der jüngere dreht sich nach ihr um. »Eltern lieben ihre Kinder, Mütter und Väter lieben ihre Söhne und Töchter, auch wenn das manchmal nicht so aussehen mag in eurem Alter.« Er lächelt ihr zu. »Was meinst du, wie deine Mutter sich freut, wenn sie dich wieder sieht? Was meinst du, was für Sorgen sie sich gemacht hat? Hat zehnmal angerufen auf der Wache, zehn Mal!«
Nina lehnt sich zurück. Sie schließt die Augen. Der Wagen gleitet sanft über die leere, nächtliche Straße.

30

Nina steckt den Hausschlüssel ins Schloss. Sie schaut sich nach den beiden Polizisten um, die mit den Händen in den Hosentaschen hinter ihr stehen und ihr zusehen, wie sie sich gegen die Tür stemmen muss. Sie klemmt seit dem letzten Regen.
»Na?«, fragt der Bärtige. »Klappt's nicht?«
»Die Tür klemmt mal wieder«, antwortet Nina.
»Dann helfen wir doch ein bisschen nach«, sagt der Jüngere und lehnt sich mit der Schulter gegen die Tür. Sie springt sofort auf. Er lacht. »Bisschen schwach, was? Das ist doch ein Kinderspiel.«
Sie trauen mir nicht, denkt Nina. Sie glauben, ich mache ihnen irgendetwas vor. Wieso lassen sie mich jetzt nicht allein? Nina geht in den Flur. Sie sucht nach dem Schalter.
Als das Licht angeht, muss sie die Augen schließen, weil es so blendet. Sie atmet den Geruch ein. Den vertrauten Geruch des Hausflurs. Vierzehn Jahre diese Mischung aus Seifenlauge, Holzpolitur und nassem Hundefell. Unten stehen die beiden Kinderkarren, angekettet, seit einmal einer geklaut wurde. Die Briefkästen, alle leer natürlich, mitten in der Nacht.
Die beiden Polizisten stehen noch immer neben ihr.
»Danke«, sagt Nina. »Ich kann jetzt allein gehen.«
»Das wissen wir«, sagt der Bärtige, »aber wir würden es gern mit eigenen Augen sehen.«
»Was sehen?« Nina starrt ihn an.
»Dass du auch reingehst.«

»Und dich nicht irgendwo im Treppenhaus verdrückst, bis wir wieder weg sind«, ergänzt der Jüngere. »Haben wir alles schon erlebt.«
Wortlos steigt Nina die Treppen hoch, die beiden Polizisten folgen ihr. Sie sieht die Hand des einen auf dem Treppengeländer. Seine schwarzen Schuhe. Gut geputzt. Ein ordentlicher Polizist.
Was er wohl von Mädchen hält, die von zu Hause ausreißen? Nina steht jetzt vor der Wohnungstür. Natürlich ist sie verschlossen. Sie senkt den Kopf. Sie will nicht aufschließen, nicht, solange die Polizisten zusehen. Es ist ihr peinlich. Diese Sache geht die beiden nichts an.
Als sie sich nicht rühren, schaut Nina trotzig auf.
»Bitte«, sagt sie. »Ich möchte das allein machen.«
Die Polizisten schauen sich an. Überlegen.
»Bitte«, sagt Nina noch einmal. »Es ist besser so.«
»Und warum?«, fragt der Bärtige.
»Weil alles so schon kompliziert genug ist. Weil ich so viel erklären müsste. Jetzt, sofort. Aber das geht nicht. Ich muss mir selbst erst mal klar werden über alles. Morgen werde ich mit ihnen reden. Ich laufe nicht weg. Versprochen.«
Die Polizisten schauen sich wieder an. Schließlich nicken sie.
Der eine sagt: »Wir schauen vom Treppenabsatz zu.«
»Okay«, sagt Nina.
»Und wir bleiben draußen.«
»In Ordnung.«
»Mach keinen Scheiß«, sagt der Jüngere. »Du bist in unserem Computer, das weißt du.«

Nina nickt. Sie wartet, bis die Polizisten hinuntergegangen sind. Dann flüstert sie: »Danke.« Aber die beiden hören es nicht mehr.
Sie schließt die Wohnungstür auf. Der Flur ist dunkel. Sanft lässt sie die Tür hinter sich ins Schloss fallen.
Sie zieht die Schuhe aus und schleicht auf Strümpfen zum Wohnzimmer. Die Tür ist nur angelehnt. Der Fernseher läuft nicht.
Es ist Freitagabend, auf irgendeinem Sender gibt es bestimmt eine Unterhaltungssendung, aber heute bleibt der Kasten stumm.
Nina sieht durch den Türspalt: ihre Eltern, die sich auf dem Sofa aneinander festhalten, eng umschlungen. Der Kopf ihrer Mutter lehnt an der Schulter ihres Vaters.
Von draußen dringt kein Laut in die Wohnung. Nina schleicht auf Zehenspitzen weiter bis zu ihrem Zimmer, drückt die Tür auf.
Alles ist wie immer. Momo ist vom Küchenfensterbrett gesprungen und ihr gefolgt. Jetzt streicht der Kater um ihre Beine. Sie spürt das weiche, seidige Fell. Sie bückt sich, hebt ihn auf und drückt ihn an ihr Gesicht.
Momo schnurrt, streckt seine kleine rosafarbene Zunge heraus und leckt ihre Hand.
»Ich bin wieder da, Momo«, raunt Nina dem Kater leise ins Ohr. »Ich bin wieder zu Hause. Du kannst heute Nacht bei mir schlafen, wenn du willst.«
Behutsam schließt sie die Tür, geht zum Fenster. Draußen steht noch immer der Polizeiwagen. Dann kuschelt sie sich in ihr weiches, warmes Bett.